实力派

晓秋主编

中短篇小说集

凤还巢

文清丽◎著

中国言实出版社

图书在版编目(CIP)数据

凤还巢 / 文清丽著. -- 北京：中国言实出版社，
2022.12

（实力派 / 晓秋主编）

ISBN 978-7-5171-4326-0

Ⅰ.①凤… Ⅱ.①文… Ⅲ.①中篇小说－小说集－中
国－当代 Ⅳ.①I247.5

中国版本图书馆CIP数据核字（2022）第249358号

凤还巢

责任编辑：郭江妮

责任校对：王建玲

出版发行：中国言实出版社

　　　　地　址：北京市朝阳区北苑路180号加利大厦5号楼105室

　　　　邮　编：100101

　　　　编辑部：北京市海淀区花园路6号院B座6层

　　　　邮　编：100088

　　　　电　话：010-64924853（总编室）　010-64924716（发行部）

　　　　网　址：www.zgyscbs.cn　　电子邮箱：zgyscbs@263.net

经　　销：新华书店

印　　刷：徐州绪权印刷有限公司

版　　次：2023年1月第1版　　2023年1月第1次印刷

规　　格：880毫米×1230毫米　　1/32　　11.75印张

字　　数：223千字

定　　价：69.00元

书　　号：ISBN 978-7-5171-4326-0

目 录
CONTENTS

飘 彩

1

"你喜欢折子戏还是全本戏？"我正陷在长篇小说《从少尉到大校》的写作中，冷不丁听到这话，心蓦然抽搐了一下，慌忙抬头，在一片突然而至的光亮中，我看到的是一张熟悉的青春的脸，恍惚片刻，才回到现实，心放下来片刻又立即警觉地问："你问这干啥？"

"你就回答问题吧。"儿子表情是一贯跟我交流时的不耐烦，我忍了忍气，回答道，"折子戏，精彩。全本，完整。都喜欢。怎么了？"

"只能有一种选择，并说出理由。"

我脱口而出："当然是折子戏。因为它大部分是演员的独角戏，最见功夫，也最易出彩。"

"拜拜。"儿子啪地关了大灯拉上门，转身而去。

我再也看不进去书了。儿子是九零后，对戏剧就像我对他们热衷的游戏一样反感，今天为什么忽然问这个问题？自己生的当然清楚他的脾性，他不告诉你的事问了也白问，我便不再理会。可是眼睛再落到电脑上，我已经没心思写小说了，起身站到书房窗前，望着院子花园里嫩绿的树枝和开得正艳的迎春，眼前闪现出三十年前的一天，准确地说，那天是惊蛰。

那时我在步兵一〇五师后勤部政工科当干事，忽然接到一封信，是省城一位大四学生写来的，说他本周要来看我。

大学生是笔友，因为我平时写写画画，就不时接到一些读者来信，在众多写信者中，我选择了与这位大学生通信。他在省城师范大学中文系上学。我是没考上大学才参军考上军校新闻系的，对能考上地方大学的人崇拜之至。

这位大学生我虽然没见过真人，但他给我寄了一张照片，他穿着学士服，戴着有流苏的黑色学士方帽。五官还是比较耐看的，眼睛不大，有神。嘴唇厚，看起来老实。脸的轮廓比较清秀，还戴一副金丝眼镜，一看就是个大学生。

我的好朋友、师医院B超室的少尉技士许妍妍看了照片良久后，一字一顿地说，男人最怕个子小。这张照片看不出人有多高。我说他在信中说他个子一米七五。我才一米六,一米七五可以了。

可他没咱们师宣传科周干事个子高呀,你看看周干事一米八,180/88的军装穿在身上真像给他定做的,那么合体,那么帅。

哎,周干事那么好,你为什么不找他呀?他没有女朋友,又会写文章又会拍照又会做饭,还会体贴人。

妍妍一双大眼睛盯着我,盯得我心里毛毛的,我说怎么了?难道我说错了?她眼睛边眨巴边问,你怎么知道他会体贴人,他体贴你了?

我一听这话,心紧张了一下,怎么情急之中,说出这样的话来,略一思忖,立即回击,胡扯啥呢!人家说的是革命战友之间的体贴。纯洁如雪,磊落如光。我说着,不由地想起年初的一件事来。我和周干事一起到部队去采访钢一连,经过一条小河,看我面有难色,周干事二话没说,背起我就蹚水而过,这事当然不能说。妍妍是北京人,心地善良,工作更是没说的,大小领导看病都点名要她亲自做B超。当朋友也能肝胆相照,缺点就是管不住嘴,按她自己的话说,明知道别人的秘密不能说,可是装在心里,就像怀里揣着一颗手榴弹,不扔出去,生怕在自己手里爆炸了。她知道了,等于我们整个步兵师的人都知道了,这会让我特难为情。大家毕竟在一栋楼里办公,抬头不见低头见。整天让别人得吧得吧你,领导怎么看你?

大学生来了，住在哪？我住在师部单身干部集体宿舍巴掌大的一间房子。师里招待所有两个，二招就在师部院子里，就是办公楼后面像城堡式的四层小楼，我随时可以悄悄溜出去看他。离我的宿舍也不到八百米，下班了信步就可到。可是住二招需科长以上的领导签字同意。一招除了保证官兵的住宿，对外营业，也就是说出钱就可入住，但离师部三千米路，在马路边上，车叫人吵，食宿当然比不上上级领导来住的二招。我想远就远些，否则给科长怎么开口呢？科长大我十几岁，是中校，上过前线，还立过让我等望尘莫及的一等战功，调到科里以来，我从来没见他笑过。他每天上班背着手，昂着头，目不斜视，走起路来皮鞋踏踏作响。我刚到师部，还想好好干事业呢！可不能因为这事给科长造成不好的印象。他可是我的直接领导呀。

吃饭好说，食堂就在宿舍旁边，伙食还是说得过去的。还有我房间带着个小厨房，虽然小，简单的饭菜完全可以对付。师部对面家属院有军人服务社、菜市场，里面生活用品很齐全，虽然我不太会做菜，但包的饺子、擀的面条还是能摆到桌面的。这大学生也是西北人，他说过一天吃三顿面食他都不烦。一想起我们俩在一起包饺子的情景，我感觉脸热热的，想必红了，便立即把厨房收拾得干干净净的。因为平时不做饭，碗锅瓢盆擦拭得能照出人影时，我腰已痛得直不起身了，仍咬着牙，又新换了一罐煤气，粮米也准备妥当。

看着整洁一新的厨房，我又想是不是学做几道菜呢？师医院的外科医生杨梦沪，是上海姑娘，烧得一手好菜。不，这样大学生会不会认为我太有心计，一个北方人，还会做南方菜。男人可不喜欢有心计的女人。身上有短板，才能让他有机会表现怜香惜玉。女人太能干了，还要男人干什么。不少小说影视剧里，男人都喜欢笨笨的，没有多少脑子的女人。这样的人，他好驾驭。这么一想，我果断地放弃了学菜。

杨梦沪医生，按理说我们俩最有可能成为好朋友。我军校毕业后，分到师医院院办时，第一个见到的就是她。我一直没想通门诊部、住院部和单身宿舍都在漂亮的楼房里，院办却在宿舍楼后的窑洞里。我提着行李刚进院子，就看到一个穿着白大褂的女人在黑板上抄一首诗，那字很漂亮。我打量了一下左右各三孔窑洞，一时不知该进哪个窑洞，便微笑着问，同志，请问报到在哪个办公室？她没有说话，仍头歪着写粉笔字。我又问了一句，她很不耐烦地说，对面中间那间不就是，不识字呀。我这才看清那个窑洞门牌上写着三个字：组干宣。

虽然初次印象不好，可了解后，知道她是省城军医大学毕业的，平时也爱写诗写散文，而且能大段背萨福和茨维塔耶娃的诗，让只喜欢汪国真诗的我特别佩服。她经常对我说我是和她有共同志趣的好朋友，没有之一。我很兴奋，也以为我就是她的好朋友，只要有空就到她宿舍找她玩，我们一起看电影，一起逛双秀公园，一起吃她做的好吃的菜。但接着发生的一件事，让我们渐行渐远。年底师医院干部考核，杨梦沪投了我反对票，理由为我太散漫，经常借口写稿子不出操。虽然她说有这事，可作为好朋友，她怎么不当面提醒，而要在关键时刻给我来这么一下，可见格局太小。我因为半年之间，在军报和军区报发表了四篇新闻稿，调到了师后勤部政工科。到师机关报道时，师医院好几个女干部送我，其中就有杨梦沪，帮我提着大箱子，我感动得差点要跟她和好了。谁知不久，就听说她背地里跟人说，我脑子太笨，肯定在师里待不长。我当时气得再也不理她了。你说，这样的人能把看家绝活教给我？况且她也是单身，到了我们女孩子最害怕的年龄——二十九岁，这个年龄还不结婚别人就会给你封一个光荣的称号——老姑娘。杨梦沪总以为自己学历高，长得漂亮，非上海人不嫁，可在偏远的西北小城找个上海男朋友，真的就像天方夜谭一般。更何况杨梦沪自恃才高，一点都不随和。据我们师单身女干部根据自己的相亲体会得出的结论，男人找对象不见得因为漂亮和才气，男人更多的是想找一个脾气好、性格温柔的女孩子当老婆。我们师医院不少医生护士都愿到省城军医大学去进修，学技术当然是一方面，更重要的是利用这一机会，在省城找个好对象。每年都有到省城医院学习的名额，可最终实现愿望的只有两个人。一个是刘护士，我没见过，我来时她已调走了，听说长相一般的她很会来事，学习不到半年，成功地拿下了自己的师傅。还有一位是口腔科张医生，到省城学习时，帮一位大领导成功地拔下了卡在喉咙里的鱼刺（据说其他医生认识领导，不敢拔，而我们师的女医生根本就不认识这位大领导，只把他当一般病人对待），学习一结束，大领导一发话，刘护士就顺利地留在了省城医院。要知道此医生在我们师，技术一般般。这是杨梦沪告诉我的，这两件事可真是气坏了她。她认为这两个人能离开我们师，走的是歪道，玷污了人格，她瞧不起她们。就因为她的不将就，就一天天地变成了老姑娘。老姑娘怎么能看着我跟省城的一个大学生恋情成功？再说大学生来之事知道的人越少越好，毕竟我跟他的一切恋情都是纸上谈兵，万一见光死呢？呀，呸呸呸，乌鸦嘴，大敌当前，一枪未发，怎么就已经断定自己会必败。打住，打住。

吃住问题解决了，我又计划如何美化自己和住处了。房子里，一柜一桌二椅一张单人床，布艺沙发前摆着一个小茶几，还有一台新买的海燕电视机。生活硬件一个不少。下一步，就是墙上布置上了。我床对面墙上贴着一张印刷品，上面是美丽性感的美国影星玛丽莲·梦露穿着白色裸肩连衣裙，一缕头发遮着左眼，几根头发含在嘴角，双眼迷离地撩拨着观者。这张照片，颇具女人风情，但对传统的中国男人来说，可能觉得太开放。对省城来的大学生来说，会认为没品位。我立马把它撕下来，扔进了垃圾堆。墙上得有幅油画，什么画能代表我的品位？高品位。我暂时还想不出来，就拿笔在纸上写下一句：画。然后再看书桌。我热爱文学，古今中外文学名著书桌上有，书架上也摆满了，我还把喜欢的托尔斯泰、曹雪芹、蒲松龄的黑白照片打出来贴在床头。这个我绝对自信。桌子旧了，可以铺块花布装饰，对，方格布最好。我马上又在本子上写上：花布。想了想，又加一句：鲜花。对了，还得有张自己的照片。桌上现有一张，穿着白色连衣裙的我坐在一片郁金香花海里，还说得过去。但从省城来的大学生，漂亮姑娘肯定见得太多。必须要有新意，照片和镜框都得换。照片得让照相馆师傅照，穿绿色军上衣，且下面要穿蓝色军裙。镜框必须是显档次的银边带花纹的，有艺术感的那种。

一切计划完，出去上卫生间时，三排单身宿舍的灯都黑了，门前大马路也是黑乎乎的，只有大门口传达室灯亮着，我上床关灯，刚躺下又想大学生来了，都干些什么呢？这么一想，又爬起来，对着那张只写了两行字的白纸苦思冥想。

他没说待几天，我想，先按两天打算，第一天来了，到市里去逛逛。我们的部队虽说驻扎在一个区级市，其实离城还有五千米。省城来的人肯定对一个小城市的商场不稀罕，但小城有个双秀公园游人少，还算清静。公园大湖通向一条小溪，叫金鞭溪，全长十千米，沿途密林绿草，羊群时显，野花遍地，值得一看。晚上到市中心唯一的电影院看场电影，沙发椅是人造革的，坐着还算舒服。第二天到我们师机关和直属单位转转。别人问起来，就说是我同学。办公楼他可能特想进去，但门口有哨兵，怕不让。那么让他在院子里看看我们史上最有名的特级战斗英雄头上缠着纱布，腿上流着血，仍举着大刀怒目向敌人的青铜雕像，师史馆里有他详细的英雄故事，我已背得滚瓜烂熟；再到我们训练场，看看四百米障碍、单双杠，还有那高高的主席台，想象一师之长站在上面，检阅几千人方队的宏阔场面。师医院、汽车营、修理所也得去，这些单位归我们后勤管，领导我都采访过，他们会给我一个面子，给客人做些简单的介绍。比如到修理厂坐坐那辆待修的坦克，到工兵营看看官兵们如何排雷，这会让省城来的大学生大开眼界的。我已打算过，这不在保密范围。中午到师医院门口的向阳饭店请他吃顿饭，店是附近老百姓开的，虽然门面小，但他家的红烧鸡块特好吃。不是我一个人认为的，师医院的许妍妍、杨梦沪都喜欢吃。她们一个家是北京的，一个是上海的，可是见过大世面的。还有，我们宿舍后面有片果园，桃树杏树已含苞了，拿把椅子坐在田头，闻闻花香，吃着点心，还是蛮有诗意的。

如果时间允许，再到离我们坐车只有半小时车程的长生殿去看看李隆基与杨玉环七月七日盟誓的地方。如果我们见面能像通信那么投机，还可以效仿一下李杨，来个钗盒定情，以期永生。

晚上，再跟他在双秀公园里，来个月下划船。管理员是位老大爷，跟我比较熟，因为我们师干部到市里去，最爱的就是在公园月湖划船，其他市民除了小孩子，很少有人舍得花钱划船，我们男男女女十几个，租两三条船，总共交十块钱，带着吃的喝的，船也不划，由着它自己飘，一直聊到天黑，老人也不催。只要船在水里走着，老人就笑眯眯的。月下划船，那滋味一定超浪漫，如果他不同意，就给他一条金丝猴烟，让他帮忙实现一个子弟兵的愿望，想必不是难事。

月下划船这个创意我是从书上偷过来的。前几天我从师图书馆借了一本书，这是宣传科周干事推荐的，他说这是一本世界名著叫《约翰·克利斯朵夫》，我一读就放不下了。我最喜欢约翰·克利斯朵夫与舅舅在月下划船的那一段描写。

为什么我听到的在又黄又浊的水面漂着塑料袋、瓶子的湖里划船声是刺耳的，而在这个叫罗曼·罗兰的大作家耳里划船声是琵琶发出的动听的音节？芦苇摇曳的声音我怎么没听出像丝绸？月光怎么可能从地上飞起来？像麦穗一般绿，蓝宝石一般蓝的鱼到底长什么样子？在我小小的城市我真是无法验证，难道我要把小溪里那些让我很不舒服的小蝌蚪起名"小可爱"？阳光上，那条小溪就是一条金色的鞭子的嘛，可这样的比喻多么俗不可耐，实在不是一个聪明女孩眼中的万物情态。

我苦恼极了。但不一会儿灵机一动就有主意了。恋爱中的人比任何人都聪明。一想到恋爱，我脸发烧起来，忙拿书冰冰脸。

我要把书里诗一般的句子背下来，在大学生跟前显摆显摆。就像一个小孩穿上了新衣服，急盼着过年，好让亲朋好友来看他的新衣服一样，我更急于盼着大学生来。他肯定没读过这本世界文学名著。即便读了，四大本呢，他也不会注意这些描述吧，男人嘛，心是粗糙的。要不，怎么说女性是感性的呢。我要用这些美的比喻来形容我小城的月湖，要用新奇的比喻来美化散发着臭气味的鱼塘。他的认可不就是省城的认可吗？这么一想，我立马像考军校背题一样，开始高一声低一声地背起来。背着背着，又想，我不能照搬原句，因为我根本就没有听到云雀的歌声，更没有见过什么阿勃兰德鱼，这么生拉硬套，大学生不就看出我蹩脚的演技了吗？算了，做人要真诚，我就照原文一字一句背吧，这样既告诉他我是读着世界名著滋养的，证明我不是一个没有文化的女兵。还要告诉他我是把他当知音一样要分享自己阅读带来的艺术享受的，说明我喜欢他并不仅仅他来自省城。对，就这么定了。

你干什么呢？还关着门。爱人推门进来，接着又打开了大灯。

你看都几点了？我说着，坐回电脑前，关机。

加班。爱人转身出去时，我发现他背好像有些驼了，忙起身说，洗手，吃饭，做了你爱吃的油焖大虾。

2

吃晚饭时，我瞧了眼坐在我对面的儿子，他也不看我，只顾满头吃饭。很想问他去哪里了？一整天也没回家，回来了愣不丁问了这么句话，又怕爱人起疑心。他在野战部队工作，一周回来一次，一会儿说忙考核，一会儿又下部队检查，家里事根本指望不上。好在我们文化单位按时上下班即可。

睡觉时，我告诉爱人儿子找了一个对象，他同学，没工作，家是农村的，怎么办？

爱人闭着眼睛说，没有，你操心；现在有了，你又不放心。真是操的是闲心。

我一把掀开他的被子，恼火道，你听着没有，女孩没工作，家又是农村的，以后过日子喝西北风呀？

这是儿子该考虑的，他快三十岁了，是成年人了。睡吧。爱人扯起被子，盖得严严实实地说，你没关窗子吧，屋里这么冷。

我朝他蹬了一脚，嘟囔道，就知道睡。

今天跑了五千米，好久没跑，身体都散架了。爱人说完翻了个身，我一页书还没看完，他就发出了呼噜呼噜的声音。

我关了灯，听着窗外北风呼啸，辗转反侧，无法入睡，又忆起了往事。

第二天是个周日（那时，只有周日是周末），我早早骑着自行车出门。先到一招选了一个窗子面向花园且相对安静的房间，预定了三天房间，又要了电话。然后到市区，先到双秀公园踩点。公园对军人不要钱，我看了门票，还是两元钱。我站在通向金鞭溪的小石桥上，倚在栏杆上，屏屏气，让安静的自己心里诗意萌动。这么一酝酿，我发现在清晨的阳光下，远远看去，金鞭溪像条细细的金项链。他来的那天最好阳光明媚，要是碰上下雨，那就糟了，金项链看不成，连在溪边散步都难成行了，乡间小路嘛，一经雨水，稀泥成片。如果老天爷不成全我，又下雨只好去看电影。电影院海报缺了一角，不是我想象中的《罗马假日》《出水芙蓉》《霸王别姬》《胭脂扣》那样的好电影，而是双腿悬在空中手握长辫子的男人，或是樱桃小口满脸媚笑的古装女。我没有犹豫，立即决定放弃看电影。计划他来了上午到老火车站看看，那是一个百年建筑，虽然我看不出它的好，可我在办公室的书架上找到一本没了封皮的书，名字叫《小城旧影》，上面有相关的介绍。旁边有片湿地，芦苇初长，在水里远远看去好像江南的稻田。大杨树上的鸟巢，映在水里，还是有些诗意的，我们宣传科的周干事带我在这拍过一张照片，倚着湿地藤条桥，背景百年老火车站，还登在省报副刊上呢！

我又买了几盘秦腔戏剧碟带。我想，周围的伙伴都喜欢流行曲，什么《心太软》《我是一只小小鸟》《好想有个家》之类的，我要跟他们不一样，再说秦腔是老家戏，省城有易俗社——秦腔戏的梦中王国，由此他知道我喜欢戏，说不定会邀请我去省城看戏，那么我们的故事发展不就水到渠成了？这么一想，我精挑细选，买了有名的《火焰驹》《玉堂春》《王宝钏》《白蛇传》等碟带。又到商场买了银色相框。到照相馆，才发现那个亭台楼阁的布景太假，照相师更是俗不可耐，还让我在手里举一束脏得都分不清是白色还是粉色的塑料花。我想还是从宣传科周干事给我拍的照片里选几张吧。周干事会洗照片。我曾去过他的暗房，那里面好像一个神奇的魔宫，一张像纸，浸在药水里，他让我闭眼，我再睁眼就看到了一张彩色的照片。他给我讲景深、曝光、广角什么的，我根本听不懂，只纳闷头顶绳子上挂着的一张张照片上生动的女兵是我。

我还买了一束红色玫瑰。起初不想买，怕大学生来时顾不上，再说花放一周还看得过去。出了市区，穿过木桥，发现路边有人卖花，我看到三轮车上有盆纤细的绿色植物，其叶纤细得让人顿生怜爱之心，我问卖花人此花是不是叫含羞草，卖花的是位四十多岁的妇女，她点着头，说一盆十元，我马上买下并小心地放进自行车前筐上。最近台湾电视连续剧《含羞草》正热播，我每集必看。看着这花，感觉好亲。

我骑着自行车快到师部时，远远发现一个身材高挑的身影迎面而来，她烫了大波浪，穿着修身的牛仔裤，红色的风衣，在阳光下特别美。驻地除了部队就是老百姓，很少能见到这样打扮的。随着来人走近，我才发现竟然是我们师医院的检验师——好朋友许妍妍。平常看惯了她穿一身军装，要不就军便混穿，忽然这么一打扮，让我差点没认出来，烫了发换身衣服就立马换了一个人，这个人陌生妖媚而性感，让我羡慕，甚至略略有些妒忌。

妍妍一看到我车斗里的花，还有镜框，歪着头说，要来人了？男朋友？

谁告诉你我要来人了？

你浑身的气味告诉全师人你男朋友要来了。

嗬，你行呀，几天不见，就成诗人了，还浑身气味，你不看看你自己全身打扮得一股妖气，小心把对方吓跑了。

行了行了，说正经的，男朋友啥时来？告诉我一下，我给你化妆，把你化得美美的。

先谢了，你干吗去？

我叔叔给我介绍了个对象是他侄子，在省军区当参谋。我去瞧瞧。不去，叔叔会生气的。

妍妍比我大三岁，最近也加急了找对象的频率。师机关女干部单身的就我一个，医院里单身女干部七八个，好像大家都商量好似的，清一色地不愿在师干部中找，不愿意在这个三线城市落根。市里两辆公交车，一个公园，三条马路，仅此而已。每次到市里，都能碰到不少熟人，比我老家城市的生活条件还差。在这样的城市生子终老，我很不甘心。这样一想，我说你到市里还要走好一阵呢，上车，我送你。

哇，谢谢。那送我到长途车站行不行？我骑车怕放到车站丢了，这一路走得身上都出汗了，我的妆没花吧。

没花没花，坐好了。

送走妍妍，我又调头到市里，买了几包面膜，又买了一条牛仔裤和呢子大衣，跟刚才看到的叶妍妍的款式很像。不过，她肯定是在北京买的，她家在那，样式真好看。这一下子花去我两月的工资，想想，值。我不是每天都能遇到大学生的，大学生也不是经常能到我们这个小城来的。这么一想，我就不心疼钱了。想着，这月就不给妈妈寄钱了，反正她和爸都有退休金。年底我如果能把大学生带回家，肯定胜过给他们买十件衣服。在他们眼里，二十三岁的我，是该把男友领回家的时候了。这么一想，我又买了一双黑色的高跟皮鞋。

3

墙上挂了师政治部俱乐室杨主任得过全军美展一等奖的

一幅叫《沐浴》的油画，画的是金鞭溪，溪边草丛里坐着一个穿白色连衣裙系着红色发带的读书少女。桌上放着周干事为我拍的一张照片，我穿着军上衣、蓝色军裙，倚着开着一树繁花的桃树凝望着远处。这造型是周干事设计的。他让我做憧憬未来状。我说不会做。他说真笨，然后走到我跟前，双手端起我头，让我先望他，又摇头，让我凝望远处的一座山，想象它是我向往的省城、上海，北京。这么一说，我马上咧嘴笑了。他说，对，就这样，坚持两分钟。那时还没数码相机，他可舍不得费胶卷。先是一阵阵地空按快门，直到我的表情他满意了，才上胶卷。

我又给师机要室少校大姐说，家里要来人，我能否买几斤肉放到她家的冰箱里。她说没问题，放一年都行。然后重重打了我一把，山东大腔就出来，哎，小李干事，是不是男朋友要来了？两月多的机关生活，使我越来越觉得在机关不能随意开口。此时我不能说是，也不能否认，说是，万一不成，把自己装到里面可就失稳重了。否认，会让人以为你待人虚假。大姐的丈夫是我们师政治部主任，手上掌管着全师干部升迁的命运的。搞不好大姐的一句枕边风，我们的命运从此就拐弯了。这么一想，我更不能随意开口了，便低头做害羞状。让她自己去猜想吧。

我等了一周，大学生也没来。前三天，我买了一堆菜，把五斤肉放到了大姐家里的海尔冰箱里，然后妍妍给我化了漂亮的妆，弯弯的眉毛，红红的唇，穿着尽显大长腿的牛仔服和驼色羊毛大衣，天天骑着自行车跑到长途汽车站，足足等了三个小时，直到省城来的最后一辆班车没了，才回到部队。此后天天晚上做梦，一会儿梦见大学生遇到了意外，要不就梦见他看了我一眼车都没下就走了。更奇的是有天晚上梦见大学生成了我的战友，跟我在密林中与敌人打伏击。奇怪的是他竟然戴着黑色学士帽，帽子上的流苏挡住了眼睛，虽然手里的机关枪哒哒地响着，却打不死一个敌人，急得我帮着他射击，可怎么也抠不动扳机。好几天晚上失眠做梦折腾得我白天上班没精神，写的新闻稿错字连篇。后四天我仍怀着希望，但不好意思再麻烦妍妍了，自己匆匆化了淡妆，高跟鞋也懒得穿了，腿实在疼。可是他仍没来，信也没，我彻底死心了，主动要求到邻县我们一个团去采访。心想，工作可以治愈一切伤痕。

一周后晚上八点钟，我穿着肥大的迷彩服疲惫不堪地刚走进宿舍院子，就听到不知谁家电视在播放《含羞草》的主题曲：小小一株含羞草，自怜自爱自烦恼，她只愁真情太少。不知道，不知道，青春会老。忽然发现一个黑影在我宿舍门口蹲着，吓了我一跳，我忙打开檐下的路灯，才看清是个年轻男人。他显然等得太久了，地上一堆烟蒂，肩背一只黑色挎背，上面写着省城日报的字样。我明知他是谁，仍问你是？他说他是郑永林。就是那个大学生。我一下子手足无措。等，不来；不等了，又来了。又想，坏事了，他等这么长时间，这不就告诉全师单身干部我名花有主了？慌忙让进屋，玫瑰花干了，含羞草叶子枯了一半，桌布落了一层土。先问他吃了没？他说没。饭馆已关门，肉也不好意思到政治部主任家去拿，擀面条更来不及。他说煮点挂面即可，从中午十二点吃完饭就没吃一口东西了，连口水都没喝。

煮刮面，简单，我先炒了葱花，然后加汤下面。在面里打了三个鸡蛋，谁知道水少，面条下得多，一锅面全成了浆糊，绿绿的菜叶也蔫了。

他可是真饿了，一锅面，全吃光了，还说好吃好吃。为了验证他说的是真话，他还打了好几个饱嗝，一个接一个的，给我第一印象，此人还算实诚。

锅没来得及洗，我就跑到门口传达室给一招打电话，没人接，又跟大学生一起骑着自行车跑到一招，才知师里即将召开全师军事训练动员会，所有的房间全住满了。

回到宿舍，他说我可以躺到沙发上。话还没说完看我脸色不好，马上咧着嘴说，我给你保证我肯定不敢侵犯解放军，即便是柔弱的女解放军，谁知道她们一个个是不是吴琼花黄英姑，不百步穿杨怕也是双枪齐发，即便踹我一脚，我怕也要住十天医院呢。

你还挺贫。他的玩笑话让我心里的怨气消散了许多，他说，没办法，原以为毕业分配工作还要晚些，没想到忽然而来，就耽误了，又怕写信来不及，干脆就没通知你，结果一来倒好，吃了五个小时的个闭门羹。

我很想把我精心的准备过程也一一告诉他，可是看他连墙上的那幅获奖的画，包括桌上的照片一句都没问，便打消了此念头。

他不知是因为天晚了，没有住处，还是其他，有些坐卧不宁，一会儿看表，一会儿又不停地说，真对不起，给你添麻烦了。

我说别急，有的是办法。我脑子里已经想好了，半小时后，我就到师医院妍妍那儿去住。正在这时，我听到周干事的叫门声。

周干事一进门，先是愣了一下，说，有客人呀？

啊，我同学。这位是我们师宣传科的周干事。集团军有名的大才子。

大学生伸出了手，周干事却没有握，但语气倒热情，同学在哪贵干呀？说着，就大摇大摆地坐进沙发里，把对方挤到了沙发边上。

省报。

大记者呀？你们省报的刘社长，是我哥儿们。

刘社长人很好。

周干事扫视了我小小的屋子，脸对着我，李干事，晚上你把同学怎么安排呀？

我去许妍妍那儿。

去师医院还得走一阵，还要经过一大片麦田，麦子半人高了，你不害怕。让你同学住我那吧。

周干事住在我们单身宿舍第二排平房。可是他也只有一张单人床，让两个大男人挤到一张床上，我开不了口。

你放心，我住办公室。

谢谢你。

要谢就送我到办公室。他说着，朝大学生一笑，你没意见吧。

一路上我跟周干事起先谁也没说话，后来还是他问，那个小矮子真是你同学？

怎么说话的，人家一米七五。

坐到那还没有我肩膀高，怎么不是小矮子、男朋友？

我摇摇头。

他停了片刻，说，既然不肯定，就不能草率决定终身大事。男怕入错行，女怕嫁错郎。说完，看我不说话，又说，我可是从关心小妹妹的角度来提醒你的。作为步兵一〇五师机关唯一的女单身干部，你就像大熊猫一样珍贵，我们每个男干部，都像爱护亲妹妹一样待你。咱们同是搞宣传工作的，作为同行，我也更应关心你，对不对？

我说明白。

冲动害死人，千万别一步走错，步步错。女孩子的青春好比青瓷，虽美却易碎，稍不注意，咣当一声，像林姐姐哭干眼泪也没用了。

行了，到师部了，我回去了！我没好气地说。

他又追上来，说，天晚了，你一个人回去我不放心，我送你。

从师部到单身宿舍要上一个长长的之形坡，左边是家属院，右边是宣传队。我置身在部队护卫之下，亲爱的战友们中间，谁敢动我一指头？我说。

这条公路，经常有社会青年骑着冒烟的摩托车呼一下冲下来，黑灯瞎火的，容易相撞。遇到没安好心的，看到女兵马上熄火，兵妹妹长兵妹妹短的叫个不停，这一叫，谁知道会发生什么事呢？不能不防。别傻笑，人家专找你这种缺心眼的女孩子骗。

你才缺心眼！说完，我望望四周，此时，左边家属院大门里透着一缕光亮，右边宣传队里不时传来排节目的歌声，一会儿是《咱当兵的人》，一会儿又是《春天的故事》，也确有零零散散地骑着亚马哈摩托车的地方青年呼啸着冲下来，急得周干事把我拉到他的右边，朝着摩托车骂道，小心点行不行！也有推着自行车的地方老百姓男男女女吃力往上走，躬着背，使着劲。天上星星灿灿地照着，春风吹在脸上虽有凉意，毕竟也到春天了，空气里弥漫着甜甜的花香。我们一时无语。

看下他的身份证，还有问清他们学校开的课程，如果是骗子，自然就露馅了。

你为什么一口认定人家是骗子。刚才你不是还当面问了省报社社长的名字了吗？人家都答对了。

凡事谨慎没错，对了，晚上睡觉关好门，谁叫都别开。

废话，把我想成什么人了。快回去！我说。周干事却不接我的话，哎呀呀，人不能头脑发热，一发热就会出问题。比如我刚才头脑一发热，就说睡办公室，不行，我还得住宿舍。

小矮子睡床，我睡沙发。现在规定不能睡在办公室。

真有这规定？我怎么不知道。

科长昨天告诉我的，可能通知还没到你们后勤吧。我一时头脑发热，就忘了这一茬了。周干事说着，大声咳了一声，传达室老朱忙出来边开门边说，周干事，回来了？

老朱有五十来岁的样子，他跟周干事是老乡，我每次一个人出入，老朱都好像不认识似的，但看到我跟周干事在一起就笑脸相迎，然后小心地把门锁上，还殷勤地开着门，让亮光照至我们进到宿舍，才轻轻地把门关上了。

让他十点半过来，要不，我就睡了。周干事冷冷地说。

你要是不高兴，我同学就不过去了。

行了，别废话，明天还要跑操呢，过了十点半，我就睡了。你把小矮子架到高炮上我都管不着！

你听听，他就这么气人，明明帮了你，你却感谢不起他来。

4

我终于安心地跟大学生坐下来交谈，一看表，十点了。我坐桌前，他一只胳膊倚在沙发上背上，不时偷偷看我，我慌乱地低下头，我们谈了各自喜欢看的书，又聊了会儿大学生活。

我说一直向往上大学中文系，却上了军校的新闻系，中文系都开什么课程呀?

我们学制四年的有:写作、古代汉语、现代汉语、文学概论、中国古代文学、外国文学、中国现当代文学、美学概论等,还有公共课选修课之类的,全加起来二三十门呢。

我说,不愧是名校中文系,课开得这么全,美学概论和现代汉语我没有,要补上。我边说边认真地在笔记本记下来,还怕漏掉了,又重复了一遍。他答得滚瓜烂熟,肯定不是骗子。

熄灯号嘀嘀嗒嗒吹响了,我说你听得懂这军号的意思吗?他摇头。我说,你听,它不急促,不像打仗,不像起床,这么悠长舒缓,让人听起来昏昏欲睡。

他说我明白了,它是熄灯号。

回答正确!我站了起来。

他却不起,支吾了半天,我才明白他这次来是想让我帮他办件事,让他妹妹当兵。

我头嗡地响了起来,本来微笑地看着他,一听这话,好像正倾听美妙的《梁祝》大小提琴协奏的梁祝三窗共读的欢乐华彩时,忽然插进了代表恶势力的严峻阴沉的铜管,心中原本有的好感瞬间荡然无存。骗子的尾巴终于露出来了。好在,是一个说真话的骗子。

我脸色变了,站着没坐,眼睛看着窗帘上的玫瑰花。

他可能看出了我的情绪,低低地说,我妹妹从小就喜欢解放军。

我们这一代看着革命电影长大的人，谁不想当解放军？我说着，又想得沉住气，不能情绪一下子从春天秒变冬天，便坐下来，拿着一盘碟带翻过来倒过去把玩着说，我就一个小小的干事，少尉，军官里最低的军衔，怎么有这本事？别说当万里挑一的女兵，就是当男兵我也帮不上忙。

他说我知道，只要你引荐我见你们师长，我就能让他帮我妹当兵。

我脸一沉，说，这是部队，不是生产队。你以为师长谁想见就能见到？

他笑着说，你不是在师部里工作嘛，你不是全师唯一的女干部嘛，师长肯定熟悉你，肯定会给你面子。

我刚调到师里，师长我只远远地见过。只限于吃饭时，给他倒了杯酒。非亲非故的，我怎么能跟师长说这话。再说师长可是很讲原则的，连他弟弟考学，都要让参加民主投票，选中了才能当学员苗子进行文化课集补习。

那是表面的，里面的事就难说了，只要你让师长见我，你的任务就完成了。我妹妹学习很好，我都带来了她历年来的学习成绩和三好学生证书，还有她长得挺漂亮的，我知道女兵基本都跟你一样长得漂亮。他说着，从旁边的挎包里掏出一叠东西，让我瞧，我连看都懒得看。

哼，我心里嘀咕，说得再好听，这种事我也不能办。说真的，细细看，他长得还是挺英俊的，穿着一件黑色皮夹克，里面是件高领白色毛衣，墨绿色的围巾松散地挂在胸前，下穿一条石磨蓝牛仔裤，勾勒得腿型又细又长。我要确认他是不是省城名牌大学的学生？还要巧妙地处理好这件棘手的事。我递给他一只橘子，然后说给师长说也不是不可以，但我得说你是哪个单位的，这样我才能准确地做以介绍。他马上掏出黑皮身份证，上面写着师大学生。他又掏出一个绿色的本子，那是省报的特约记者证，他说他工作已经联系好了，七月份毕业后就可到报社当记者，专门跑要闻。他说要闻你明白吧，就是国家和省委、省政府领导的行踪和从中央到全省大事要闻。

这话惹恼了我，我说我上的新闻系也是名校，在部队，提起来家喻户晓。

他喝了一口水，换了话题，说你也喜欢秦腔戏呀，我从小就爱看戏，逢年过节县剧团下乡唱秦腔戏，什么血在盆中不粘连，不粘连。祖籍陕西韩城县，杏花村中有家园。说着说着，竟唱起来了。

他唱得还别说，有板有眼。自从当了兵，女兵大多来自城市，很少有人喜欢秦腔戏。到了师机关，除了同室干事有时哼几句，很少有人跟我聊秦腔，他这一聊，我刚才不悦的心情慢慢转变，说，你唱是的《三滴血》。我还喜欢《王宝钏》《火焰驹》。

《火焰驹》里的一段《表花》词特棒，小姐黄桂英唱的，啥花白啥花黄，啥花开得满院香？

我马上接口：玉簪白金簪黄，丹桂花开满园香。

什么花开火红样，什么花开在池塘？

我不等他说话，抢着回答：石榴花开火红样，碧莲花儿在池塘。

谈兴正浓，忽然被外面的声音打断：砰砰砰！说是敲门，莫如说是砸门。是周干事。

天晚了，我要睡觉了。

大学生马上站了起来。

周干事这么一闹，我立马送大学生到了周干事屋。本来打算给他换床被褥，没想到周干事好细心，已经全换了。他果真在沙发上铺了床单，只放了条大衣。我说天还凉，怎么能没有被子？我那有多余的。大学生忙说，他跟我去拿。

一进我宿舍，他又跟我说，爸爸在他十岁时去世了，妈妈去年也得病没了，家里只有一个妹妹，差两分没考上大学。他怕一个女孩子长得又好，在村里受人欺负，所以想当兵是最好的出路，考军校肯定没问题。

我没好气地说现在不是征兵时候，你以为你想啥时当兵就啥时当兵呀，征兵都在冬季。

他说，明白，你只管让我见师长。师长指挥千军万马，这事对他来说小事一桩，他肯定有办法。你只告诉他我要采访他，给他在省报上写篇报告文学，发表后，这不就跟他熟了，我再提出我妹妹当兵的事，他准办这事，你们不是有师医院、通信营嘛，我都打听过了，当个女兵，师长一个电话的事。

我听得不耐烦，答应明天上班试试。一生气，连厕所在哪都没告诉他，更不想送他了，打开门，说，第二排第三间房子，我就不去了，天黑，小心脚下。

院子里，不知谁家电视机里传出动听的《含羞草》主题曲：啊！含羞草，日日夜夜在祈祷，快放寂寞去逃跑，莫叫孤独来打扰，等到那真情来拥抱，不要再羞弯了她的腰。

此曲最近每晚都听，都没感觉，这天晚上听得我眼泪忽然涌了上来。

5

晚上斗争一夜，翌日，我还是早早起床，熬上小米粥，跑完操，煮了鸡蛋，切了两个小菜，又到食堂打了包子和馒头油条。刚出食堂，就看到周干事端着饭盘走了过来，我发现他眼睛布满了血丝，笑着说：睡又硬又小的沙发，还起这么早，真是好战友，谢谢，衷心地表示感谢。

他白我一眼，也不吭声，径自进了食堂。

刚进屋，大学生就进门了。

起来这么早，没多睡会儿？

先是周干事打呼噜声，好不容易睡着了。你们的军号又嘀嘀嘀嗒嗒嗒，把我吵醒了。我想再睡个回笼觉，又听到周干事起床洗漱的声音，他那个洗漱的声音，简直就像骂人，不停地让我滚。接着又是队伍跑操的声音一二三——三二一吵得我怎么还能睡着？

部队就这样，影响你休息了。

但我喜欢这样紧张的生活，我妹妹也喜欢，这才是钢铁长城嘛。

我一听到这，感觉手里的碗重似千斤，再瞧他可怜的模样，说，我一会儿上班给首长汇报一下你们家的实际情况，先吃饭吧。

我看着他埋头吃饭的样子，小心地试探道你跟周干事聊天不晚吧？

聊啥呢，回去他只跟我说了一句话，就睡了。

说的啥？

他说他睡觉很轻，让我小声些，吓得我一夜都不敢动。总感觉他一夜也没睡，老在监视着我。

我笑道，你多心了，他人挺好的。昨夜你没睡好，再休息一会儿吧。

到了办公室，我先打水拖地，给每个老干事沏上茶，然后斗争了半天，敲开了科长的办公室，一五一十全说了。

科长站在办公桌前，双手不停地交叉捶着肩膀，听完我的话，当即回绝道，这事不可能。

我也觉得不可能。

明知不可能，怎么还张口？让他回去，八成一个骗子。科长眼睛睁大了，那眼神好锐利。

我看了他身份证，白纸黑字写着省报记者，上面还盖着大红公章和清晰的钢印。他跟他妹妹特亲，他妹妹学习很好，他还带来了他妹妹的成绩单，门门都是优秀。

哼！那咋考不上大学呢？科长说着，右手拍着桌子说，小李同志，我警告你，要保守军事秘密，不该说的一个字都不要跟他说。切记！还有，今天上午让他立马离开，这样的人交不得。下午我要是知道他还在，我就通知保卫科了。科长说着，把手里一叠文件摔到桌上，撞翻了茶盘，我要收拾，他摆摆手，说，走吧！走吧！

我想只好告诉大学生师长到军里开会去了。可是这样不是骗他吗？除了这事，我感觉他还是一个我喜欢的人，科长太武断了。左思右想，我拿了一份材料，在办公楼大厅的穿衣镜前整理好着装，上到二楼，看师长办公室门半开着，喊了声报告。

这是我第一次到师长办公室，特别紧张。

师长坐在宽大的办公桌前看一张《解放军报》。他长得实在不像个师长。在我心目中，师长就是那种长得身材魁梧、脸色黝黑，说话大着嗓门，可师长却看起来很像我心目中的政委形象，戴着金丝眼镜，说话不轻不慢。

白面师长抬头看到我，显然愣了一下，一个小少尉直接闯进大校师长办公室，他奇怪太正常了。他点点头，进来吧。我站到师长面前，紧张得支支吾吾半天，才说清省城有个记者想采访师长。

他要采访我什么？

我愣了一下，忙说，他说，他想采访您如何带出一个响当当的红军师的？咱们师可是威震大西北呀。

师长笑了，一双温和的眼睛看着我，我紧张地头上直冒汗。

坐吧。师长指着办公桌前的椅子。

我不敢坐。就这事特向师长报告，请指示。

你们科长知道这事吗？

我更紧张了，知道，他不同意。

师长哈哈哈大笑着站起来，从办公桌走到《中国地图》前，又走了回来，头转向我，你们科长不同意，你竟然还来向我报告？他锐利的眼睛看着我，我正要答话，看到他好像没有等我回话，便努力想着答词。他果然又问，这个记者是你什么人？

我，我同学。我想他的本意是好的，再说省报，那是全省的机关报，发行十几万份。宣传一下咱们师，也是我一个新闻干事的职责，就特此在科长不同意的情况下，还来向首长来做汇报。

那个记者是你军校同学？

小——小学同学。后来，他跟他爸转学走了。我立即现编，脑门上的汗想必师长也看到了。

小学同学？师长又大笑了一声，笑声忽然而至，吓得我哆嗦了一下，他忽然拉长声音说，你的小——学同学——他——了解我吗？

不——是，他说他看了关于你的不少报道。我更紧张了。

师长望着窗外说，你到师部多长时间了。

报告师长，两个月零十天。

师长语气凝重了，说，小李干事，告诉那个记者，他要采访我，必须得走组织程序，由集团军宣传处通知师里宣传科，再由宣传科通知我，你刚到机关，不懂程序，我不怪你。要真正的干事，最起码得在机关摔打两年。明白吗？

明白，首长，再见。我走到门口，师长又叫住我，说，你初到机关，干工作，要多请示，多汇报，特别是，师长说到这儿，朝门口看了一眼，低声说，把门关上。

师长走到茶几前，指指黑皮沙发，说，坐。

我双腿并拢，双手平放到膝盖上，瞧着茶几上的一堆刊物，上面放着一本《军事学术》，我发现那字还挺好看。

师长从办公桌一堆报纸抽出一张，坐到沙发正中，和蔼地说，领导说了不行，就不能还坚持，这对一个年轻人来说，不好。不过，你的散文写得还是不错的。我看了你这篇发表在《解放军报》上的散文，一直想问你，你说的柏拉图式的爱情是怎么回事？还有竹杖芒鞋走天涯又是什么意思？

我没想到师长问这个，便老实回答，我也不太懂，想着应是精神恋爱吧。竹杖芒鞋就是穿得朴素吧。

写每一个字，得搞清它的意思，不要乱用。今年你多大了？新闻系学了几年？以前在部队干什么工作？

报告首长，我二十三岁，新闻系上了两年，以前在部队当后勤兵，摆方便面。我明白了，牢记首长嘱咐，以后写文章用词要搞清它的意思，不能想当然。要听科长话，严守机关程序，争取当好一个称职的干事。

师长摆摆手，让我重新坐下，问，你在食品厂，就是我军那个后勤基地？

是的，首长，你知道我们厂？我们厂生产的方便面畅销全国二十多个省市，有牛肉的，鸡汁的，三鲜的，可好吃了。一想起我的新兵生活，我真想多说一些，好展示自己的才华，可看到师长眼睛落在了报纸上，立马住了口。

师长好像回忆似的说，你们生产的军功牌方便面，送到前线时，我吃过，很好吃，特别是那个香辣的，在南方雨天吃，特别过瘾。

谢谢首长，我做了一年方便面，然后考上了军校。这时桌上的电话响了，我立即站起来，想敬个礼离开，慌乱中一时不知用左手还是右手，师长摆摆手，我忙急急走了出去。

下到一楼看科长办公室关着门，小跑着回到宿舍，把跟科长和师长的对话一一向大学生详细叙述完，生怕漏掉一个细节，使他不相信我说的是真话。最后说，对不起，没有帮上你忙。

他说这事办不成，咱们还是好朋友，对不对。我又不是来找你办事的。当然也有这件事。我主要是来看看你。我们通了半年信，说实话，你跟我认识的女孩都不一样。我喜欢女兵，喜欢你的这间小而温馨的房间。你不要往心里去，咱们还是好朋友。

我想起科长说的话，搞不好他要派人来看他是否走了，便红着脸说科长让我下部队去采访，采访一个部队的建设情况，那个部队从建连起，打过一百多次战斗，被中央军委授予

"钢一连"荣誉称号。下午就走。为了让他确信我没有撒谎，我像背史料一样背起了我们的"钢一连"连史，幸亏我刚采访过他们。

他说我明白，我本来计划今天就走。刚到新单位，得好好干。

为了表达歉意，我决定送他到长途汽车站。上了车，他说差点忘了，我为你写了一首诗，说着把一个信封递给我，然后紧紧握着我的手，我眼泪哗地流了出来。至于我的火车站，我的饺子宴，双秀公园里月下划船，还有我所有的计划，一个都没来得及实现。

车一走，我迫不及待地站在人来人往的车站广场上，打开。诗的落款时间是即日上午。看了半天，似懂非懂，但我知道我跟大学生完了，听听这让人喜悦又胆惊的诗：

> 小灯笼，又亮又精巧 / 上面的织女驾着祥云在偷笑 / 我撑着它 / 走过朱雀大街 / 登上大雁塔 / 翻过老家的老龙山 / 吃完大老碗羊肉泡 / 一阵大风过，织女变张飞 / 好想有只火炬 / 把织女照在人世间……

6

第二天我耷拉着脑袋刚进师部院子，机要室的少校大姐老远就问我何时去拿肉，我说朋友来得急，已经走了，肉就送给孩子们吃了。

大姐怪怪地看着我，好像我撒谎似的。

晚上妍妍是来瞧客人的，一听说人已走了，责怪了我半天，又说，你跟那个人有戏没，我听人说，长得挺帅，还是省报记者，多好呀。你这人也真是，来了也不告诉我一声，我还想着帮你化妆呢。是不是怕我抢走了他呀？

我机械地点点头，看到对方表情马上醒悟过来点错了头，又立即摇摇头，眼泪哗哗地流了下来。

怎么了？是不是没成？不伤心，不就个省城吗，告诉他，中国可大了，除了省城，还有北京上海广州呢。谁敢说我们一辈子只会待在这个小城终老。

我握握她的手，说，谢谢。明天过来吧，我请你吃饺子。

为什么不是现在呢，你看馅我都带来了，为了安慰失恋的你，本姑娘今天晚上就不走了，专门陪你。正说着，周干事敲门也进来了，手里拿着一把韭菜，说，我是狗鼻子，闻到肉香了，今晚包饺子，算我一个。

在包饺子时，周干事说他最近看了一篇小说，说，从前，有个富家小姐开着咖啡馆，本来有个帅气的男孩子追他，可她就是看不上，周围的人都不入她的法眼，眼光一直盯着远方。春天，来了一个又矮又驼背自称是她表哥的男人，那家伙不知用的什么招，反正小姐从此就迷上了他。谁知那家伙却伤她最深。那个小姐最后把自己封闭到屋里，一直到老。

我说这故事是篇美国小说。

检验员妍妍说，这小说一点也不好看。

周干事看着我，我说，这篇小说写得很棒。

周干事长叹一声，说，真想日子一直就这样过下去多好呀，我们一起聊小说，一起包饺子，一起永远这么年轻。

妍妍说，周干事，你今天怎么这么伤感？

周干事说我伤感了吗？

妍妍说，我其实有时也很伤感。你呢，晓音？

我说我要下饺子去了，都七点了，饿死了。

晚上我跟妍妍挤在一个被窝，说了大半夜的秘密。原来她相亲也失败了。不是人家没看上她，是她没看上对方，为啥，据妍妍说，对方闻着嘴里有股臭味，怕是有胃病。对此话我表示怀疑。因为我也是吃不到葡萄就说葡萄是酸的，我告诉妍妍大学生在家是独子，家里有个瘫在床上的妈妈。我无法想象自己会照顾一个常年病在床上的人。妍妍说，别着急，我们院长又给我介绍了一个更好的，他战友的儿子在北京当兵，我总算可以回家了。到时我让我男朋友帮你也找一个北京的，咱们到时在一起做伴，一起终老，别伤心，最美的肯定等着我们呢。

我苦笑一声，说，睡吧。

7

不久，我到集团军去开新闻报道会。会后，刚好是星期天，我搭了辆去省城的顺车，一个人逛商场公园都没意思，想了半天硬着头皮给大学生把电话打过去，让我没想到的是他特热情，说，来，到我们报社来，我带你到省城好好玩玩。

他从不提他妹妹的事，可我还是主动问起。

他说他妹妹准备复习一年后考大学，考省城有名的军医大学，军校比他上的师范大学还好，吃穿学费都不要钱，当然，还能穿上心爱的军装。

上午他带我到兴庆公园划了船，可能因不是月下，人山人海，根本谈不上浪漫，但跟一个帅气的大学生在一起，听着他讲故事，也超出了我的想象。下午他又带我到省秦腔团看戏。他说他也爱看戏，我说我喜欢李爱琴陈妙华肖若兰的戏，他说他喜欢听戏，人名记不得，什么《忠保国》《五典坡》《下河东》这些激昂的戏看起来才带劲。

我们看了全本的《王宝钏》。看到第一折《飘彩》时王宝钏唱道，王宝钏我将彩楼上，命运好坏如赌场，登高远望好景象，长安果然不寻常，商号繁华人来往，楼下人潮似汪洋，千张笑脸朝我望，举彩不定添惆怅。

我说，王宝钏胆子好大，绣球竟然抛给了一个叫花子。

听戏，听戏，后面有人叫。我只好看起戏来。

我俩从戏院出来，我又叹息道王宝钏真可怜，等了十八年，等回的还是调戏她却是已另娶的丈夫。虽然当上了正宫娘娘，却要跟一个年轻漂亮的代战公主来分享丈夫的爱，真是好难过。

大学生不以为然地说，戏就是戏嘛。

不，戏如人生。

大学生换了个话题，问我喜欢看折子戏还是整本戏，我说折子戏精彩，全本圆满，各有各的好。

只能有一种选择，并说出理由。

我脱口而出：当然是折子戏。因为它大部分是演员的独角戏，最见功夫，也最能出彩。

他说跟他的看法一样，折子戏当然精彩，每一个演员最棒的其实都是折子戏，因为整本戏得靠生旦净丑大家合作，而折子戏，特别是独角戏，才是考验一个演员的真功夫。就像人生一样，精彩的其实是某一瞬间，大多时，都是平淡无奇的。

我说你讲得好哲学。'

他看着我说，自己悟出来的。

接触久了，我发现他并不像我想的那样世俗。有时我想假若我有这么一个妹妹，我也许会想出这么个主意的，我是他朋友，帮他是应当的，可我却没帮上他。

在他处待了两天，他就像我计划中待他一样对我吃的玩得很尽心，但是关于婚姻问题，他一句话都没提，我也不会开口。我想是我伤透了他的心，这是我们最后的相见。

8

四月底，樱花海棠盛开时，我们单身宿舍好像置身于花海中，睡觉都被花香惊醒。师组织科向全师各单位下发了一个通知，为庆祝五四青年节，全师要举办一场演讲会，题目是：我心目中的他（她）。这一下子在全师炸了锅，据消息灵通人士私下嘀咕，这是宣传科周干事给组织科提意见后催生的产品，周干事的理由是全师男干部找不到合适的对象，而女干部却像孔雀只往大城市飞，这证明组织科工作没做好，整天开介绍信把女干部往外嫁，不是工作失误是什么。这么一激将，一周后，组织科就拿出了这么一个活动方案。我就此事求证过周干事，他正拿着布擦相机镜头，头也不抬地说，既然你们都听到了，我说啥有用吗？

全师女干部听说后知道对方醉翁之意不在酒，恨得咬牙切齿，恨不能把周干事吃了，都以为这样的演讲未必能搞成，没想到这方案不但得到政治部主任的赞同，还得到师长的大力支持，政委到国防大学基本系去学习了，听说此去可能提少将。师长暂时党政一肩挑，活动通知很快下发全师各个单位，号召全体官兵积极参与，而且演讲还要评奖，最后要在全师礼堂给获奖者佩戴大红花。据说反映最热烈的除了师机关男干部，还有下面各个团及直属队的官兵。虽然女干部们暗暗叫苦，但是军人服从命令为天职，还得积极准备。

此活动我们科长极为重视，终于难得地笑了，说这是好事，好事。首先要在我们后勤系统落实好，让我分管师医院，做好稿件第一把关人。稿子文采先不说，最重要的是一定要三观正确，要符合革命军人的价值观择偶观。当然，科长说到这儿，瞟了我一眼，又说，语言也要美，要能说出道道来，让人家听众听起来，还服气。

师医院的女医生护士一个比一个漂亮，可是写起稿来，简直是逼鸭子上架，报名者寥寥，于是我先组织召开动员会，启发引导，接着又给大家展望了获奖后的美景。说得口干舌燥，总算有五人报名。外科医生杨梦沪当然是最佳人选，我动员了几次，她高傲得只说了三个字：没兴趣。

好在有五人，至少我们后勤不推光头了，只要有一个女干部向我请教，我马上摆出十二份的耐心全身心指导。最有干劲的是妍妍，她来到我宿舍就不走，我知道她的心思，想凭这个讲演，一炮打响。因为她曾说过，她就是做准确一万个B超诊断，无貌也无背景的她也不可能调到北京去。不，连师机关都调不进来。她必须要脱颖而出。

我递给她一杯水，说，谢谢好朋友支持我的工作。如果此次演讲，后勤没一篇像样的稿子，那我真的能否待在政工科，还是个问题。一想到要应了杨梦沪的咒语，我心里不禁一阵哆嗦。

她说，我肯定全力支持你的工作，这也是我现在纠结的地方。我不瞒你，我就是想找个在北京工作的男友，那儿有爸妈，有熟悉的同学朋友，有最新款式的衣服、歌曲、演出，将来孩子能上重点小学、大学。我说你的想法也没错。她说可我在演讲稿上如实写了，全师人特别是师首长就知道我不安心工作，这一生不就完了？

你只说对方才学人品，这就叫避重就虚。

可是我喜欢那些有大学文凭、读了很多书、幽默又有情趣的人呀，而这样的人咱们师里我没找到呀。

这一下我作难了，想想之后说那你就虚指，从苏东坡，李白，不对，要说将士，比如戚继光呀、岳飞呀，高适呀一些边塞诗人往他们身上靠。你看看秦腔戏王宝钏喜欢薛平贵这个叫花子，说，喜欢他：彩楼上绣球打中你，这婚姻并非偶然的，我爱你身贫而有志气，不畏权势肝胆照人。胡凤莲喜欢田玉川：月光下把相公仔细观看，好一个奇男子英俊少年。他必然读诗书广有识见，能打死帅府公子文武双全。嫦娥喜欢后羿：多亏了神羿下界抖神威，他那里张弓射箭雄姿俊美，他那里惩恶扬善气宇巍巍；愿留他造福人间除妖魅，愿留他永驻山乡不回归。

打住打住，妍妍烦躁地说，别整这些老古董了了，既离题太远，又不切主题。

妍妍技士，你此话差矣，俗话说，自古美女爱英雄，佳人爱才子。你再仔细分析我上面列举的这些古戏唱词，无论是千金小姐还是平民小女，选才的标准无非两个字，才德。他们的郎君都是能文能武，能救民于水火中的英雄，而这些人放在今天就是响当当的优秀共产党员、优秀军人。

可是我心里不是那样想的呀。

我说行了，行了，你都把我绕进去了，大方向给你定了，就看你怎么组织材料了。

对了，我向周干事请教去。

赶紧的，快去快去，我怎么没想到呢，他是集团军一支笔，又是此次活动的主要谋划者，找他找对人了。

果然晚上，我就在向阳饭馆看到周干事在饭桌上指导妍妍了，一看到我，马上叫我一起吃，当然不用说，点了我最爱吃的红烧鸡块。

周干事是给妍妍如何指导的，我不知道，至少饭桌上我没听到，反正妍妍得了奖，竟然还是一等奖，吸引了不少年轻男干部。我们后勤部战勤科一位参谋不屈不挠猛追，可终没追到。妍妍经人介绍，跟那位北京空军部队的连长通了几次信，最后对方说两人调不到一起，还是散了吧。妍妍为此跑到我屋里，哭了好半天，发誓再也不找对象了。妍妍说调不回北京，她至少也要在省城安家，结果都因各种原因没了下文。我很想把战勤科的参谋给妍妍撮合成，她已经二十六岁了，在我们师医院算年龄大的了。她死话不同意。一直到二十九岁那年，在省城医院进修，认识了一位医生，那人长得老不说，离婚了，还带个儿子，两人认识不到两个月，就结了婚，妍妍调不回去，就转业到省城一家工厂的卫生所里，按她自己的话说，好好的技术全废了。卫生室只是给人拿药量血压，根本没条件给人做 B 超，也就是图个生活舒适吧。当然这是后话。

我们言归正传，继续讲那次演讲。

那阵子，全师所到之处，官兵都在议论如何找到生命中的那一半：到底是形象好重要，还是才华重要？到底是对你好孝敬父母，还是在大城市有个有前途的工作更重要？

接着司令部又开展军事大比武，一会儿射击，一会儿投弹。政工干部也没闲着，一会儿比讲课，一会儿比看谁写的材料、发的稿转发、发表的多。那一阵子整个师从机关到直属队，看到的都是灯火通明，每个人好像都打了鸡血一样，动不动就说咱们是红军师，从井冈山来，从古田会议，从抗日战争、解放战争的硝烟中一路走来，还经历过抗美援朝和对越自卫反击战血与火的考验，我们是英雄的传人。

然后组织科又把演讲、比武、打擂台等活动进行排名次、评奖，然后让一个个优秀者在师礼堂让师首长戴大红花。三八妇女节，又邀请市师范学院、纺织厂、地区医院等地方女青年到部队来选郎，活动的后果是一下子促成了 6 对双军人、15 对军地青年的婚恋，喜得师长连夸组织科活动搞得扎实有效，硕果累累。

师里又举行了一场隆重的集体婚礼，新婚的双军人到我们双秀公园照了相，又坐船到师部，再坐大轿车到训练场走了红地毯，以坦克、大炮为背景，举行了盛大的婚礼，被媒体称为新时代最美的婚礼。

军区报、省报也大篇幅地给予了宣传。省报是周干事写的。稿子写好他告诉我说要不要请你那个小矮子男友把把关，我气呼呼地说，他已不在省报了。周干事撇撇嘴说，算了算了，我离了他照样在省报头条发稿子，你信不信。果然上了头版头条，师领导说周干事很出色，准备提他当副科长了。周干事却不意为然，暗示我，集团军要调他，他不想去，他最想去的是到下边团里任实职，他说现在干部要年轻化，还要有基层经验，只有当了指导员、教导员，才能走得宽，走得美。他说到这里，眼睛一眨一眨的，感觉好像探照灯不停地在照我。

我说你都快三十了，该考虑婚姻问题了，他说大丈夫只要功成名就，何患无妻。放心吧，我会找到我最喜欢的那个她的。

然后又问我跟大学生怎么样了，我说还那样呗。周干事说，那要抓紧，如果不行，尽快分手，不要像鸡肋，食之无味，弃之又可惜。

我说你说的什么鬼话。生气就走。

大学生走后，仍给我来信，两月前说他已调到了深圳，一家中央媒体在那有家分社，他老师负责筹建，指名要他过去。他在信中说，这是时代所需，春天的故事已全面展开，让我走出军营，听听外面的声音，到外面走走，就知道世界上不只有部队，不只有省城，还有更大的世界，比如他身处的南方，改革的步子大得好像南海的浪涛一样，势不可挡。

我说身为军人，先把本职工作干好，我们是为改革开放保驾护航的。如果没有解放军，南方的春天美得也不踏实。然后我就把最近我们师里的活动简要告诉他了，当然限于可公开的范围内。周干事、科长时时提醒我，千万不能泄密，要跟地方人员保持适当距离，即便谈恋爱，不能说的绝对不能透露一个字。

我自我感觉回信写得真诚感动，也充满了现实感和画面感，不知那个花花绿绿的南方城市真的诱惑了他，还是他看出了我们恋情的不现实，反正此封我寄去后，他信就来得少了。

在师长主婚、科长主媒下，我跟师里一个干部结婚了。师长在婚礼上大大地表扬了我，说我脚踏实地，热爱工作；找对象，能用发展的眼光去看对方，给全师女干部带了个好头，将来家庭生活必定幸福，事业定有番作为。听得我心跳得像打鼓。他还举例说自己最先就是在一个山沟里当排长，他爱人还在大城市工作，就没嫌弃他。她也不知道我有一天能当上师长，但是她知道我肯定会努力。同志们，小溪，流，就是出路。找对象，看他是不是潜力股！师长说到这里，全场响起了热烈的掌声。

新婚第二天，我接到了大学生的电报，上写：后天下午我到你部求婚。

我瞒着爱人跑到卫生间把电报烧了，然后骑着自行车到市邮电局发了一封加急电报：我已婚请珍重。

晚上，《新闻联播》刚一结束他就打来了长途电话，电话打到了单身宿舍门口的传达室，我想他不愧是记者，神通广大得能把长途电话从南方打到西北这个偏远小城的分机上。

一听他声音，我感觉往事一下子又涌了上来。传达室值班的老朱坐到桌前，边吸着烟边看着我，一副刚正的样子。我侧过身，面对着窗外悄声说长途呀，电话费很贵的。大学生说他赚了不少钱。然后说他不相信我已结婚了，我才二十三岁，太小。我说我已享受晚婚假了。他说真的，我说真的。他说你找的什么人，我说战友。他说他的生日是什么时候，家在什么地方，城市的说清在哪个区哪个单元，农村的具体到哪个村，家里有几个弟妹和哥姐。

我不高兴地说你是警察呀，查户口呀？

老朱大咳了一声，我不敢说话了。

大学生仍在电话里不停地催着，你说话呀，我再有钱，可也不能这么浪费呀。

说实话，爱人家是农村的，我只记得什么县，村子根本就没问过。

大学生一听我的话，哈哈笑道，我就说嘛，你根本不可能这么快就结婚。最近我们报纸从创刊，终于走上了正轨，这样我才顾得上考虑我们的婚事，我马上到你们部队咱们好好谈谈具体事宜。你可以转业到深圳，这儿冬天也是艳阳天，也不用穿棉衣。咱们北方人到这儿就是天堂了。这儿有木棉花、三角梅，有你喜欢的大海，还有许多许多花，你根本叫不上名字。这儿时间就是金钱，只要你想干，没有干不成的事。我可以在附近报社或杂志社给你找个好工作。部队固然好，但毕竟不可能穿一辈子军装啊。你们不是常说铁打的营盘流水的兵嘛。你有时间看看最近播放的挺热门的电视连续剧《情满珠江》《深圳人》，你就知道深圳是一个多么勃勃生机、多么前途无量的城市了。

我说好了，长途呢，快一个小时了。我放电话了。

他说，别呀。

我说你听，熄灯号又吹了，再见。

放了电话，我说大伯谢谢你。

老朱让我坐。然后说，看着你们女军官就是神气，一身绿军装穿在身上，我越看越喜欢，我给我闺女说你好好念书，将来也当个女军官，小皮鞋一蹬，裙子一穿，一月拿四五百块钱的工资，多神气，可是她念书不行，年年考数学物理不及格。算数还没我算得清，唉，没办法，咱没给娃创下江山么。

谢谢大伯。我起身要走。

老朱站起来说，我说的啥意思呢，李干事，你刚结婚，要珍惜呀。双军人，工资那么高，又在一起上下班，多让爸妈高兴呀。

我说明白，大伯，谢谢你，我知道你的意思。心想，老朱为了劝我，竟然还扯上自家的女儿，真的是个好人。这么一想，我忽然想送他一箱苹果，都端出门了，又想，不行，不要让他误解，好像我真做错了什么事似的。要送也得等几天。

幸亏爱人加班去了。回家看我情绪很低落，问了好几次，我都说因为搞新闻，老上不了稿子，怕科长说，师长问，很焦虑。爱人说那我以后写稿，加上你名字即可。

那也得写我们后勤的事才可以。

这还不小菜一碟。

我说不了，我还是自己努力吧。

他睡着了，我彻夜难眠。天亮时，梦见我到了南方，那儿真的好像天堂，虽然我不知道天堂是什么样子。

9

第二天吃过早饭，我正洗碗，儿子鬼鬼祟祟地进来先把厨房门关上，低声说，妈妈，你看看这个，我一个朋友发给我的。说着，打开手机给我看一张照片。我一瞧，大吃一惊，竟然是当年我放在书桌上的那张我穿着少尉军上衣、下面着蓝色军裙，倚着桃树的照片。照片虽然旧了，但是没有折痕，而且翻拍的效果也不错，连我肩章上的那棵金色的五角星都很清晰，桃花的叶片清晰可见。大学生走后，照片就不见了，我四处找了半天，也没找着。估计他拿走了，我后来见到他，想问，终没开口。

"这人是谁？他怎么有我的照片？"我心跳得飞快，似乎都按捺不住，忙把碗放到案板上，再仔细查看照片。

"一个同学发的，他知道你是我妈妈，是作家。他发来我先都没认出来，你那时那么瘦呀，要不细看，真认不出来。"

"你问下他这照片从哪来的？"

儿子看着我，没有说话。

我讪讪地说，"有老照片，想必是老朋友。是老朋友，联系上总是好事。"

"我听我同学说，这人分明是炫耀，说他妹妹现是军医大学的副教授，还说你那时……"

我怎么了？我本来想这么问，可话到嘴边，想起自己是母亲，生生咽了下去。

"你快走吧，上班要迟到了。"

"妈，你如果真想跟他联系，我帮你问问我同学。"

"不用了。"

"你跟我爸是一个部队的？"

"我们在一个师，他在宣传科当干事，拍照非常好，这张照片就是他拍的。"

"那时你好瘦，好清纯。我见了这样的小女兵也会动心的。"

"别贫了，是你爸拍得好。他那时在集团军，不，整个军区，摄影写稿都排在前面的。不像现在，哼，几百年都不给我照一张照片。整天就是工作，工作，好像机器人似的。"

"说我什么坏话呢？谁是机器人？"爱人在客厅高声叫着，儿子朝我努努嘴，用食指在嘴边做了个保密的动作，然后拉开了厨房的门。

爱人已戴上军帽，提着行李箱子又要出差了。

"爸爸，你跟妈妈是战友，结婚三十多年，真幸福。我跟我同学是同学，应该也会生活得更幸福。"

"你这孩子，两码事。那时你爸爸是名牌大学本科毕业，中尉军衔，在全集团军都是有名的才子。你同学现在没工作，家又在农村。此事须从长计议，马克思说过，经济基础决定上层建筑。"我说着，朝爱人一笑，整整爱人的军装，看着那一颗金灿灿的星星，想起他的不易，不快的情绪也柔和了许多，说，"胃药带了吧，别忘记吃，每天晚上早些睡，人到中年，身体要紧。"

"我这不是常出差嘛，你也是军人，啥时变得这么婆婆妈妈的？"

"时光呗，除了惨无人道的它，还能有谁？"

爱人轻轻摸摸我的脸，说，"走了。"

我从书房窗外一直看着小车出了大门，走到客厅，发现儿子还在磨蹭着，一双小眼睛不时盯着我，问，"那你当时为什么没看上爸爸，又到省城去见……"

臭小子噎得我一时无语，看来他知道得更多，我却不想问，只说："快走吧，我也要上班去了。"我说着，换起衣服来。

"看人要看他的潜力，当时你要不是跟我爸结婚，怎么会调到北京，怎么能住六室两厅的军职房，我又怎么会在北京出生，成为首都人呢？你结婚，竟然连姥姥姥爷都没告诉，妈妈，你好好想想，将心比心。"

"快走，快走，别迟到了。"

我小跑着坐到班车上，手机短信响了，一看，是儿子发来的一个网名叫九十年代的名片，我没有加，心想，以后再说吧。青春还是用来回忆比较好。

短信又响了，是我的老战友许妍妍。她说祝贺你，幸运地等到了新军官制度出台，写字画画的，竟然也戴上了大校军衔，跟咱师长平起平坐了，而我却退休了。这次回京准备砸锅卖铁也要到北京买房，虽然父母没了，北京毕竟是我的家，哪怕住到六环外，也算落叶归根了。

我随周干事调到军区后，妍妍转业到省城工作，本来夫妻团聚多好的事，谁知儿子一岁时，两人竟不知什么原因离婚了。医生杨梦沪，一直独身，后病退回了上海。而大学生，自从那次电话，我们就再也没有联系了。虽然那天他在电话里确定我结婚后，还一再说，我们不是夫妻，还可以是兄妹嘛。

（刊发于《清明》2022 年 3 期）

凤还巢

1

一听到手机应用程序咕咚里一个女声说你已跑了一千米，用时七分三十秒，我立马从跑步换成散步，擦完汗，手机响了。

晓音，你收到周六晚到桃花坞聚会的短信了吗？大学同学秦小昂她那江南女人特有的温柔如糯米般的声音随着电波传了进来，还有她那姣好的面容已展示在屏幕上。有些女人，时间对她颇为钟情，秦小昂比我还大两岁，可她永远就像一个小姑娘，无论是打扮、腔调，或者还是说话。

收到了。我喘着气说。

你怎么了？

我不是在练三千米吗？一千米就用时七分三十秒，再跑也不及格，索性就破罐子破摔了。

你也是，至于嘛，跑不过能把你怎么样，你不是刚调了六级了嘛，又当了领导，过不过无关要紧，不像我要提五级，不过，一分钱的戏都没得。

也不单纯是为了考核，主要是不甘落后。对了，聚会你去不去？

你说这短信也不署名，谁组织的？谁去都不晓得，好诱惑人。只是我们家的东方局长老加班，现在他们部队……

行了行了，别老把你们家东方局长挂在嘴上，我估计他老人家也让你叫烦了。

好了，就这样，周日见。我们家东方回来了。我话还没说完，秦小昂就挂了电话。

回到家，我把米饭蒸到锅里，又打开手机，仔细看了一遍手机上的那条短信：

新闻系同学，请于九月二十四日晚六时到西湖桃花坞凤还巢包间聚会，请带春秋常服。

是班长高云刚？他是我们新闻系职务最高的，不过，他工作千头万绪，怕无暇操持这样的事。柳宛如？在电视台工作，很少参加同学聚会，通知她，不是在采访，就是在采访的路上。支部书记田心怡？倒有可能，她现是单位一把手，可现在部队军纪严明，别说安排人吃饭，就是派一辆车，都是违反规定的。再说田心怡在外地，不可能为一个聚会，跑几千千米。

同学分别三十年了，即便我跟秦小昂和柳宛如同在一城，也难得见面，也就是外地同学来京，偶然见下，饭桌上嘛，能说啥。

虽疏于见面，我还是牵挂着我的大学同学们的动静。每每在报刊电视上看到同学的名字，我还会不停地给人说，瞧，那是我同学，大学新闻系的同学。私下里，暗暗跟他们比成绩，比谁进步快，总觉得他们就是我成长道路上的加油站，在我不想走时，看到他们在前面跑，就又加速了。

爱人一回家，我就把聚会的事告诉了他。他立马脸阴了，我家打电话了，周六是我妈生日，咱们必须回去。你请假，咱们在家待一周。

同学聚会三十年难得有一次。再说，我刚上任，啥情况都不了解，这时请假你觉得合适吗？

我妈也不是天天过八十岁的生日。李晓音，我告诉你，你不要以为你当了个破职，就在家以领导自居，老子不吃这一套。爱人站在我跟前，一双小眼睛瞪着，手指不停地敲着茶几。

他以前可不是这样的。谈恋爱时，三天两头给我写情书，一会儿关关雎鸠，在河之洲。一会儿在天愿作比翼鸟，在地愿做连理枝。这对我一个整天在军营里写材料的兵妹子来说，无疑就是海上仙山，人间桃源，不出一年，就跟他扯了结婚证。婚后，对我也是怨不辩解，骂不还口，即便人到中年，只要出差，也天天晚上要打电话报晚安。

情绪变化是前不久开始发生的，当得知我提了副总编后，他三天两头地找事。一会儿说我炒的菜少了营养，一会儿又扯着衣服说我熨得裤缝不对称。我恨不得跟他大发脾气，可一看他存心要跟我斗的架势，咬咬牙，不跟他争，径自进了厨房。收拾完，天已黑透了。走进书房，埋头看即将出报的校样。

咱们必须回家。爱人走进来，说着拉出旁边的椅子坐下来，一副存心要跟我打持久战的架势。你看晓音，我妈都八十岁的人了，保不齐这是最后一个生日了，病也越来越不好，原来能吃两个馒头，现在只吃一个了。如果你不回去，村里人会说闲话的。

我一顿饭也吃一个馒头。

爱人腾地站了起来，拳头握紧了，两排参差不齐的牙也咬在了一起。

我一看这架势，很是恼火，真想说，你妈又不是这两天就死了，但我不能任性。夫妻之间跟职场同理，信口开河一句，可能酿之大祸。我放下报样，心平气和地说，之永，你先回去，等我把单位的事理顺，咱十一回去看两位老人好不好？我以为我军旅生涯快要画句号了，没想到老天睁眼，让我又上了一个台阶。新的岗位，我特紧张，连续几晚都睡不着，你又不是不知道。报社比机关情况更复杂，三个女人一台戏，现在我们班子里七个成员，就有四个女同志，说句笑话，你一句话，一个眼神，都可能惹出事端。更何况不少人都是总部领导的家属子女，今天你说的一句话，明天就可能传遍全军。还有我分管的报纸一字一标点都得细看，一字错了，可能酿成大祸。比如，某报竟然把"牢记使命"，写成了"忘记使命"，从编辑、主任到副总编，处理到底。你看，这校样我看了三遍，怎么感觉好多字都不像，你帮我看看。

你别给我扯那里格愣。你就是天王老子，周六也得跟我回去给我妈过生日，否则后果自负。他说着，摔门而出。

还后果自负？真想冲出去问他何后果？何自负？却坐着没动，长长地呼出心中的恶气，打开音响，放起了古琴曲《高山流水》。音乐能平复人内心的火气，果然，一曲没听完，我心里就宁静多了。

随着职务升高，我脾气越来越平和。

对大学中文系副教授孙之永同志说话，我措辞更加小心，比如说升职，我得说，接手新工作。比如原来还敢发脾气，现在就不能发。发了，他就会给你戴一顶高帽子：居官自傲。虽然这两者没有必然联系，可他凡事都要跟我的职务扯上关系。我有时太累，不想跟他行夫妻之事，他会说，我居官自傲。我不跟他与他的朋友一起聚会，他也会说我居官自傲。单位给我分了四室两厅，我一拿钥匙，就打车到他单位叫他一起去看房，他当着同事的面，只给我一句话：我忙着呢，头也不抬。我刚走出门，就听到他对同事说，别看是大校、是领导，在家啥都得听我的。气得我恨不能再冲回去跟他计较，可这又能怎样？

婆婆过生日，为什么非要赶在同学聚会之时？大家都在领导岗位中，难得一聚。可要是不去，家里又吵闹不休。

思忖半天，我到商场给公婆每人买了套保暖内衣和羽绒服，先给婆婆打电话。

婆婆开口"晓音呀"底气十足，但一听我问她的病，声音马上弱了半倍，一会儿给我说她腿疼，一会儿说她心脏有时都不跳了。她话还没说完，公公就把电话抢了过来。

我又给公公说，我刚调了职，工作还没理顺，此时不宜休假。请他理解，我让爱人带回去一万元，请他不要舍不得花钱，雇个人照顾婆婆，需要钱随时说。如果小城治疗不好，就到北京来，首都大医院多，婆婆的病肯定能治好。现在我们分大房子了，他们来也有地儿住了。我父母都不在了，我当如对亲生父母一样对你们。说到去世的父母，我腔调里带了哭音，使一番客套话瞬间充满了真情实意。

公公曾是县政府办公室主任，一向跟我谈得来，我每次回去，他都会跟我谈半天官场注意事项。我话还没说完，他就不停地说没事儿，没事儿，我会跟你妈解释的，你现跟市长平级了。好好干，晓音。你把电话给之永，我批评他，他一个男人没能力帮妻子，起码不能扯后腿呀。

我看爱人瞪着我，便笑着说，爸，你错怪之永了，没有他的支持，就没有我的今天。歌上不是唱了嘛……我还没说完，公公就唱出了"军功章里有你的一半，也有他的一半"，你就放心吧，我们好着呢。之永，爸电话。

爱人接过电话，说，行了，爸，我马上就回去接你们。房子晓音已给你们布置好了。说着，捂住话筒，悄悄说，快收拾房子，爸妈同意来了。

没想到顺嘴一句客气话，公婆真就要来。要知道人来，何必还要带那么多钱回去。说出嘴的话，泼出去的水，后悔的话不能跟爱人说，否则岂不赔了夫人又折了兵。

2

参加聚会之前，秦小昂问我穿什么衣服？我回答，整天穿军装，能穿出什么花头。她说她家离聚会地近，她打车近，见面聊。

我不会开车，正想打车能不能去时，电话响了，是同学柳宛如。她先问我是不是接到了聚会的通知，又问咋走？我说现在部队车辆管理严，我打车去。她说你等着，我来接你。

我心一下子热了。毕业以后，我跟柳宛如走得并不近，起初有外地同学来京，还见见面，近十年来，几乎再没见过面。最多，彼此的朋友圈里点个赞，发个感言之类的。

柳宛如开着大红色奔驰，穿一件紫色长袖连衣裙，一条细细的白金项链系在修长的脖子上。看她精心打扮，再看看自己棉布衬衣牛仔裤运动鞋，有些后悔自己穿得太随意了，至少该换条裙子。又想，也许就因为我这样不显山露水，柳宛如才与我同行，这么一想，就释然了。

过了市区，车仍没有停的意思。

已经六点半了，还没出城。我问柳宛如熟悉路不，得知她知道后，又说，现在咱们军人不能不经组织批准就参加地方活动，特别是媒体活动。这个通知你知道是谁发的？也不说名，也不说聚会都谁去，让人心悬着。

放心吧，是一位老同学请咱们聊聊天。

她这么一说，我估计她心里有底，也就不问了。

车又行驶了将近一个小时，来到一座小岛上，岛上花灯璀璨，甚是漂亮。这时身后有人叫柳宛如，我们回头，在灯光下发现一个男人穿卡其色风衣，立领格子衬衫，戴着墨镜，对我们领首一笑，美女们，好久不见。柳宛如说好久不见，便伸出了手。刚才她还一副女汉子的彪悍劲跟一个开宝马的女孩子争车道，还对骂，现在语态瞬间变柔。

中年男人取下了墨镜。我失口大叫：高云刚！你怎么在这儿。言语里的欣悦，连我自己都不好意思起来。

高云刚是我们新闻系第一位提将军的，毕业以后，我大略只见过他两次。一次是去部队采访。吃自助餐时，我刚拿起不锈钢餐具，一位少校走到我跟前，看了我军装上的姓名牌后说，李记者，有人找。包间里，少将高云刚坐在贵宾席上，指着他右边的一个空位置说，来，晓音，坐我旁边。马上有人把那座位前的一个姓名牌挪到了旁边。然后给大家介绍，我同学，年纪最小，现在也师职干部了。然后，整个饭局上，就没再跟我说话，可我心跳得特别厉害，夹菜不是掉到了碗里，就是落进了茶杯里。饭后，他留了电话，我几次想打，可最终还是在将要通时，挂了。

再一次见面是在直属单位的表彰大会上，我荣立三等功，高云刚在主席台上，隔着一位首长悄悄说，晓音，好棒！

现在的高云刚，没穿军装，好像又跟我前两次见面不一样了，比学生时代更显男性的魅力。我见到班里的男生一个个变得好油腻，只有他，不穿军装的样子，还那么书生，根本就看不出是个场面之人。

我握着他递过的手，感觉心再一次跳起来了。真是，怎么这么沉不住气，你都五十岁的人了，我在心里暗暗骂自己。

一直想请大家聚聚，一直忙，今天好容易抽出时间来，不要担心，是我个人请大家。

臣民谢谢高将军接见。柳宛如妩媚十足。

哈哈，宛如还是嘴不饶人。现在我携二位佳人游湖，也是三生有幸，可以记入我人生史册了。

说你胖还真喘上了？还三宫六院，还载入史册，真把自己当成皇帝了。柳宛如说着，摘了路旁一枝月季，闻了起来。

高云刚也不理她，笑着说，晓音，听说当副总了，祝贺。

谢谢。听说你又要高升了，那可就是中将了吧。

哎，鄙人如浮萍，无根自飘零。咱今晚不谈工作，只谈风花雪月。高云刚笑着说，脸色却突然凝重起来。

你儿子结婚了没？柳宛如问。

我以为是问我，刚要开口，高云刚却回答：没，小子不是嫌这个不好看，就是瞧那个心里不美气。儿大不由爹，由他去吧。

晓音，云刚爱人又贤惠，又漂亮，结婚三十年了，两人还整天唱天仙配。柳宛如语带微酸。

胡说什么呢？高云刚说着，把柳宛如手里的月季夺到手里，闻了闻，说，仲秋了，这花还挺艳的。

我感觉他俩关系暧昧，便借口照幅夜景，故意落在后面，心想他们既然如此，何苦还要扯上我和秦小昂，或者其他人？秦小昂到了没？聚会的还有谁，但我不问。

这湖跟杭州的西湖同一个名，也有一个湖心亭。咱们去吃饭的湖心亭饭店菜有特色，京剧也唱得好。高云刚说。

你俩先走，我拍拍照。

快走，同学们都等急了。高云刚说着，看了我一眼，又看了一下柳宛如，说，人生苦短，难得浮日闲，你们在岛上住一夜，好好欣赏一下秋天的小岛，很美的。特别是清晨，淡淡的薄雾，摇曳的芦花，丝绸般的湖水，远山的倒影，会让你们乐不思蜀。

说着话，我们走向一座白墙黑瓦的四合院，刚一进门，就有人打着红灯笼迎了上来，说，欢迎客官到唐城桃花坞。

里面灯火通明，京剧青衣缠绵的唱腔不绝于耳。在灯光下，我们才发现打灯笼的人穿着汉服，戴着巾帻，一条灰色的短打，很像古代的店小二打扮。

高云刚叹着气说，我们终将有天化作一股青烟，晓音，用你的笔记下这美好的一切吧，这湖、这月，这花园，还有我们这一行军人，这世上所有美好的事物都有美丽的心，哪怕它是一颗尘埃，值得回忆的事物永远存在，哪怕我们化作了一粒尘埃。

别说得这么悲观，你要是尘埃，那我们就是空气。高兴起来。快看，今夜月亮好圆。柳宛如说着，抬起头，仰望星空。

循着柳宛如的目光，我们看到天上一轮圆月，水波上也映出一轮。此时山温水软，雨丝风片。

我们穿柳度桃，过山越石，里面皆亭台楼阁，花园锦幔，不一而足，全园约有六七百亩地。

高云刚拉着我们来到戏台对面的三层楼前，拾级而上。一位漂亮的打扮成婢女的服务员马上说，客官，请问有预定吗？高云刚说了包间名字，我们正要进，秦小昂和田心怡走了出来。

秦小昂！

心怡来了？

出差。

包间分里外两间，外是客厅，里是饭厅。

我们进得饭厅，高云刚打坐中间，让田心怡跟柳宛如分坐两边。柳宛如把他推到一边，说，想什么呢，还真左拥右抱呀，话虽如此说，仍挨着高云刚坐了，然后，拉着我坐到她身边。秦小昂瞥了柳宛如一眼，坐到了田心怡旁边。

柳宛如说，高云刚你这是干啥？还让我们都带着军装。

左边有个小房间，大家都换一下军装，凡事，要有仪式。女士优先。高云刚笑道。

有仪式你就找到了当领导的感觉。柳宛如嘟囔着先拿着军装走进了内室。

我们不知高云刚心里卖的什么药，还是听话地一一进去换了军装。

虽然同学也常见面，可大家都穿着军装，还是让人既陌生又亲切。柳宛如跟我一样，都是陆军大校，田心怡穿着浅蓝色的空军少将服，秦小昂藏青色的海军军装最漂亮，不过是文职衔，但胸前四排资历章，很是醒目。

同学们，今天我专门叫你们女同学来，就是想告诉大家，我们年过半辈，事业已成，大家该凤还巢了。说实话，你们是女军人中的佼佼者，不，是咱军人的骄傲，咱们新闻系八八级的九十二名同学中，只有咱们几个还在军中，而你们无疑是军中的花木兰，我作为男同伴，向你们致以崇高的敬礼。你们一定要把军人当到底。说着，他啪地敬了一个军礼，我们先是愣了一下，接着哈哈大笑，高云刚却不笑，好像置身军列前的将军，目光一一扫视完我们每个人后，一字一顿地说，你们难道这么多年在机关坐得都忘记条令了，要不要我带着你们背背条令，你们如何做？说着话，右手五指并拢，仍做敬礼状。

我们又想笑，田心怡严肃地示意了我们一眼，忽然大声说：起立，还礼！

气氛就是在那时，忽然凝固了。

礼毕，坐下。高云刚说完，才慢腾腾地坐下。我们互相看了一眼，啪的齐整整地坐下。

还没坐稳，秦小昂就嬉笑着说，别呀，吃个饭，整得像搞会操似的，难道整天训练还没搞够。她说完，朝大家看了一眼，没人接话，她又给高云刚茶杯里添了水，继续说高云刚，你优秀自然不说了，在座的女同学个个都顶呱呱。心怡是女将军，走到我等望尘莫及的军中峰巅，宛如是大电视台专题部主任，也是功有所成。我呢，虽是王，却无冕，无职无权，现在部队训练抓得紧，军事体能考核，三千米我跑死都过不了，准备年底就提前打退休报告了，戎马人生大辈子，的确该切换跑道，凤还巢了。更大的版图等着我呢，美丽的世界任我游。秦小昂说着，双手一挥，好像真要飞起来。

不能呀，小昂，你写的部队训练纪实我每期都看。田心怡说。

不了，不了，当了四十一年兵，当得够够的了。

高云刚端起酒杯，一饮而尽后才说，秦小昂，看来你还是没理解我的意思。唉！

你到底什么意思呀？

不喝酒，你们就吃菜。高云刚说着，一会儿给我搛菜，一会儿给柳宛如倒茶，一会儿又催着田心怡跟秦小昂多吃水果。

对了，你们能不能给咱们来个节目，无乐不成宴。

我来一段京剧。田心怡的话我们比得知她提了将军还吃惊。江南人氏田心怡唱越剧、昆曲我们都不吃惊，在学校的毕业晚会上，她的一曲《游园惊梦》就迷倒了一大片男生，现在竟然要唱国戏。

不要小瞧人，京剧前身还出自我们南方呢，徽班进京，大家肯定知道。给点鼓励嘛！女将军使出小女儿情态，又让我们大大地吃了一惊。

在我们啪啪的掌声中，她开了腔：

猛听得金鼓响画角声震

唤起我破天门壮志凌云

想当年桃花马上威风凛凛

敌血飞溅石榴裙

有生之日责当尽

寸土怎能属他人

藩王小丑何足论

我一剑能敌百万兵

……

这不是《穆桂英挂帅》吗，有几分李胜素的味道。不过，此心态，分明是你田心怡此时的心态。我说。

是呀，刚当了将军，前途一片光明。柳宛如附声附和，语调里隐隐透出一股酸味。她俩在学校时就一直暗着比，明着好。

越剧的悲，是柴米油盐的悲。京剧的悲，是家国天下的悲。心怡京剧唱得好哇，你让我想起了我在猫儿洞打仗的情景，也激起了我想跟你合一曲的冲动。高云刚说着，给田心怡敬了一杯酒。

好呀，班长唱。

高云刚站起来，喝了口水，高声唱道：

　　大炮三声如震雷
　　擐绣甲跨征鞍整顿乾坤
　　辕门外层层兵甲列成阵
　　虎帐前片片鱼鳞耀明
　　可叹我再也不能重上阵
　　……

班长，唱得还真有些味道，不过后面一句你唱错了，应当是：见夫君气轩昂军前站定……班长正当年，何言老呀。秦小昂心急口快。

高云刚右手一摆，说，闹着玩，不必当真。看到你们穿军装的样子，我越看越喜欢，美女见了千千万，只有女兵，我才觉得是世界上最美的女人。你看看，如此的凑巧，陆海空齐全，好像列队为我高云刚送行。对了，你们多大了？有没有四十，兵龄多少？

都快成老太婆了，还称得上美？对了，你知道不知道问女士年龄是最不君子的。

小姑娘是纯真之美，你们是成熟之美，两种美，各有其魅人之处。

柳宛如讥讽一笑，说，高云刚，我才明白你是怎么当上将军的了，因为你会说话。可是你今天说的真不是地方，作为曾经新闻系女兵组的组长，你听我给你一一细数我们的年纪，我们的军龄，大家听我说得准不准。我，柳宛如，今年五十五岁，入伍三十七年，田心怡五十六岁，入伍四十年，她是初中毕业考的卫校。秦小昂五十三岁，十二岁文艺兵特招，是我们这最老的兵。最小的李晓音，也五十一岁了，兵龄三十三年。女人四十就豆腐渣了。我们在部队，也就一两年了，一生了矣。

我五十八岁，兵龄四十年，都没言老呢。

现在体能考核真的很难，多年我们坐机关，操都没出过，胳膊腿都硬了，不小心走路都可能骨折，现在却让又跑又跳，这不要老命吗？田心怡，体能考核你能过吗？

我最怕的是三十米蛇形跑。东拐西转的，搞得我头好晕。田心怡比画着说。

班长呢？

我天天跑步，体能考核，门门优秀。

对了，高云刚，你要到哪去？秦小昂又说。

我……高云刚刚说到这，面前的手机响了。他出屋去接电话了。

我感觉他不太对劲。柳宛如悄悄说，你们没发现？

田心怡端着茶杯，略有所思地说，他好像比平时话多了。

班长今晚至少喝了有半斤酒。

你们说什么呢？

你说我们不要什么？高云刚一落座，秦小昂就急着问。

什么不要？

你还没老怎么就痴呆了？你刚才说我们要在部队好好干，不要什么呀？

不要老了，举不起枪嘛。高云刚说着，勉强咧咧嘴，点了一支烟，刚抽了两口，看到柳宛如右手不停地扇烟，就把烟蒂摁在了烟灰缸里，还在上面倒了几滴水。

对了，说说你们工作怎么样？

大家七嘴八舌说了一通，概括起来一个内容：忙。很忙。从军以来，前所未有得忙。

柳宛如忽然伏在桌上哭起来了。

高云刚给她纸巾，她也不接，只管喔喔地哭。高云刚给她敬酒，她也来者不拒，最后干脆自斟自饮起来。

我夺过柳宛如身中的杯子，劝道，别喝了，一会儿咱们还要回去呢。

急什么，说好了你们在这住一晚上，房间我已安排好了，太晚回去，路上不安全，我也不放心。再说明天又是周日，你们在这儿好好玩玩。

我得早些走，明天八点要到郊区开会报到。田心怡说。

心怡，你放心，我明早送你去。柳宛如说着，又端起了酒杯，被高云刚夺下了，说，你这样子怎么送人？

我有些胸闷，到外边透透气。田心怡说着，给我使了个眼色，秦小昂仍一眼不睁地望着柳宛如，我拉了她一下，说，你出来，我有点事跟你说。

说什么呀？

没长眼睛呀。

我们三人坐在湖边的八角亭子里，远远地听到有人在唱戏。不知是因为此地宁静，还是紧挨着湖，戏听起来别样的清亮。

半小时后，电话响了，是高云刚，他问我们在哪？田心怡瞧了瞧四周，说我们在清音阁。

十分钟后，他就来了。

宛如怎么样了？

她喝醉了，我让服务员送她回房间了。

那我们得回去，她万一需要什么。

她睡着了，咱们坐一会儿，静静地听一会儿戏吧。

我们已听过了，刚唱的是《霸王别姬》。

《霸王别姬》？不对吧，我怎么听的是《杨家女将》？

田心怡轻轻打了秦小昂一下，说，班长，别听小昂胡说。

那就是《贵妃醉酒》。

秦——小——昂！高云刚这次听懂了秦小昂的潜台词，脸色变得极为难看，拖着长长的声音叫了一声，语态里充满了责备。我有些紧张起来，生怕他骂秦小昂，同学聚会，大家都是高兴而来，便说，你们快看，月亮好圆，八月十五都过了呀！

高云刚没接我的话，却说，柳宛如丈夫跟她离婚了，孩子又在国外，你们要多帮她。特别晓音、小昂，你们离得近，经常约她出来转转，看看电影，逛逛街什么的。

她离婚了？何时？我们怎么不知道。

她当然是要面子了。她不说，你们不要问，装作不知道，只暗暗关心她就行了。

刚才还欢快的气氛瞬间好像换了一个频道，我们坐在凉亭上，一阵秋风过，吹得人凉意浸身。还是秦小昂打破了沉默，说，田心怡，你这次专门从南州赶来是开会？开啥会呀？

内容不清楚，地点在郊区，挺远的，从这走，怕得三个小时。

难得来，宛如不送你，我派车。咱们说不上以后难得见面罗。

说什么呢，现在离得这么近。秦小昂说。

对了，听说这次国庆七十年大庆，还有女将军带队走方队呢。

不知道呀。

听说咱部队还有很多大家伙亮相呢。

高云刚点点头，却忽然问我：晓音，你还记得《诗经》中的那首《桃之夭夭》吗？高云刚看田心怡跟秦小昂在一边说话，小声问我。

你当年上前线时，不是送给我的日记本上写的就是这首诗吗，我还留着。本子是粉红色的塑料皮，封皮上是电影演员李秀明的照片。

知道我为什么约你们女同学一起来聚会吗？

我望着远处清冷的月光，喃喃道，领导单独会见异性，怕人说闲话，只好让我们几个当灯泡呗。

我现在还怕人说？

树大招风风撼树，人为名高名丧人。还是注意为好，我的将军同学。不过，你不该把我们这些无辜者扯进来，让我们左也不是，右也不是。

他摇摇头，说，知音难觅呀。

我咀嚼着他话里的意思，田心怡扭头看高云刚，秦小昂说，班长你怎么了，整晚上都不开心。

我走到这一步，干了许多本不想干的事，可都磨不开同学、战友面子。好了，不说了，高兴点。

好呀，你们把我一个人丢到房间，找了这么个好地方赏景？害得我找遍了全园，好在地方不大。

当然只能是柳宛如，柳宛如此时跟跟跄跄地摇了过来，怀着幽怨的目光深情地盯着高云刚，手里拿着一瓶啤酒，边走边喝。

高云刚抢过酒瓶，扔到一边，说，扶她回去。

我跟田心怡扶柳宛如到了房间，柳宛如拉住我不放，非让我跟她住一屋。

田心怡说她跟秦小昂住在对面，我有事给她们电话。

睡了一觉，我发现柳宛如不在，苦笑一声，继续睡去。突听柳宛如叫我，我睁眼一看表，才四点半，她说实在睡不着，万一田心怡赶不上报到时间呢，早些走吧。

我说田心怡肯定上好了表，咱们再睡会儿，眼睛都是涩的。我说完，闭上了眼睛。柳宛如翻过来倒过去，影响得我也睡不着，想跟她说话，又怕她多心，于是仍装着睡。估计半小时后，门响了，田心怡敲门。

我们走出四合院时，全岛还在一片浓雾中。

要不要给高云刚告别一下？

他昨夜就走了。柳宛如背着包说。

他那么晚了，还回去？今天不是周日吗？

他忙得很，自从调到这儿，根本就没有节假日。

嗯。

3

返回的路上，柳宛如只管开车，一句话都不说。我第一次见没化妆的柳宛如，皮肤粗糙，皱纹密布。让我看了好心疼。

忽然，秦小昂大叫：大家快看！说着，把手机递给我。

同学微信圈里有人发来一条微信：高云刚被带走了，在他单位的操场上，当时他正跑步。

胡说八道，现在六点都不到？我急着说。柳宛如手哆嗦着，却没接我给她的手机，而是拿起座椅上的手机就要开。车头一歪，差点撞到路桩上。

小心开车。田心怡说，这个叫天下刀客的是谁？

我忙查备注，没有查出是哪位同学。

连真姓名都没有，这消息肯定是假的。我说。

你怎么那么肯定，高云刚的老上级抓了，他迟早的事，升得高，摔得碎，大家说是不是？柳大组长，你说呢？

秦小昂！制止了秦小昂，我再也说不出话来。心想，也许高云刚早就料到了有今天这一幕，所以才有昨晚的一切。

柳宛如左手握方向盘，右手去打旁边的秦小昂，秦小昂灵巧一躲，柳宛如扑了个空，胳膊撞到制动器上，冷笑道，秦小昂，你口口声声说我有今天，靠的是男人，是谁，你今天必须说出来。不说出来，今天就别想下车。

靠谁，你知道。

柳宛如冷笑一声，边开车边说，我当然知道你秦小昂说靠男人的意思了。秦小昂，我要跟你慢慢说。你整天不学无术，还趾高气扬，信口雌黄。我朋友从德国回来，你竟然问人家是从东德还是西德来的，却不知东西德早统一了。更可笑的是，你连法兰可福是德国的都不知道。你以为我到电视台，是靠关系。没有一定的理论水平和实际能力，怎么可能在电视台这种地方混？你以为人人都像你一样靠脸面，找了军区首长的公子，嫁到豪门。要不，你一个跳舞的，怎么可能混到师职干部，电视台比报纸还累。就拿我来说吧，刚开始做专题，得想给领导上多少镜头，他闭眼不能上，戴名表不能上，穿名牌不能上。还有，特别是做军事节目，一点都不能出错，否则就更可能出问题，大问题。我生孩子，刚满月，就上班了，现在站一会儿就腰酸痛。柳宛如说着，咳起来，我看看车上，水也没有，只好听她边咳边说。

柳宛如，你简直莫名其妙，我说高云刚，与你有什么关系，你何至于打我，哪像个知识分子，简直像个村妇！

柳宛如转头又要打秦小昂。宛如，红灯。快停下！

柳宛如也不听我们的，把车开得东倒西歪的，就在我们乱喊乱叫时，她忽然猛的一刹车，我差点撞到她后面的椅背上。她伏在方向盘上大吼起来：

高云刚对你们怎么样？你们不清楚。高云刚昨晚的用意，你们不清楚？难道你们不是他的同学，不是他的知己，他为什么要叫我们来？你们不知道？

田心怡拿了一张纸巾递给柳宛如说，我们都很难过。

光嘴上有什么用？柳宛如说着，又启动了车。车仍开得如醉酒。天又阴沉沉的，像要下雨。

柳宛如这样开车会出危险的。可惜咱们其他人都不会开车。宛如，你往家开，到了，我打车去。田心怡说着，望着前方，好在路上车辆比较少。

你要去的地方太远，出租车估计不会去。现在天又太早，我打电话看能不能找辆车。我说着，也不敢坐柳宛如的车了。

晓音是领导嘛，用车很方便的。

我白了秦小昂一眼，想了想，手指哆嗦着给现任交通局局长的江皓打电话让他派个人送我们到汤泉镇，说有急事。急事。我说了两遍，生怕说一遍，不能表达我的急切。再说一个交通局长，派辆车，小意思了。

我的判断没错，江皓爽快地答应了。

江皓，是你的那位初恋？我还没说话，秦小昂就阴阳怪气地问。

是呀。怎么了？要不，你给咱叫个人来。我一说完，就后悔。

柳宛如车刚到小区门口，江皓的电话就打来了，说，车马上到。

简直是无缝对接呀。秦小昂说着，又看看我。

小昂，你是军人，保密守则知道吧，不该说的别说，特别是当着外人。田心怡嘴里的外人当然指司机了。

知道知道，心怡，你也太小心了。

我们到柳宛如家门口时，才五点半，一辆黑色奥迪已停在我们面前，我刚要问，一个熟悉的身影下车，我一下子呆了。

快，上车。田心怡说。

柳宛如一下车都站不稳了，仍一步三摇地走到黑色奥迪手扶着车门说，心怡，对不起，我头痛得很厉害，不能送你了。说着，给我们拉开了车门。

你们坐后面，我坐前面。我说，江皓，我朋友。谢谢你，江皓，你可帮我们大忙了。

车一离出城，飞一般地开起来。灰蒙蒙的天下起了雨，不一时，雨越来越大。

我说，八点前能到望江湖路吗？那是郊区，雨又这么大。

没问题。

谢谢谢谢，大周末的，又是大清晨，五百够不够。田心怡说。

江皓白了她一眼，我也曾是军人，就当送战友了。江皓说着，拿着手机说"小度，小度，去汤泉镇"。

手机里的小度果然说来了，然后导航开始，江皓说手机显示，七点三十分到。说着，朝旁边的我看了一眼。

我装作没看见。我没想到，我们三十年后，竟然以这样的方式见面。见面了，却不能畅所欲言。

对了，小昂，离你家很近了，把你放到哪？

我也送送心怡。秦小昂说着闭上了眼睛。田心怡说，小音，起这么早，你睡会儿，我跟你换个座位，我跟咱们的战友江皓说说话，提提神。

说实话，我不想离开，我只想静静地坐在他身边。便说，心怡，我不困。你睡会儿。

心怡说好。却又问江皓，你跟李晓音是战友？

嗯，我们军一个集团军。

你现在干什么工作？孩子多大了？家庭幸福吗？

我在交通局工作，孩子上大学了，日子过得还行。

我说田心怡，你查户口呀？

田心怡摆摆手，又问，你跟晓音是战友？

我们同年兵，都在华山基地当兵。

我明白了，你就是那个李晓音的初恋，晓音烧你的信时，我亲眼所见。她也够笨的，信刚烧完，铁簸箕还在发烫，她端起簸箕就往外走，右手烧了七八个血泡。秦小昂原来没有睡觉。

我打了秦小昂一下，秦小昂仍在说，李晓音为了你差点还上了前线呢，要不是停战，说不上就跟你在战场相会，共唱和平曲了。晓音跟你分手后，一直好后悔。在学校时给我说，她想和好，写了三四封信，你都没有回。

那时我上前线了。江皓轻轻说。

后面的人总算安静了，江皓小声说，这几年你过得怎么样？

挺好。

你给我打电话，我好高兴，你没忘记咱们是战友。

我说怎么会呢？

后面俩人发出了香甜的鼾声，江皓说，你睡会儿吧，我是老司机了。

我不困。

高速路上没有几辆车，忽然江皓握住了我的手，想挣开，可怎么也挣不脱，直望着远方，没有说话。

雨下得越来越大，一片片的雨珠汇成了河流，刮雨器刷刷地响着。

雨大，开车小心些。

江皓看了一眼后视镜，又朝我看了一眼，没说话。

辛苦你了，我怎么也没想到你会亲自来。

他又看了我一眼，小声说，因为你是我的……战友嘛。你们送战友，我也是为战友开车，一样的道理。对了，记得有场戏就叫千里送京娘吧，我这是千里送战友。他说着，更紧地握住了我的手。此时我感觉我的手由起初的冰凉渐渐热起来。

秦小昂突然咳了一声，头转向了右边，也就是说转向了我们，我忙松开了江皓的手。田心怡拿丝巾盖着脸，不知是否睡着了。

江皓再一次把手伸过来，这次我竟然握了起来，我为自己的行为羞愧，可我真不想松开他的手，为了这份送别的情意，或者说，为了遥远的过去。我不知道我当时打电话是为了见他找一个借口，还是真的急病乱投医，但我知道，他来了，让我在同学面前，长足了面子。

我不知道后面的两人睡着了没，想怎样才能使她俩不至于发现我的秘密，我不得不强迫自己说话时既装得漫不经心，语态又正常平静。

我闭上眼睛，可怎么能睡呢？又怎么睡得着呢？江皓又握住了我的手。

窗外大雨倾盆，车内我们默默无语。

在我们分别三十年里，无数次，江皓的脸，那张英俊年轻的脸，顽强地在我眼前、在我梦中顽固地浮现。尤其在跟爱人孙之永吵架、闹离婚时，它瞬间就浮现出来了。可当我们真正坐在一起，离他不到半米，我却觉得如隔大山大江，这山她还会咳，每一声，都在警告着我。

秦小昂在车上，一会儿唱歌，一会儿朝后视镜看，我赶紧离开江皓一会儿。心里恨不得朝秦小昂的后脑勺打一拳。因为她后脑勺好像长了眼睛，只要江皓朝我这儿一靠，她立马就咳。连田心怡都看出来了，说，小昂，你感冒了？

没问题，有问题的反倒是那些心怀鬼胎的人。

听得我脸红心跳，马上松开了江皓的手。

七点半雨停了，我们也准时把田心怡送到目的地。这儿庄稼遍地，四处都是露水，零星有几栋楼房。田心怡非说到了，一会儿自有人来接。说着让秦小昂跟她去路边的永和豆浆买早点，秦小昂背靠着椅背，闭着眼说，困死了。我不跟你去。田心怡打开车门，拉着秦小昂走了。

我知道她的意思。我能听到江皓急促的呼吸声，我觉得我应当表达些什么，在他为了我来回跑五六个小时的路程，还有我们曾经相恋三年，或者说相恋一生的情意上。正当我手哆嗦着要伸向他时，他却说了一句话：我恨你，这一辈子都恨你，我这次送你，就是让你一生都要觉得你永远欠着我。

我的手僵在了半空。我没想到是这样的结局，好后悔我不该单独跟他在一起。

我理解。我弱弱地说。

就因为我是战士学员，你上大学第一年就抛弃了我，第二年可能是良心发现又写信跟我和好，我原谅了你。可你不该第二次又抛弃我。难道就因为你上了大学，是干部了，我是战士？我现在不是也得挺好的嘛，跟你一样，副局。

我闭上了眼。

哎，快吃，趁热吃！

秦小昂跑过来到打开副驾驶的位置，递给我一根油条和一杯豆浆，我木木地接过来。她看了我一眼，突然把我拉下车，跟她坐到了后排。江皓把田心怡给他的吃的东西随手放到一边，就要启动车。

吃了再走？

江皓说，我不饿。

田心怡从车窗外拉着我的手，大声说，李晓音，我不知道你们关系如何，可我知道江皓值得成为一生的朋友。人说，不是恋人，就无法做朋友，那是针对年轻人的，对我们中年人来说，却弥足珍贵。多珍惜。

我望望空无一人的四周，说，我们等你朋友来吧。

秦小昂把车玻璃摇上去，说，晓音，你懂事不懂事？江战友开车，出发！

一路上，我没说话，江皓也没说话，全是秦小昂说。说的什么，我一句都没听进去，江皓不时地嗯嗯地答应着。

我让江皓先送秦小昂到家。秦小昂白了我一眼，说，我还有事要跟你谈，到你家去。说着一双大眼睛像雷达一样来回扫描着我，搞得我浑身都不自在。

到了小区门口，我跟秦小昂刚一下车，江皓大方地走过来，抱了一下我，贴着我耳边小声说，我如愿以偿了。我眼泪哗地流了下来。

车开走了，我仍呆立着，怅然若失。

秦小昂说，还没够？

你什么意思？

什么意思，这不明摆着？你们没关系，他能在大雨天来送我们？田心怡装傻，我眼里可容不得一粒沙子。

我打了她一把，笑道，你明知道还不给我们机会？

你真以为我是想送田心怡？别说她当了少将，就是当了上将，我都不会跑那么远去送她。我去，是怕你犯错误，你一没背景，二没外貌，三不会拉关系，农村女孩子当个领导不容易，我能猜出你比别人付出得更多。

我没想到秦小昂能说出这样的话，更没想到这么多年，我们虽来往少，她还是像在学校时一样理解我。最后一年，女生党小组研究我入党时，田心怡说，我一个战士学员，不给班里倒垃圾，还要跟干部学员讲平等，她不同意我入党。柳宛如说大家还没看班里订的报纸，我就开了天窗，她也不同意。只有高干儿媳秦小昂说，她坚决同意我入党，不倒垃圾，是因为我已倒了一学期的垃圾，系主任在大会上说：无论是少校，下士，还是刚从战场回来的功臣，只要在新闻系上学，大家都是同学，一律平等，要轮流打扫卫生。我剪报纸，不但不能批评，还要表扬，说明我热爱学习。最后不知是大家认为秦小昂说得对，还是因了她特殊的身份，反正我入党了。想到这里，我眼泪又流了下来。

你若是田心怡，我不担心，可你是爱激动的李晓音。我只有一路监督你，才能让你保持革命晚节，你应当感谢我，六小时十分的消耗，我得用多少化妆品才能找补回来呀。一盒兰蔻润肤霜，五千多块呢。自从公公退休后，可没人给我送了。

胡说什么呢？我跟他三十年没见了。再说，我们都芳华不在。

就因为三十年没见，就因为芳华已经远去，所以要死死抓住生命中最后一根稻草，做最后的疯狂。柳宛如那可怜兮兮的样子，让我都替她脸红。我一说高云刚被抓了，她好像以为是我抓的，恨不得把我吃了。他俩关系，我心里明镜似的，她不是我的好朋友，住到别的男人家里，或者杀了人，我都管不着，可你是我的朋友，我不能不时时提醒着你。

秦小昂的话，让我一时无从回答，想半天，才心虚地说，柳宛如不像你以为的那样。

我也没说她不好呀。

小昂，我跟你说。我们都活得不易，每前进一步，都比别人付出好多。你没经过那么多苦，你不知道。

谁说我没经那么多的苦？谁是一帆风顺的？别跟我说话，你们都不信任我？你们为什么就那么不信任我？我过去是说话随意，可现在，现在，我已经经受了生活的百般蹂躏了。我没经那么多的苦，为什么怕你犯错误，要坐六七个小时的车监督你。田心怡她凭什么能当将军，我真盼着她倒霉呢，可真到了关键时刻，还是忍不住要帮她。为什么，咱们女人不容易？当兵的女人，就更不容易。你们大家可能想不到她为什么唱京剧，且唱得那么好，我敢肯定她为了昨晚在我们面前表现自己，不知在家里练了多少遍。毕业时，她一心想分到北京的，她成绩你知道，全班第一名，可是被人顶了。她咽不下这口气，大老远的要来参加这个聚会，难道不是想扬眉吐气？你回想她唱穆桂英的那样子，就是在给我们孔雀亮翅呢。哼，一只老孔雀。

小昂，不能那么刻薄，田心怡一听说你也要去送她，感动得不知如何是好。你又不是没看出来。我说着，搂住秦小昂的肩，说，你个坏东西，我还没跟你算账呢？为什么前阵拉黑了我？咱们是三十年的朋友了，我即便有错，你也不该如此。现在朋友越来越少，我们当珍惜呀。

我，我，我就是心情不好嘛。

就因为心情不好，所以要有朋友来消解内心的痛苦嘛。

秦小昂却岔开了话题，你说柳宛如毕业前，把她的简历还有发表的作品集给我，让我给我公公帮她忙，为这，专门请我到新街口饭店吃了一顿大餐，海鲜呢，听说花了一月工资。现在我还保存着三十年前她写给我公公的一封信，你看我没撒谎吧，我专门拍了下来。秦小昂说着，打开了手机：

首长好：

  我出生于辽宁瓦房店一工人家庭，父亲烧锅炉，母亲家庭妇女。从小热爱跳舞，但因家里弟妹多，初中毕业，放弃了上高中的机会，报考了军医学校。我是初中毕业，考入护校。可天性热爱写作，上夜班时因写作，被医院领导骂过。休假时，自费住到农民家里采访，回来时，发现全身都是虱子。发表新闻作品289篇，荣立三等功两次，被部队连续三年评为先进新闻工作者。

  首长，我热爱新闻事业，特希望在北京更大的舞台展示自己的才华。但因家里没有背景，将要分回那个穷山沟部队，十年后的日子我都能看到。几次到首长家匆匆相见，首长给我印象极深，爱才、赏才，所以恳请首长帮助，我定不辜负首长重托，干出一番事业。首长深恩，定铭记一生。后附我的作品集与获奖证书。

敬礼

柳宛如

一九九〇年六月十日

毕业前，她几乎每天都到我公公家来，做饭、洗衣，还陪着我婆婆上街买衣服，说我们是亲亲的姐妹。这样，她才分到了北京。起初，还经常给我打电话，给我公公寄东西，后来我公公一下台，她就不理我们了。通过我公公，她认识了另一个更有权的男人，人家有家庭，整天还缠在一起。为什么我要揭露她，就因为她知恩不报。我被领导撤记者部主任职前，去找她，让她跟她丈夫周兴国说句话，她就是不说，所以我气不过。我带你到公公家去过两次，公公对你印象很好，还看过你不少作品，咱们是好朋友，可你从来没让我帮你什么忙。可你逢年过节都记着我们，每次出书还送我公公。我公公给我说时，都流泪了。你说柳宛如现在翅膀硬了，竟还想打我，我本来想把这东西公布在大家面前，让她知道她的来路，可突然间就不忍心了。你猜为啥？

我看着她，怀着探究的目光。

因为，我知道她丈夫有情人多年了。你也在北京，怎么啥都不知道？

可我明明看到她丈夫周兴国对她很好。

那夫妻两个，搞宣传多年，在人面前，装的是模范夫妻，在家里，都不在一张床上睡。晓音，你想知道一直帮她的那男人是谁吗？

我摇摇头，半天才说，小昂。却说不出话来。

你是苦干，我呢，以前靠背景，结果唱歌、跳舞，样样懂，却样样松，弄得上也不是，下也不甘。

我摇摇头，也不尽然。

啥不尽然，是她们，还是你？

行了，我都站累了，咱们到我家慢慢说，好不好，晚上请你吃海鲜。

我家里还有事，再说我任务完成了。哈哈哈，别怪我这个灯泡。对了，你说田心怡这次来，也是鬼鬼祟祟的，你看让咱们把她放在前不着村后不着店的地方，估计跟人有私情。

瞎说。

真的，我百度了一下，那地山清水秀，有不少度假村，依山环水，环境清幽，里面设施齐全，冬可泡温泉，夏日游泳，精英的去处。

我回想路上看到的，好像真有几个大院，无门牌，也不知里面干什么，便说，小昂，没有确认的事，不得乱说，无论怎么样，不能怀疑革命同志。

知道了，秦小昂下车了，仍没忘一句，你也要保持晚节，不要跟那个姓江的胡整。柳宛如就是例证。

胡说什么呢？到家打电话。

4

虽已秋分，可天还特别热。单位突然要我们全社军人到野外去打靶和进行防化训练，这对当兵三十年一直在后勤或文化单位的我来说，确是首次。

清晨五点出发。当我穿上丛林迷彩，脚蹬陆战靴，扎起皮带时，婆婆已经起来，要给我做饭，我说不了，到单位吃。婆婆自从到我家后，一粒药都没吃，病就奇迹般地好了，一顿能吃两个大馒头。

婆婆左看右看我的装扮，不停地说，真俊呀，妈就爱看你穿军装的样子。

我朝镜子一看，的确，这一穿着，谁能想到我已经五十岁了，刚才还郁闷的心，瞬间晴朗了许多。

正在拖地的公公说，那当然，咱儿媳是这个，公公竖着大拇指说，中国人民解放军陆军大校大衔，晋升听说得军委领导批哩。

我心里又膨胀了几分，心想，公公婆婆住家里，并不像我想象得那么麻烦，相反，有他们在，我心踏实。刚一下班，热饭就端上桌。我刚把碗端到厨房，婆婆就抢过去说，说，忙你的大事去。

一出门，手机短信响了，是江皓。他约我看电影。

自从那次分别后，他三天两头地打电话约我吃饭，我都以各种理由回绝了，倒不是怕晚节不保，实在是没这心情。谈恋爱，适合年轻人。即将迈入老年的中年女性，怕也只能把初恋藏进发黄的日记本里，偶尔在梦里想想他罢了。当然，偶然有时也想入非非。可每每看到身体不好，不能陪着我跑步的孙之永，一手拿着我的衣服，一手拿着我爱喝的热水在预定的终点等我时，我就把想入非非掐灭在萌芽状态。自从公婆到家后，孙之永忽然像孙悟空，一夜之间，就变回了我任领导职务之前那个贴心的丈夫了，打不还手，骂不还口。

虽如此，我还是拿手机自拍了一张照片，把迷彩服上的领章打上马赛克，从微信里发给他说，今天去打靶。

他很快从微信里发了一张图片：八一电影制片厂片头。在《中国人民解放军军歌》的音乐中，蓝色背景下，一颗红星在光芒四射，红星下面是几个白色大字：我要为你点赞。

我忽然想，也许秦小昂理解错了，不，也许我误解江皓了，他可能心里那割舍不下的军旅情，无意中被我点燃了，所以才想走近我，进而走进他已离开的军旅。这么一想，我不知道是该高兴，还是失落。

手机短信滴地又响了，还是江皓：祝你射击取得好成绩，方便时发我一张现场照，放心，我懂保密手则，不会外传。下载完，即删除。

这一句话又使我心热了，发了个"ok"。

对了，记得咱们新兵时看到的第一部电影吗？在礼堂。

《天山行》。

对，还记得那首插曲吗？就是主人公郑志桐和李倩骑着马，在开满鲜花的山坡上漫行时，响起的音乐。

天山高，天山险，天山就在我面前。天山路弯又弯，你把我的心事牵。我轻声哼了起来。

对，就是这，解放军连长郑志桐穿着红星帽徽的六二式军装，他的恋人北京女孩李倩穿着高领白色毛衣，你喜欢得了不得，不停地给旁边的战友说那毛衣好看。我那时发誓要给你买那么一件毛衣。

我一时语塞，不知如何回，便扭头望向窗外。

郊外，蓝天好像水洗了般，这一片浅蓝，那一片深蓝，白云或羽毛，或群羊，在高楼间，在丛林间，在山脉间不停地朝我们捉着迷藏，空气清新得我好久都不愿把视线从窗外移开。

短信又响了：我每月十一元津贴，五个月后，我终于到华阴县百货商店花了五十元给你买了一件白色高领毛衣，兴冲冲拿到你们食品厂时，才知道你已调军区去了。

我抹了一把眼泪说，战友告诉我了。毛衣配绿军装，很好看，穿到军校毕业，胳肢窝都开线了，我找人重新缝补好，又穿了三四年。

可你上了军校后再也没给我来信。

眼泪落到了手机屏上，我在泪眼模糊中写道：到目的地了，回头聊。

大轿子车把我们拉到燕山蜿蜒起伏的山脉里，四周绿山蓊郁，层次井然，同样是绿，在阳光下的，明艳鲜翠，阴面草色深绿。果园里石榴红了脸，紫薇摇曳着身姿，微风吹来，很是凉爽。穿着长袖迷彩服，也没觉得热。

下车后，我们一百多人，排着队去射击，脚下杂草丛生，路边野花朵朵。一支队伍穿行在群山中，好一个战地黄花分外香。

翻过一片小山，极目远眺，一座座迷彩帐篷在光秃秃的荒坡上立着，一股野战气息瞬间扑面而来。上了坡，即是待机处。旁边是后勤点，几位战士在盛绿豆汤。三十米处，是领弹点。再往前走，就是七八位哨兵守卫着的高三米以上的射击区。我们坐在露天下的小马扎上，先听教员讲解，练习瞄准，然后进行实弹射击。此时，烈日当空，晒在后背上，如火烫般。我们每个人，汗珠都不停地往下滴，教员再讲注意事项，我已经听不进去了。一些不知名的飞蝇一会儿贴在胳膊上，一会儿钻进后颈里，我烦躁得连教员说的话，一句都不想听了。

我没想到我们这次射击的是手枪。手枪不像步枪，肩膀顶住，稳稳地击发就是。手枪虽轻，却因没有支撑，很难打准。教员拿着手枪仍在讲注意事项：枪口直对靶点，不能朝下，当然不能对人，更不能拿枪口顶帽子等，而我已经心跳得十分厉害了。望着满地绿色、黄铜色等大小不一的弹壳，手软得连杯绿豆汤都端不住了。

走上射击场，接过发的五发子弹，我腿开始发软，差点摔倒，站在我后面负责安全的年轻列兵，长着一张娃娃脸，脸上的汗毛清晰可见，站得端端正正地目视着前方，好像是对远方的密林说，首长不要怕，你只要按指挥员说的要令做就是。

他要是笑一点我就不害怕，可一看到他站在那一动不动的样子，我更紧张了。脚踩地上的沙砾，差点滑倒，好在，被他轻轻托住了。

我没见过手枪，打手枪更无从谈起。从皮套里取枪时，手不停地哆嗦，又惊不住枪的诱惑，满头大汗的双手握住枪，不停地问身边的安全员，枪里真没有子弹吧。年轻的下士笑着说怎么可能，说着，接过枪，打开保险，对着靶子瞄了一下，轻轻扣动扳机，枪发出轻微地砰了一声。我这才大胆地接过枪，细细地端详起来。

92 式手枪，并不重，比我在图片上看到的 54 式手枪好看多了，线条圆润，手感颇好。我打开保险，练习瞄准，一二三，瞄向靶心，感觉挺轻松。再拿手枪反复瞧，摸上沉甸甸的，看起来油光发亮，难道这就是诗人诗句里的烤蓝？

装弹、打开保险、瞄准，扣扳机，一切好像都挺容易，害怕的是那亮亮的子弹一上膛，我如手握毒蛇，不敢再动一步。可害怕什么，来什么，指挥员一声令下，我手指勾板机，先是如蛇般轻轻地勾，不动，使劲勾，还是不动。头上全是汗，子弹还是不动。

我立即遵照事前教员说的要领，喊报告。

安全员跑过来，说我手碰着弹夹的开关了，所以弹夹脱落。

再打，十发子弹，还没打完，又遇到新情况了，子弹卡住了。

安全员又来处理，我的心情坏到了极点。再三寻思，我这次没动弹夹开关，手一握枪，就严格按照操作规定来的。还是撞了鬼了。

好容易二十发子弹全打完，红旗降，白旗升，射击停止，掩体里的报靶员们跑出来报靶了，我想着自己成绩不错吧，结果一颗子弹都没上靶。我不信，踩着满地的荒草，踩着满地的弹壳，去看靶，我的靶纸上，干干净净的，一颗子弹都没打上。别人的靶纸上，四处都是弹孔。

踩着满地的空弹壳，我走回来时，恨不能把自己撞死到墙上。我不知道我的子弹飞到了哪里，也不知道哪个弹壳是我打的？如果对面是活生生的敌人，那么我必死无疑。

重新坐下，看到同事们啪啪啪地打，听着枪声，我感觉我的世界好崩溃，可我再没机会了。

吃了自助餐，下午我们观看官兵示范防化训练，穿防化服，戴防化面罩，烈日晒得脸都发疼，野地蚊子不断，上午来的兴奋之情已荡然无存。

四点，教员说要我们学埋锅造饭，这一下兴致顿起。先学了理论，什么避光灶，散光灶。通火口，灶台，散烟处，因为热，我是听非听，盼着快些回家。当真正挖时，才感觉到难度太大。好在每个小组都是男干部巨多，我们女同志烤串，男同志挖灶，此时，太阳已落山，凉风袭来，好不惬意。

烤串品种丰富，我们组两位同事烤串，我负责给男劳力送串，补充营养，全营区充满着祥和欢快的气氛。

说实话，我做饭登不了大雅之堂，一时不敢下手。负责主厨的是我们报社另一位副总编，姓杨，比我大一岁，早我两年提的副总编，管的是让人提心吊胆的要闻版。她长得漂亮，业务精，这次打靶表现也很不俗。本来我以为她跟我一样，射击不咋的。我一下场，她就问我成绩，我含含糊糊说，还行吧。她接过身旁一个训练的同事手中的枪说，射击时，双臂要伸直，三点瞄成一线，慢慢地扣扳机，不能使劲，否则枪口易偏离靶子。像我这样，她说着，双腿跨立，左眼微闭，轻轻勾了下了扳机，没有子弹的枪放着啪的一声。她说着，把枪递给我，让我反复练。我才明白我扣板机时，太使劲，所以枪身失去了平衡，子弹当然飞得上天入地寻不见。

虽如此，我仍然不相信她打靶有多优秀，趁她去喝水了，我拿起她小椅子上的靶纸，看了一张，就晕菜了：十个弹孔全在绿色胸靶周围。

我们小组锅灶埋好了，她主动操起了炒勺做饭。十几个人的饭呀，而且在土灶台前，她竟然谈笑间，樯橹灰飞烟灭。有些小组灶台还在生火，我们锅里已飘出了猪肉炖粉条大白菜的香味。

吃烤串炖菜，听有表演才能的同事唱歌，我忽然想起同学聚会时的那次晚会，不禁想，我的同学们如果在，不知她们射击如何，做饭如何，野营的心情如何？

餐后，我到附近山野散步，忽听到一阵熟悉的歌声：军港的夜呀，静悄悄，海风把战舰轻轻地摇。驻地除了我们，没有女兵，难道我是幻觉？我循着歌声走去。在离我们有五百米左右，也有部队，正在做饭，跟我们一样，在训练野外埋锅造饭，而穿着海军迷彩服的正是我的同学秦小昂。她唱歌不奇怪，奇怪的是她在掌勺，边炒菜，边唱歌。当我走近时，听到她在高喊，战友们，开饭了！

这句熟悉的台词，是我小时看的电影《闪闪的红星》中潘冬子的台词。

秦小昂站在四周都是土的灶坑里，熟练地给大家盛着饭。看她忙活完了，我才朝她喊了一声，秦小昂一看到我，放下勺，跑上前来拥抱了我，其亲热，好像我们几十年没见，好像我们真的就在硝烟弥漫的战场重逢。

她拿起铁盆里的一次性碗，给我盛了一碗，让我尝尝她的手艺如何。

我第一次做，他们说，盐重了。这一次，又说盐轻了，你说，这次怎么样？

碗里有肉、粉条、豆腐、青菜，比我们做的还丰富，我说好吃。她说好吃就吃完。

指着他们挖的灶说，你们跟我们一样吗？是避光灶，还是散烟灶？刚才教员讲时，我没注意听，一时答不出来。

秦小昂如教员似的滔滔不绝，埋锅造饭自然就会有烟，如何将烟的影响控制在最小范围内很重要，即便是冷兵器时代，不注意防范也容易为敌方探得踪迹；现代战争，如不做好防范措施更易引来炮火打击。无烟灶的原理就是挖坑垒土增加隐蔽性，增加烟道扩大散烟面积，并通过在烟道上加盖麦秸柴草等法使烟尽可能地散开，不使其形成烟雾和烟柱，以增加隐蔽性。

你看，挖坑大体可区分为五步：先挖一个梯形大坑，这是方便炊事员向中间小坑添加柴火，大小至少一人能够蹲得下去干活。距这个坑三十厘米处再挖一个小一点的坑，把所有挖出的土堆在第一个洞口周围，拍实增强其避光性……

她说得有鼻子有眼睛的，看起来学得比我认真。她还画图道，灶口跟锅口要挖通，否则火进不来。我们挖时，你猜用的什么，男同事用个木棍，硬是击打出一个洞。

等她总算讲完，我着急地问，你打手枪害怕吗？

只要你掌握了步骤一点都没事儿。她说着，又开始画起手枪来。边画边说，咱们现在用的 92 式手枪射击步骤是：拉套筒将子弹上膛，举枪，瞄准，射击，射击完毕后，先退出弹匣，然后检查枪膛里是否还有留存子弹，最后将武器放下或者插入手枪套中。要注意，射击过程中，除了要扣扳机射击，其他时间手指不要放到扳机上。包括检查武器内弹药是否打空的时候，枪口一定不要乱指，仍直指前方。

她好像在背课本，一点都不打咳，我怕她再三炫耀，忙打断道，你是说你是你自己装弹，检查保险，击发，后验枪，全是自己所为？

当然。秦小昂吃了一口饭，又给旁边一个来盛饭的中校盛好饭，这才拉着我坐在草地上，吃起饭来。菜中虽然落进了砂粒，可是吃得好有味道。

吃完饭，她说，走，到我住的地方去看看。

你们还住在这？我望着不远处的群山，望着脚下成片的野草说。

当然，我们是驻训呀，已经十天了，就是在这里，我学会了做饭，学会了射击。走，看看我们住的帐篷。太热了，我们卫生间就在帐篷里，透不过气。

那到附近的部队的训练场走走。

训练场是绿色橡胶跑道，一个个兵们从我们身后如风般地跑过。秦小昂说，出来好几天了，没跑步了。

马上就要考核体能了，我愁得晚上都睡不着。

你当领导的，不能过，怎么给别人示范？来，咱们两个跑个三千米，看能用多少时间？这场地我目测一圈四百米，七圈半。我把悦跑圈打开，测速。

可是好难呀，我一千米都跑不下来。

秦小昂也不理我，腾腾地跑了起来。我只好跟着跑起来。

起初跑时，不要太猛，匀速，然后跑到二千米以后，再加油。秦小昂轻快地说着。我跑到第五圈不行了，但看到秦小昂仍在跑着，她比我要大两岁呀，我咬咬牙，坚持跑着。

一位少尉看我们跑，在外圈助跑，边跑边说，姐姐们，加油！

本该当阿姨的年纪，让人叫姐姐，使我们虚荣心得到了极大的满足，脚下好像也安上了风火轮，有点飘起来的感觉。三千米，我用了二十五分钟，我的及格线是二十一分三十五秒。秦小昂用了二十一分钟，她的及格线是二十二分五十三秒。

说实话，那一刻，我恨不能把她绊倒。跟她谈心的兴致也没了。走出营门，不远处的小河，闻着有股水草味，成群结队的蚊蝇执拗地追逐着我们，我不禁捂住鼻子。突然发现秦小昂胳膊上有只黑东西，一把抓住，发现她细嫩的胳膊瞬间起了四五个包。我说不会是马蜂吧。

不会，我有风油精，在帐篷里。

秦小昂搂着我的肩说，晓音，为什么这么长时间没跟你联系？因为忙呀，训练紧。对了，我家东方说田心怡单位一个干部查出了问题，不知心怡是否受影响，好替她担心哟。

这事我还是第一次听说。前阵田心怡还给我打电话说，三千米及格并不难，只要每天坚持练，循序渐进，肯定行。她说她三千米现在跑了十九分钟。我比她年轻四五岁，坚持跑，一点问题都没有。我打开手机网页，输入田心怡的名字，十几条信息跃然纸上。她在看望生病战士。她在主持院里会议。她在与驻地监狱举行军警医疗共建。她代表医院与驻地建立互联网医院。我数了一下，她一天，参加了三个活动。她累吗？看照片上的她，永远面露微笑，军装笔挺，神态盎然。不过，都是老新闻了，最近不知她在干啥。朋友圈里也没动静。

晓音，别看手机了，告诉你，我昨夜做了一个梦，我给你发的咱们在一起的军装照，还有一份机密文件，竟然被有人在网上发布了，吓死我了，这可是泄密呀。你知道，现各单位抓保密工作都很紧，我桌子上放着《军队人员使用微信"十不准"》，墙上贴着《中国人民解放军保密守则》。电脑桌面也是《严密防范网络泄密"十条禁令"》，插U盘口都贴着白纸红字的"密封"。我大叫一声，醒了。幸亏是梦。

你呀，还应加一条，好朋友的秘密不得外传。

知道，聚会时，你们看我嘻嘻哈哈的，其实最苦的是我，我以自己的穷开心逗你们乐，近半年，我的世界整个暴风骤雨。秦小昂说着突然流下了眼泪。

怎么了？你们家东方有外遇了？

胡说什么呢？当日里好风光忽觉转变，霎时间日色淡似坠西山。她说着，哼起了京剧《锁麟囊》。

正当我要安慰她时，她忽然又笑了，说，我要是退休了，就跟我家东方国去周游世界，我每天在微信上晒旅行、美食、人文、美景，好戏，好电影，还要晒自己的美文，姐咱好说也是名校新闻系毕业的，活得好着呢。可我不甘心呀，我当了多半辈子海军，远航过，下过潜艇，可我没坐过航空母舰呢，我三千米练了多半年，才跑到现在的成绩，怎么舍得脱军装呢。这不，单位到靶场驻训，我第一个报了名。回去，我还要下部队，到潜艇部队好好采访。我现在想起那晚上聚会时高云刚说的话，这才理解了他是多么的想在部队好好干呀。

说着话，帐篷到了。

她们的帐篷虽透气，但极闷热，地上杂草铲除了，闻着一股泥土气。我看见一只蜗牛爬向了床铺，拿纸捏着扔掉，说，你真能习惯？

军人嘛，就是这样的，你别说，战地亦有风景，不信，你明天起来看日出，可美了，我来了半月了，发现每天的日出都不一样，每天的太阳都是新的。

我们晚上就回家了。

那太遗憾了，不过，等我写出文章，拍出照片，你照样也能领略其美。

我发现她床上有张射击图纸，我说，你射击如何？我知道我们聚会时，她可是打了光靶。

当然好了，手枪，步枪，都学会了，门门优秀。

可是手枪很难打的。我没敢说我打了光靶，说出来好丢人。

熟能生巧嘛。

这次驻训，我学会了毒气防护，学会了野外做饭，包扎伤口，才突然感觉自己像个军人样了。

厉害。你说打手枪……

"秦记者！秦记者！"这时，有人叫她，秦小昂跑出帐篷。我突然想，秦小昂一直爱说大话，她说得果真信吗？这么一想，我便打开那张靶图：九、七、八、八、九，也就是说五发子弹，她几乎全是优秀。

我好后悔，自己为什么学时不认真，竟然输给了她。一点想见她的欲望也没了，快步走出帐篷，看到她在营地跳舞，便悄悄离开了。

落日的余晖洒在在山脉与丛林中，绚丽得如好几条金带。我们的队伍确如歌中所唱的：日落西山红霞飞，战士打靶把营归，把营归。胸前的红花映彩霞，愉快的歌声满天飞。大家有说有笑，每个人的脸上、身上都被落日照耀得金灿灿的，让我一时觉得我在梦中。

可"胸前的红花映彩霞"把我拉回到现实，一股酸涩涌上心头，二十发子弹落入天空和大地，就是没在绿色的靶中留下痕迹，让我实在抬不起高昂的头。

正在这时，我在队伍中突然看到了秦小昂，她一身海军蓝迷彩在绿色的丛林中特别醒目，扎着编织武装带、带着军帽，从旁边一条小路斜穿下来，因为跑得急，差点被一棵树杈绊倒。她不停地给我招手，她是来送别？还是来要给我说什么，在行进的队伍中，我只能朝她微笑，偷偷地给她敬了个礼。

这时她在我身后突然唱起了歌：

> 战友战友亲如兄弟，
> 革命把我们召唤在一起。
> 你来自边疆他来自内地，
> 我们都是人民的子弟。
> 战友，战友，

这亲切的称呼这崇高的友谊，

把我们结成一个钢铁集体！

……

　　她唱的是"战友，战友，亲如姐妹"，这是我们在学校时女学员唱时改的词。

　　脚仍踩着沙砾，弹壳，我忽然感觉一切都是那么不真实，满目青山不真实，行进的绿色队列不真实，包括我自己，都好像不再是那个打了光靶垂头丧气的军人了。

　　秦小昂那奔跑的速度，根本就不像我们共居一城，离我家不到十千米，好像我就是电影里那些女兵，要上战场，战友来生离死别，好像我就是电影《英雄儿女》中能唱能跳的王芳，是《白莲花》中能开双枪的女英雄，是《英国病人》中的战地护士汉娜，是《这里的黎明静悄悄……》中苏联卫国战争时期那些为国而战的女红军……是什么让我们产生的错觉？身上的军装，大山里迎风飘扬的红旗，还是林立的迷彩帐篷弥漫出的野战气息？甚或，我们肩上的责任？

　　在回营的车上，我把一张落日下我站在射击场上的照片发给江皓，想给他说，我打靶成绩还行。心虚得发微信时，手指还把字打错了，成了：我打靶的成绩不行。

　　他马上回信，啥时也带我这个老兵去打打靶过过瘾，我教你，你忘记了，当年就是我教你的，你五发子弹，打出了四十八环的好成绩。

我回：行。

5

我又盼又怯的体能考核终于来到了。下午两点考核，我们从早上就奔走相告：中午得少吃点，否则跑不动，所以早饭要多吃些。女同事二十多岁，从自助架上拿了三个鸡蛋，两个包子，手里还端着一碗馄饨。

年轻真能吃呀，我一根油条都没吃下。哪本书上说，年轻人是早晨八九点钟的太阳，我们这些年过半辈的中年人，就是晚上八九点的星星了。

上午十点多，下起了雨，越来越大，一直到吃中饭时，都没有停的意思。也许今天就不考核了，我暗想。

可没接到不考核的命令，我们只好准时穿上体能服，集合出发。

外面风大雨冷，车里各人有各人的心思。

我们进到室内体育馆，原来是军体大队的比赛场。每个项目前，都放着一个大展板，上面写着从及格到优秀的分数、年龄，每个项目前，都有一名战士举着牌在等候着我们这些老考生。

我们三四百人整好队后，领队向主考官敬礼报告。我一听道：主考官，所有考生都已准备好，考试是否进行？主考官威严地说：进行！听我口令，奔向考场，我眼一黑，差点撞到前面人身上。

最后考核的三千米，要不是有个战士陪着我跑，我根本跑不下来。跑到终点，我是被两个女兵架住，扶着走了半圈后，才感觉双腿不再打晃了，恶心减弱了。坐在草地上，刚拿起手机，发现四五个未接电话，全是秦小昂的，便拨了过去。

晓音，你在干什么呢？怎么气喘吁吁的。你知道不知道，高云刚听说被免职了，田心怡是这次国庆大阅兵的女兵方队领队。

真的？

田心怡领女兵队各大网站都登出来了，我马上把视频发给你，是柳宛如采访的，听说她在阅兵村待了一个月，制作得很棒。原来两个月前，咱们送田心怡去的地方，就是阅兵村。

这家伙，竟然没告诉我们。

这就是田心怡的风格。不知怎么了，我一看到她那么朝气勃勃，就感觉自己还很年轻。对了，明天我要随军舰远洋采访，单位刚打电话征求我意见是改文职，还是退休？从十二岁当兵，到现在，要离开，心不甘呀。你跟我肯定想的一样。视频刚发过去了，你看看。

视频里的柳宛如瘦了，穿着迷彩服，举着话筒，边讲边指着一列列训练的女兵队伍，从她们正步踢出七十五厘米，行进速度每分钟一百七十五步，到她们硬皮靴磨的脚泡、胸高如何影响排面，替补队员的内心忧伤、排头兵的危机感及女兵平时吃什么，几点起床，几时训练，生了病也不敢说怕被人替换，梦想着正步走过天安门那九十六米的受阅距离。一百二十八步，六十六秒通过。为了阅兵，她们如何克服例假期。阅兵线路的划线员、营区走动的小黑狗、每天云彩的变化等等，依我搞了三十年的采访经验来评判，柳宛如的采访扎实细致盎然，且有我们文字记者所达不到的画面冲击力和感染力。田心怡是在视频最后五分钟出现的。画面上五十六岁的田心怡英姿勃勃，下着军裙，上着淡绿色军衬衣，全身湿透地在踢正步。脸上的汗水一滴滴地往下流，后背全湿透了，可她的腰板挺得笔直，口号喊得洪亮，不，是强悍。一旁的柳宛如解释说，面部表情为了达到教练员说的"狠"，可把不笑都像笑的女将军急坏了，为了练威严，她整天对着镜子练，跟着教练加练，一个月后，脸上才有了霸气，人却瘦了二十斤。

田心怡都当奶奶了，还如此拼命，我越看越惭愧，嘴里轻轻呼出一口气，对着电话里说，小昂，我刚跑完三千米，这次军事体能考核，俯卧撑、仰卧起坐、三千米跑步和我心里最紧张的三十米蛇形跑，拼了老命，总算达标了，其中两项还优秀。不过，现在我连说话的劲头都没了，腿都软了，肚子疼得都弯不下了，本来坚持不下来的，想起了高云刚，想起了他请咱们聚会时说的话，想起了田心怡唱的京剧，我就坚持下来了。对了，我有电话了，咱们回头再聊！

是江皓，问我啥时带他去打靶。

我说我体能考核完了，全部达标，如果他有时间，明天就去。带着他那想当兵的女儿。

快穿上长袖。杨副总编不知何时走了过来，拿起旁边的长袖体能服，把上面的草掸净给我，说，快穿上，别感冒了，这次不错，表现很好。

她一直跑在我前面，当然成绩比我还好。我接过衣服，说，杨总，下次我要追上你。

她笑着点点头走了。

此时，大风刚过，金黄的树叶与湛蓝的天空夹杂，正是北方最美的时节。

（刊发于《十月》2021年6期）

挑滑车

1

我一眼就认出了她。即便在绿色的军列里，即便大家走着统一的步伐，即便我仅瞅见她背影。我差点喊出她的名字，话到嘴边，又迅疾吞了回去，因为她朝我瞥了一眼，马上将头扭了过去。

她是我军校新闻系的同学，二十多年的朋友秦小昂。我没想到我们共居一城，却在异地相见；更没想到我们曾发誓成为一生的朋友，五年来，却再没说一句话。

现在，她坐在会场的东北角，我在西北边，主席台上挂着的红色横幅上写着"百名记者重走长征路"，她是记者代表，我以作家身份参与。主席台上的一对青年男女，身着崭新的淡灰色红军服装，声情并茂地复原着那个久远的年代。大屏幕上放着我们曾经在课本、影视剧上常见的英雄们，给我们讲述他们曾经风雨与共的青春。枪炮轰隆、马叫风吼、人群嘶喊，诗配画，音配色，现代科技下的声光电营造的战争情境，让不少观者眼角湿湿的。可我仍管不住自己，不时把目光投向右前方的秦小昂。她肩上四颗金星闪烁，使我没有星星的文职肩章好是逊色。座椅旁有个折叠的小抽斗，取出拉开，就是小书桌。她把本子放在上面，做着笔记。她看一会儿主席台，记一会儿，跟旁边的人不说一句话。

　　参观旧址，听报告，我再没有跟她直视过，她躲着我，我只好由着她。我们如陌生人一样，行进在这列采访的队伍里。虽然我很想跑到她面前，堵住她，质问积了五年的疑问，可她不给我机会。

　　我的目光仍然追随着她。她的目光盯在这个红军小镇上那个据说曾经给红军首长洗过衣服的九十多岁的老太太，我的目光也跟着老人的讲述极力想象我未曾经历的岁月。她的目光瞧着荷塘，我也装着仔细地观看荷叶与荷影哪个在镜头下更美。她挤到年轻的女导游身边，把录音笔举到导游面前，我站在她侧边，悄悄观察着她这十年来她的变化。体形没怎么变，神态多了往日没有的迟疑。她跟人很少说话，更多时，她只注意对方的脸部，然后微微一笑。在车上，她除了看资料，就是闭着眼睛，身体像门待发的巨炮，却迟迟引而不发。

2

大雨中，我们小部分人在长满斑竹的小村采访完，天已黑透，山路泥泞，只好就地住下。同行的只有我跟秦小昂两女性，村委会安排我们住到村头一家安着太阳能的人家。这户村民的儿子儿媳在广州打工，家里只有老夫妻两个，带着三个年龄大小不一的孙男孙女。二层楼上有三间房，除了一间可以住人，其余堆满了柴草、刚摘的苹果和几麻袋粮食。带我们去的村主任再三解释全村只有这家最干净，且有洗澡间。我俩只好提着行李一前一后上了楼。房子还算干净，洗澡间虽小，但在这远离县城八十千米的小山村已属难得。秦小昂洗完澡，把她那边的床扫了一遍又一遍，连枕头下都没放过。红花床单、淡白色的小碎花枕头显然是刚换的，还能闻到洗衣液的味道，可秦小昂把裤腿都扎紧了，枕头上还铺了一条自己的丝巾。头朝外睡。她睡外侧，我面朝里。一张不大的双人床，中间还留了约有两指宽的距离。

蚊子太多，在耳边嗡嗡地叫着，她也睡不着，在床上翻来覆去。我拉开灯绳，电灯下，全屋一片寡白，她还是睡时的样子，但手扯起被子盖住了头。我四处找蚊子，找不到。戴上眼镜，还是没发现一只蚊子。刚躺下，蚊子又在耳边嗡嗡叫，触到脸上，痒且痛，更惹人烦。这次，是她起来。穿着一身白色睡衣的她，在屋子来回走，我发现这几年她皮肤更细腻了，当然黑发间也夹杂了几缕灰发。她不正眼瞧我，我可以偷偷打量她。蚊子仍没找到。她打电话找房主要蚊香，旁若无人。我知道，她永远是主动的。三十年前我们上大学时，她就这样，永远掌握主动权。

灯又黑了，她又躺下，跟我一样睡不着，又开始翻来覆去，我也是。我靠窗，只好瞧窗外。灰褐色的窗帘挺厚，窗外啥也看不见，但偶然能听到几声犬吠，或有娃娃在院子里不停地喊着小明、李放快来找我，找呀找，找个好朋友。别玩了，回家睡觉。又是老头老太太的声音，断断续续地飘进窗内。我想起来看书，怕打扰她，只好继续强迫自己入睡。正在这时，她腾地跳下了床，去了卫生间，我没听到水声，睁眼一瞧，有缕光从卫生间门缝里透出来，落在瓷砖上，想必是手机手电筒发出的光。

我还是睡不着，拉开灯，走到卫生间。门开着一指宽的缝，我悄悄打量起她来。她坐在马桶上，拿着手机在瞧，神态跟五年前我在她家时看到的一样，左手托着腮，左脚靸拉着右脚上的拖鞋，右腿架在左腿中，脚尖勾着另一只拖鞋，在半空轻轻地晃着。不同的是，这是一双发旧了的红色塑料拖鞋，脚面上的一条带子上面用黑线缝着。显然是房主的。

我轻轻敲敲门，她出来时，我让过一边，她仍侧过身，生怕我要把她碰着。其实我不想上厕所，我担心她把眼睛看坏了。我在马桶盖上坐下来，厕所有股扑鼻的香味，是茉莉，玫瑰，还是其他，我分不清。但肯定不是屋主的。我又回想上大学时，秦小昂用的什么香水，怎么也想不起来。只记得那时，她整天坐在桌前不停地朝脸上抹，朝手上抹，朝自己的腿上抹。油津津的手，细白的皮肤，在电灯下，有股让我陌生而向往的美。

我瞧瞧插在杯子里的一把木梳，上面有几根发丝，有根全白了，我鼻子酸酸的，我们都老了。

她倚在床头看书，我躺下，仍睡不着，也拿起手机翻起来，余光不时地瞧着她，她看的是《疾病阐述学》。我心里又一惊，她为什么要看这么一本书？她又不是医生，难道病了？可她分明比我还健康，满脸红扑扑的，今天采访上山路，一声都没喘。有时，两三个台阶，她一步就跨了上去。

现在我才知道，人最痛苦的是跟一人同居一室，却不说一句话。而这个人还是你的朋友，其别扭可想而知。

凌晨三点，我们还没有睡觉，我自忖，回去以后，更无机会了，这么一想，我放下手机，说，小昂，我想跟你谈谈。

她没说话，仍在看书。好像我在对空气说话。

她不能说不理我就不理我了，难道我就不能掌控局面？我已经五十岁了，人生已走了多一半，不能错过机会，再去制造机会。这么一想，我一把夺过她手中的书，扔到一边，说，我要跟你谈谈。

她耸耸肩，闭着眼睛，头靠在床背上，那是一块粉色的棉布包着的床头。我也把头靠在床背上，扭头瞧着她，告诉我，为什么要把我屏蔽了？

这样的话，我曾以微信的形式问过她。她答因为我忙，所以不打扰了。我知道这是假话，猜是因为我没有给她每次发的微信点赞。又想志向高远的她，不会这么小气。会不会因那事？有天，她说很长时间没聚了。我马上约时间，但强调最好在本周，我下周要出差。出差回来后，我约她，她说没时间。不久她就拉黑了我。我还向她儿子打听她的行踪，打电话过去，她都置之不理，甚至爱人去世那么大的事，也没通知我。

现在，她仍闭着眼，不说话。

咱俩是好朋友，一直一个宿舍住着。我买烧饼，你做汤。去图书馆，我给你占座。毕业后，共居一城。你到我家，从来不打招呼。我到你家，跟你睡一张床，能聊一通宵。什么知心话都讲，你为什么说不理我就不理了？我到底做错了什么，你告诉我。昨天晚上，我还梦见了你。前几天梦见你在我家，咱们吃饺子，你说西红柿饺子可好吃了。你一口气吃了十几个。我每看到你发的作品，都剪下来，一篇篇贴在本子上读。那天我从你家面前过，情不自禁给同行的同事说，我好朋友就住在这个最高的楼的部队大院里，里面有漂亮的花园，还有一个在楼顶的露天游泳池。我同学游泳很棒，她皮肤细腻，紧致，每周她都要游两次。她说有位女领导，就因为游泳，七十多岁了，身材还跟小姑娘一样苗条，是她的榜样。你记得这事吗？我看着她，她仍闭着眼不说话，但是我感觉到她的眼皮在跳，有门！我信心顿增，于是调整好语态，继续说。

　　我最忘不了你穿的那身有上尉肩章的八七式夏常服，因为咱们八个女生，你的职务最高。你那时是咱们女生中唯一穿毛料军服的。我是战士学员，肩章是没有星的红牌，穿的确良军服，很羡慕穿毛料军服的你。你格外珍爱军装。那时没有熨斗，你接一缸子开水，然后端着熨衣服，竟然也能把军装熨平展。你把熨好的军装套在塑料袋里，再挂回衣柜。每次去上课，穿着笔挺军服的你，提着咱们统一配发的皮包，跟柳宛如分站队头和队尾。是因为毛料军服，还是因为你在前排？反正你永远让我仰视。我学着你走步，学着你提包，甚至你皱一下眉头，我都情不自禁跟着学。还有你写的字，好漂亮。你写字时，并不像我端端正正坐在桌前，你总是坐在床边，倚在桌前，歪着身，可是字还是写得那么漂亮。我偷偷观察过你的运笔，你的手势很快，好像漫不经心，随手挥就，可每一笔都是那么洒脱。我让你写下我的名字，然后我照着写。你瞧了我一眼，拿过一张报纸，仍倚在桌边，随便划了一下，李晓音，三个字，就好像披上了盛装。我越看越喜欢，可那张报纸脏了，上面有你吃方便面时挑出的牛肉块，于是我拿出日记本，让你再写。我说我要当字帖练。你白一眼，说，你这个小鬼头，怎么那么麻烦？就是不写。下了晚自习，回到宿舍，我马上进水房给你打了盆洗脚水，端到你脚下，再次把日记本放到你跟前。这次你是坐在桌旁的，只是背对着桌，仍不写。住你对面的柳宛如都看不下去了，说，诸葛亮刘备也不过请了三次嘛，你白了柳宛如一眼，这才接过我的日记本，在膝盖上放着，随手又是一划拉，我却视若珍宝。上课时，我练，下课时，我练。现在我最喜欢签字，因为人人都说我签名最棒。

不光我喜欢你，班里不少男生也痴迷你，有人找你打乒乓球，据说男生没几个人能打得过你。有人给你送舞票，你还曾转给我过。还有人请你看电影，虽然你很少去。甚至你买的衣服，不几天，咱们楼道里女生都有了同样的款式。我曾经问过你，为什么你啥都会？你半天才说，因为从小没了母亲，你在家，啥家务活都得干。你说为了练包包子，你里面先放上面团，然后学如何把包子包得底不露，口收得紧。你还说你会做鞋，鞋穿得当了兵，邻居还要了去，给她女儿穿。

有天，你让我跟你一起去《莫愁》杂志送稿。那天，我本该到门诊部去看病的，我感冒了，发着烧，38摄氏度。可我舍不得放弃跟你出去的机会。我喜欢跟你在一起，每次总能得到意外的收获。那天，是南京最热的天，可我走在法国梧桐下，心情好是愉快。护城河的水在阳光下，清澈见底，反射的光，照在树叶上，叶子也似乎跟着来来回回晃。你叫我瞧，说，多美。我想不树上的光怎么那么好看，你掏出包里的小镜子，在路上对着阳光照，果然光又投射到树上，比刚才的还好看。

我照着你说的准备了两篇稿子，我们计划先去《莫愁》，然后再去《风流一代》。你说上学两年内，要把南京的好刊物扫遍。

你说，你得有个时间准备，稿子上不了，误了病，可不要怪我。

我说怎么会呢？

可是《莫愁》杂志的中年女编辑还是枪毙了我的稿子，你的两篇都选上了。出门时，我好沮丧。你不停地拉着我的手说，对不起，真对不起，误了你看病了。

我很不服气，拨开你的手，说，话不能这么说，咱们不是还要去另一家杂志吗？你诡秘一笑，这么有自信，就不怕再次全军覆灭？

我展了展军装，笑着说，我不会运气这么差吧。

这次，我果然赢了。《风流一代》年轻漂亮的女编辑选中了我的稿子，你的落选了。

回去的路上，你一直在说，看来投稿，要根据杂志的风格投。我则说，因为你写的是家长里短，所以《莫愁》这个家庭刊物选了。我写的是青春故事，当然在《风流一代》这个青年刊物打响了。

终于，我跟你打了个平手。小昂，我好激动，把此事告诉了咱们的好朋友柳宛如，说到这里，硬板床咯吱一响，我扭头一瞧，秦小昂躺下了，眼睛仍闭着，且用丝巾蒙住了脸。

你困了吗？

秦小昂狠狠地在床上砸了一拳。

你难道真就不想跟我说些什么吗？

她背过身去。

我狠狠地关掉灯，发誓再也不理她。

回到宾馆，我们再次成为路人。

你们都是军人，是不是不认识？同行的一位女记者指着秦小昂的背影问我。

不认识。

她可有名气了，听说新闻作品得过韬奋长江奖，是中央级大报的名记。要不，怎么骄傲得像芭蕾舞女演员上天安门，跟谁都不说话。

我没说话。

对了，我刚到网上查了她的简历，跟你是一个学校一个系的。女记者说着，把手机递给我。

有完没完？再说，她又不是法拉奇，我为什么非要认识她？

话虽如此说，可我仍不甘心，她好像一块磁铁，总吸引着我，她越不理我，我越想与她搭讪。

我们结束采访回京时，班机晚点两个小时。她坐在登机口边，拿着手机，没说一句话。我离她有两人的座位，也没说话。

到底有多大的仇，秦小昂如此恨我？

在电话里，我不停地问柳宛如。我、秦小昂和柳宛如在大学时是同一间宿舍，曾经发誓要成为一生姐妹的。衣服可以混着穿的，家随便进，可不知啥时起，我们渐渐生疏了。

柳宛如跟秦小昂上大学时，关系一般。在我跟秦小昂友谊淡漠时，她俩忽然间好得形影不离。

有时我很羡慕她俩之间的关系，更叹息自己为什么没有那么好的朋友。又想是不是别人在秦小昂面前说了我的坏话，还是我哪点事做错了？我回想多年来我们交往，自认为没有做过对不起她的事。那天，她跟爱人吵架，没打招呼，提着箱子就来了，我让她住到家。我们出去，她要反复地照相，老说我照得不好。她坐在一个地方，调好镜头，才让我过去，天那么热，我都不烦。可她到底为什么突然不跟我说话？

　　采访回来不久，柳宛如说秦小昂不止跟我，还跟好多同学都不来往了，因为她右手不灵活了。她怎么得了这样的怪病？一个搞文学创作的人，手不能动了，那真如鸟折断了翅膀。我无从知道她得病后内心的痛苦，一股怜惜之情涌上心头，后悔自己在重走长征路上没有照顾她，忽然很想去看她，可我不确定，她会不会见我。

　　于是试探着发了条短信：小昂，我刚知道你病了。世上最难忘的是同学情谊，你需要我做什么，一定要告诉我。如果你不介意，我马上打车去看你。

　　没想到她很快回了：不需要。

　　我以为自己眼睛花了，又仔细瞧着手机显示屏，字是那样清晰：不——需——要！我一气之下，把秦小昂所有的信息全部从我手机上删除了。

3

转眼半年过去了。

我在高原部队采风，正欣赏着满园的茶花，手机响了，我一接，声音是陌生的，显然是一字一顿说话的，好像故意压着舌头说话。

我没好气地说你谁呀？

我是小昂，你听不清？腔里带着哭声。

小昂？小昂你怎么了，怎么这么说话？

晓音，晓音。她大声地哭了起来，你到我家里来，我有许多话要跟你说。

我现在外面采访，你没跟柳宛如联系吗？说这话时，我的语态有些酸酸的。心想，敢情柳宛如找不到了，你才想到我。

宛如不在京，你再不来怕就听不到我声音了。

果然柳宛如不在。可我一听她说话的口气不对劲，立即提前结束采风，打车前往机场。路上百感交集：终于，终于她愿意跟我和好了，终于可以一起逛公园看电影了。可她为什么那么说话？她真的病得如此厉害？

是一个瘦脸矮小的青年开的门。他说阿姨好。瞧那熟悉的眼神，大概还能看到小时的轮廓，我估计是秦小昂的儿子。我有些不悦，心想你小昂也太那个了，我都到你家门口了，你也不出来迎接我。

秦小昂的儿子高中时就到美国留学。四年后回来，在朋友所在的文化公司工作。儿子过生日，她请了五桌人聚餐。当柳宛如把聚餐的视频发到朋友圈里，我一夜没有睡着。我仔细地打量着秦小昂，她不是我盼望中的赶快老去，她还跟往昔一样，漂亮而利落。在没有爸爸祝福的宴会上，她既当爹又当妈，一会儿招待朋友，一会儿祝词，其口才，其风度，让我甚是折服。

秦小昂儿子领我进了客厅，秦小昂端坐在沙发上，双手朝外摊放在棕色沙发上，都没起身，我向她伸手，她胳膊动了动，手却没伸过来，嘴唇翕动半天只发出一个字，坐。

太过分了，我恨不得走，但看到秦小昂眼角有泪，便硬着头皮坐下来。

秦小昂让儿子出去买菜。她儿子朝我点了点头。随着重重的防盗门关上，秦小昂这才一字一顿地说，你自己倒水喝。我这个样子你没想到吧，你瞧，我连手都伸不出了。

怎么了？我往她跟前坐了坐。

我得病了，你看肌无力，手都端不起杯子，眼看着苍蝇在咬我，都打不了。我想跟你说说话，怕再不开口，以后没机会了。秦小昂说着，大声地哭了起来。我再瞧她手，白白的，指甲长得至少有两月没剪。

怎么得了这病？我说着，眼泪就出来了。秦小昂五年前丈夫出车祸去世，她为儿子上学、工作，花掉了不少积蓄，该喘口气了，却又病成了这样子。我问她指甲刀在什么地方，我帮她剪指甲。

她说她也不知道，家里的东西都是儿子放着的。

我朝四周打量了一番，地板是脏的，桌上堆着已经干了的果皮，阳台上几盆花也耷拉下了脑袋，想帮忙收拾，却坐着没动。

你不计前嫌能来，我好高兴。那次，我身体就不太好，可我怕说出来，你难过，就主动不跟同学们联系了，可我真的想你们。半年前，我病严重了，右手动不了，才办了病退。你来，我好高兴。儿子大了，有自己的事情，男孩子粗心，有些话我说了他也不理解。给你说句实话，现在我想死，都没能力。晓音，给我递杯水。

好好好，我这才想起她的手不能动，笨拙地端起杯子，她咕咚咕咚喝完了一杯水。

你需要什么尽管说，我不太会照顾人。

帮我抠抠头，好痒。

我从她对面的单人沙发上起身，坐到她面前，马上感觉一股汗腥味扑进鼻孔。忍着发痒的鼻子，伸出右手插进她厚厚的头发里。

使点劲，再使点劲，好舒服。小昂说着，头靠近我胸前，又一股酸臭味冲进我鼻子，我想离她远些，却感觉到胸前湿湿的。是她的眼泪。

随着我的手指离开她的头皮，她也不好意思地远离了我。

我的双手油腻腻的，指甲缝里也黑乎乎的。我借口上厕所，赶紧逃开了那股酸臭味，一进卫生间，立马把门关上，狠劲地洗起手来。手指缝里的脏东西我找不到东西把它清理掉，只好又打上洗手液，洗了四五遍，想着出去就告诉秦小昂家里有事，我要离开。得找出条合理的理由离开。

我还没到客厅，就听到一股压抑着的啜泣声。

你怎么了？

你走吧。谢谢你来看我。

你怎么了？秦小昂生性敏感，是不是发觉了我对她的嫌弃？如此，我怎么好意思马上就走。

不离开，就得找事做。给她喝水，她摇头。我拿出一只刚买的芒果，递给她时，她嘴往前一伸，我暗骂了一句自己真笨。然后把芒果切成小块，拿牙签一块块地扎起喂她。她吃了三块，又摇摇头，略带含羞地说，晓音，自从宛如出差后，我有一月都没洗澡了。

哎呀，你说我这脑子。我说着，跑进卫生间，立即开了电热器。

我只要在水里泡泡即可。

听我的。

她很不好意思地把身体埋在水里，还让我用浴巾遮着前面。我说有这必要嘛，咱们在军校时天天看。

她身上好脏，黑乎乎的水围绕着她，而我手中的浴巾上也沾着一圈黑絮。

她的儿子终于回来了，宛如让我在家吃饭，我几乎逃离般地冲出门，摁电梯时，还听到她在叫：晓音，有空来看我。一定要来哟！

我手里握着她给我的大门钥匙，心情很是复杂。

4

我回到家，立即给柳宛如打电话。柳宛如一出差回来就在家政公司帮秦小昂找了一个保姆，谁知没出一周，秦小昂就打电话让柳宛如把保姆领走，说城里下岗女人太懒，没有主仆之分，她说话还顶嘴。

柳宛如又在老家朋友的帮助下，找了一个五十多岁的保姆，此人丈夫在外打工，孩子也工作了，是她的远房亲戚。做饭洗衣样样在行，特别是对小昂照顾得很是耐心。可不到半月，小昂又不要人家了，说保姆指甲缝都是黑的，做的饭怎么能下口？

气得柳宛如在电话里给我诉苦：她以为我是开家政公司的？给的钱又少，毛病又多。一会儿说衣服没洗干净，一会儿又嫌炒菜倒的油多。更好笑的是，她说保姆做的饭有一股洗手液的味道，让我哭笑不得。

她自己都动不了啦，还有这么多毛病，要贵夫人脾气，还要看自己是几品诰命。说句难听话，身边没人，她连杯水都喝不到嘴里，厕所都上不了。

是呀，我真不想管了，可我儿子上学、工作都是小昂帮忙的。我只是给你说说，你别给她说，也别给任何人说，这事搞得我心里堵得慌，给你说了心里好受些。对了，你去看小昂时，劝劝她。我好担心她，又怕再找保姆她还是不满意，我倒得罪了不少朋友，便借口不好找，拖拖再说，让她尝尝挑剔人的滋味。

行了，有完没完。电话里传来一个熟悉的男人声音，是柳宛如的丈夫田老师。田老师原来在大学教电影表演，刚退休，脾气很不好。但也不至于这么不给妻子面子。

柳宛如情绪显然受到影响，挂电话时，又悄悄给我说，你一定要去看看小昂，看看她还需要什么，这几天我爱人发烧，脾气不好，我得照顾他。未等我说完，就挂了电话。

几天不见，秦小昂双手已经不听使唤了，好在家里还算干净。保姆看我来了，放下一杯水，进了自己房间。

这个保姆听说是小昂儿子托人找的，肤色黑红，显然是从陕西农村来的，把我说成饿，把卫生间说成茅房。她看人，好像眼神里有冰，冷冷的，从不笑。穿着倒还齐整，但递给我水时，大拇指都伸进了水了。我上厕所，刚蹲下，发现门底下露着她那双露着指头的红袜子。这个保姆不知有啥招，让秦小昂再没有换人？

晓音，宛如没给你说什么吧？

没有呀。

她肯定生我气了，整整一周都没来了。

她爱人病了。

是吗？秦小昂说着，吸了吸鼻子，又说，我跟你过去不联系，真的是怕打扰你们。人病了，狗都嫌。说着，放声哭了起来。

你不要多心，谁还没有个病？虽然对她说的话，我半信半疑，可看到她哭，我还是忍不住坐到她身边，想安慰她，却找不到合适的语词。

走，到书房去。简姐，你收拾下客厅。她说着，慢慢走着领我进到书房，让我打开蒙了一层灰的台式电脑，说，你打开那个写着工作的文档。

你都病成这样了，还惦记着工作？

她脸突然红了，说我手动不了，你把这些东西给我念念。

屏幕上是她丈夫刘师长的照片，一看到那黑脸，我又想起每到他家，他总没个好脸。我打开文件，是一封封信。原来是秦小昂写给我们在大学时的班长的情书。

这么多年你还想着他？

老刘走后，我曾经跟他好过一阵，也想跟他结婚的，可儿子当时正要考大学，我想着考上大学了，就好了。可儿子毕业后，坚决不同意。儿子总算同意了，我却成了这鬼样子，他也跟别人结婚了。你把这些文档和照片都拷出来，然后删掉。

原来他们曾经一起游过杭州，有过一段美好的日子。

你没找宛如？我对脱口而出的话，很是吃惊，可是覆水难收，只好盯着电脑屏幕，怕瞧见她的脸色。

因为，因为你是作家，能理解嘛。宛如虽然也是新闻系毕业，可她长年在机关工作，思想僵化，不理解，省得她看见让她笑话。

秦小昂说得倒是实情，在我们女同学里，柳宛如最嫉恶如仇，上班下班，一向很是板正。特别是男女问题，在她看来就是万恶之首。可我心里还是怪怪的，心想不知柳宛如听到秦小昂的这番话后，有何感想。

日记有十来万字，说不定对自己写作有帮助。看秦小昂在看电视，我真想把这些发到我邮箱里，可最终没有，信任，是世界上最珍贵的东西，这理，我懂。帮她拷到光盘里，锁进书桌，把钥匙递给秦小昂。

对了，晓音，一台差不多的榨汁机多少钱？

四五千就不错了。

我儿子给我买了台说一万一。我坐的这个简易轮椅，也说八九千。我不进商场了，怕是让他骗了。

秦小昂的儿子刚开始对我还礼貌，后来开门看到我，头一扭，就进了自己的屋子。我想人家是嫌我来的次数多了，就不想去。可是秦小昂非让我经常去看她。说，这是我的房子，你不要理他。可我进人家的门，怎么不理呢？再说，母子连心，秦小昂可以说儿子，我岂能多嘴？不知柳宛如遇到这情况，该如何处理？她可比我来的次数多。想到这里，我说，也许质量好吧。

有天，秦小昂的儿子借故钥匙没带，把秦小昂给我的钥匙要走了，再也没有给我。我把此事说给柳宛如，柳宛如说，秦小昂也给了她一把家里的钥匙，她儿子倒是没要，不过，她倒是希望他要走。

宛如，你啥意思？

没啥意思。柳宛如长长地打了一个哈欠，挂了电话。

一月后，我想去看看秦小昂，打电话，没人接，给她儿子打电话，她儿子说，阿姨，我妈的事你不用操心了。

我说我只是去看看。

我妈很好。

我一想，也好，省得我去看她。没想到柳宛如打电话来说秦小昂儿子也不让她去了。

不让去，咱们就不去了，好像咱们爱到她家里去似的。

小昂病着，需要朋友陪着说说话。她又接不了电话，保姆现在也不接我的电话，我们没法跟她交流。必须要想办法，不能让那个狼心狗肺的儿子软禁了他妈。

宛如！我一时说不出话来。在学校时，她跟秦小昂都不服输，住着床对床，却很少说话。说话说不了两句，就抬杠，非要争个高下。新闻史秦小昂得了九十八分，那新闻理论柳宛如一定要得九十九分，否则我们宿舍就会一天能七八次地传出柳宛如大声朗诵枯燥乏味的新闻特征：新闻报告的是现实事物，有强烈的时效要求。新闻是可以公开传播的一类消息。现代新闻传播事业造成了公众对新闻的持续关注……这声音夹杂着江浙一点的口音，在外系同学看来好像是唱昆曲，而在我们听来就如孙悟空听到了如来佛的紧箍咒，别提多煎熬人了。

每每这时，秦小昂就在耳朵里塞上棉球，我也放起了邓丽君的《何日君再来》，可这丝毫影响不了柳宛如的学习热情。

后来当我跟秦小昂参加完学校舞会回来，刚一上楼梯，就听到柳宛如又在背经济理论题，秦小昂转身拉着我到宿舍前的大操场，跑步。此时，天气很是寒冷，寒风吹到脸上，好像刀子割，身上好像没穿衣服。我边跑边说，咱得给队里说说，柳宛如不能这么摧残我们了。秦小昂却笑着说，你别说，我还挺喜欢柳宛如这股劲头的，这样的人，没有什么事是她想干却干不成的。我敢肯定，她比咱们都有出息。后来，我把这话原封不动地说给柳宛如，柳宛如半天才说，知我者，我的劲敌秦小昂也。一直到毕业，她们关系还是表面好，内心排斥。同学聚会，她们中间至少要隔两三个人。她们关系的升温是柳宛如儿子考大学，因为成绩一般，想上一本，柳宛如急得四处找人，当秦小昂知道后，主动打电话给柳宛如说自己有办法，还说，谁让咱们是一个宿舍出来的。这事就交给我了。果然，不出一周，柳宛如儿子就接到一所"985"学校的录取通知书。柳宛如儿子毕业，又是秦小昂给一个领导打电话，使柳宛如儿子进入了一家银行。当柳宛如给秦小昂表示感谢时，秦小昂把柳宛如送的卡及礼物全部退了回去，还笑着说，我爱吃你包的饺子，只要你经常到我家来包饺子就可以了。柳宛如拉着秦小昂的手，说，小昂，你只要打一个电话，这辈子我随时听你派遣，赴汤蹈火，在所不惜。这是事后柳宛如跟我说的。

为此，爱人老说，你不是跟秦小昂关系挺好吗？让她帮咱女儿找个好工作，女孩子，整天在宾馆当服务员，一点出息都没有。

可秦小昂五年都不理我，我怎么开口。理我了，却已经病成这样，我更不好开口了。

柳宛如果然说到做到，找了个市电视台的朋友，让我跟她一起去找小昂儿子的单位，那是一个净化器直销店。高个中年领导一听说我们是电视台的，又是倒茶，又是递茶，然后把自己公司代销的净化器让我们看，还说如果能在市电视台给他们做广告，他可以赠我们每人一台净化器，你看现在这天气，家家都需要一台，不，好几台净化器不是。

柳宛如不理中年领导的生意经，直接谈事，领导这才醒悟过来我们不是上门给他做宣传的，气呼呼地打电话把秦小昂的儿子及部门经理叫到办公室，当着我们的面叫狠狠地批了一顿，语无伦次地说什么忠孝才是做人之基，让父母晚年幸福才是儿女的本分之类的话，这样我们才得以重新进到秦小昂家。

秦小昂这次病情更加恶化，走路得让人扶着。一见到我们只是哭，当着儿子面，什么也没说。

秦小昂儿子却很不高兴，不停地解释说，阿姨们误解我了，妈妈跟朋友一聊天，血压就噌噌地往上冒，吓死人了，一次我回来竟然高压达到一百四，你说这危险不危险。医生再三叮嘱，她不能说过多的话，你看，话说得多了，她就累，妈妈对不？

小昂说，累死我愿意。走开，我的家，我还有说话的权利。

妈妈，你又误解我的意思了，我是你的亲生儿子，怎么可能对你不好，还找我领导，让我做不了人。

我一听，就要发火，柳宛如说，我明白你对你妈好，来，你把照顾你妈妈的具体细节交代给阿姨好不好？说着，朝我们摆摆手，跟秦小昂的儿子进了他的房间，不知两人说了什么，房间不时传出笑声，两人出来时，都带着笑。

秦小昂一看柳宛如出来，马上就把刚才还对我亲昵的目光投向柳宛如，微笑着说，快来坐我这儿，宛如。

明天，我们带你出去赏春。来，我帮你洗下澡。

看柳宛如一会儿给秦小昂梳头，一会儿帮她洗衣服，一会儿帮她揉耳轮，我在敬佩的同时，也不知如何插手，便借口家里有事，提前溜了。

一出来，望着蓝天白云，心情瞬间大好。

5

柳宛如开车，我扶秦小昂坐到后座。秦小昂不时望着窗外说，好多花都谢了，我自从病了，就没出院子了。

你不问我们推你到哪去？

推到哪我都行，推到车轮下，一了百了。

我们沉默片刻，柳宛如说，小昂，我们带你去你肯定喜欢的地方。

我们去的是香山公园。三十年前，我们大学毕业不久，三人结伴去香山看红叶，漫山遍野，红似霞光。现在的黄栌也很漂亮。秦小昂说你们把我放到镜湖边，你们上山，我晒晒春天的阳光，已经知足了。

柳宛如秀眉一瞪，怎么可能，只要我柳宛如在，再高的坡，再陡的路，我都要把你带上去。

秦小昂笑着说，你儿子单位福利好吧。满腔的自豪。

不错，多亏了你呀。他找了个同单位的女孩，家里条件不错，爸爸在国家机关工作，妈妈是个医生，北京有两套房。计划今年国庆结婚，我们一定要请你这个大恩人坐到贵宾席上，我们家小超没有你，哪有他的今天。我一直给他说，一定要经常来看看干妈，小子，没有干妈帮助，哪有你今天。你看看，这小姑娘长得怎么样。说着，把手机递到秦小昂面前。

秦小昂看了眼，就点点头说，小超前几天来看我，我都不认得了。小伙子帅，姑娘漂亮。你们家大喜日子，我这个鬼样子，去了也给你们添堵，就不去了。

别胡说，到时我跟小昂来接你。柳宛如说着，推着轮椅小跑起来，说，我们上双清别墅。到了翠湖，她背上全湿了。我又接着推。看到秦小昂不停地笑，我们忘记了疲惫。

我们坐在翠湖的莲塘边，也就是当年坐过的石头边，秦小昂说，记得咱们那年上大学时，要去打仗的事吗？

当然了，我们三个都报了名，都想着，如果其中谁牺牲了，只要活着的，就一定要帮着牺牲的照顾她的家。可惜的是，我们还没去，战争就结束了，可我们的友谊却永在。我说。

当然记得，我还记得你坐的那块石头上，坐着班长，他是给我们照的相。当时，小昂头发被风吹乱了，是班长帮她理顺的。对了，听说班长再婚后生活也不幸福。

我紧张地看了眼秦小昂，柳宛如一时醒悟，忙站起来，削了一块苹果，拿牙签扎紧，喂给秦小昂。

秦小昂不知是没听见，还是装没听见，反正她坐在轮椅上，仰着头，边吃苹果边喃喃自语：吹着春风，闻着花香，多美好的生活呀，如果秋天我还活着，你们再带我来赏红叶，好不好？

听得柳宛如扭过头去，我只管拭泪。秦小昂闭着眼，咧着嘴，微笑着，一缕阳光打到脸上，让我恍惚回到了三十年前的那一天。一直到天黑，她儿子打了好几个电话，秦小昂才同意回家。

下山真难。柳宛如心细，说，轮椅得倒着推，正着推，小昂身上无力，平衡不好易朝前摔倒。柳宛如倒推，我后拉，每往前移一步，都好难。可我们很高兴，因为我们帮着秦小昂做了一件让她高兴的事。

上了车，秦小昂忽然说，我想做骨质穿刺，确定一下病，说不上不是肌无力，如果是骨癌，或者血液病，还可以治，我还想活呀，我才五十岁出头，可亮亮说如果做骨质穿刺，就可能瘫痪，可万一不是呢？北京这么多好医院，我信不过给我确诊的那个部队医院。

我一时不知如何回答，柳宛如说，我正在联系着，准备带你到协和去看看，我有个同事的妈妈，是那边的科室主任。

宛如！秦小昂叫了一声，却再无语。

行了，别肉麻。你就是我，我就是你。

送秦小昂到家后，秦小昂忽然叫住了我，让保姆递给我一个文件袋。当着柳宛如的面，秦小昂说是她的一个亲戚写的稿子，让我这个大作家帮看看。

回到家，我打开文件，原来是她的日记。

6

周末，柳宛如打电话来，说咱们聚聚，就咱俩说说话。

这对大忙人柳宛如来说，可真是头一次。同学聚会她张罗的不少，特别是外地来的同学，要请客，指定找柳宛如，她一会儿通知人，一会儿订饭店，跑前忙后的，一刻也不歇着。可单独邀请我，又只是说说话，却是首次，让我很是意外。

到了餐厅，更是让我意外得下巴都要掉下来了。一向讲究品位的柳宛如这次订的饭店却是个大众化的小饭馆，一间厅，里面放了七八张桌子，虽然干净，可一瞧吧台上的女老板，背上背着个半岁多的小孩子，一会儿哭一会儿叫的，让我很伤自尊，觉得柳宛如在这个地方请我，简直是轻视我。

我说换一个地方吧，我来请客。

坐下吧，你先听我说。最近我们部到这附近搞军民联欢，我一下子就喜欢上这家饭菜，你吃了就知道了。

饭菜果然精致，口味既家常，又贴心。每道菜一递上来，背着娃娃的女老板都要拿着本子来到我们面前，眉眼皆是笑，再三问我们合不合口味，她好再改进。

老板娘好尽心呀。

小本生意，又来之不易，我很珍惜。老板娘说着，摇摇背上哭着的孩子。这是一个男孩打扮的孩子，黑黑的眼睛一眼不眨地看着我，小手不停地打着妈妈，我伸手要抱，他马上又哭起来了。

老板娘背着孩子进屋去了，走时，没忘记把旁边的椅子放得端端正正。

她很不容易，孩子刚生下来，她丈夫有了别的女人，她二话没说，就让他扫地出门，盘了这么一个店。

你叫我来，不是为这个女老板的事吧。

柳宛如吐出一口烟，把烟蒂压在了烟灰缸里，说，你没发现我今天有变化吗？

我从下到上打量她一番，精致的羊皮靴，烟灰色的春秋连衣裙，化了精致的妆，跟往常一样，无可挑剔。

不要盲目夸赞，看仔细些。柳宛如说着，把脸往近地伸到我面前。

还是很好呀，是不是眼角长了颗痣？

什么呀，你还是作家呢，连个细节都没看出来，你看我的眼睛都有血丝了。

晚上没睡好？

昨夜做了一个梦，梦见自己得了比秦小昂还要命的病，连话都不会说了。

柳宛如说着，哽咽了，她从来没有过的哀伤也感染了我，我一时也叹人生无常，心里酸酸的，便说只不过是个梦，再说梦是反的嘛。

晓音，我们从中年快迈入老年了，什么事情都可能发生。上午我去八宝山送了一个同事，比我还小三岁呢，先一天晚上我们还到当代商城买衣服，她舍不得一件五千块钱的大衣，结果第二天中午睡觉，就再也没有醒来。

秦小昂真可怜，一个一辈子在外面跑惯了的人，追求自由幸福，现在却被囚禁了，好可怜。

是呀，我这几次带她去了驻京各大医院，医生都说此病国外都没办法。我难过了一夜，咱们是小昂的好朋友，得帮她。我有个计划，你得配合我。咱们带她去旅行，好不好？我一个人指定不行。其他同学，小昂那脾气，得罪过不少人，估计没人愿意去。

可要是她儿子不同意呢？

明亮那孩子现在跟我是好朋友了，即便他不同意去，怕花钱，咱告诉他，出去玩的钱，咱俩帮她出，再说病人整天在家，怕他也烦了。咱就告诉他，他一直照顾病人很辛苦，给他放几天假，也好尽咱们同学的情谊。

我赞成。

那咱后天就去，刚好是周末。我周一也有空。咱们到苏杭去玩玩，看看母校，坐高铁，五六个小时就到了。

这么快？

我这人，想到就走。你不会说你没时间吧，专业作家，时间多的是。

当然去。

现在咱们就去告诉小昂去。她说着，就站了起来，让服务员买单。

急匆匆地出来，她却不开车，直奔旁边的美廉美超市。

你干吗呀？

去看病人，不带东西？柳宛如说着，把一串法国提子放进购物筐里。出门时，又挑了一件碎花上衣放到购物袋里。

你干啥？这衣服小昂估计看不上。

柳宛如诡秘一笑，到时你就知道了。

7

门半天才开，柳宛如敲门的声音越来越大，吵得邻居一个戴着老花镜的老太太伸出了头，但她防护措施搞得好，防盗门上挂着铁链子，灰白的头从门缝和铁链子里露出来，先是惊慌，后就是愤怒。

两件不到二百块钱的礼物，瞬间就使刚才开门时还阴着脸的保姆成了我们统一战线的盟友，又是给我们倒茶，又是帮我们说话，还说自己家里有事，准备请三天假，回去处理一下，现在好了。我佩服地看了柳宛如一眼，她却不接我的眼神，而是声音极其温柔地说：亮亮呀，你整天照顾着妈妈，也歇歇，阿姨给你放几天假，对了，我这儿有两张电影票，年轻人肯定喜欢《速度与激情：特别行动》你带朋友去看看，听说这部电影可好看了，票房过亿了。

秦小昂儿子这次倒痛快，柳宛如话还没说完，他就抢口道，妈妈交给阿姨我很放心，就是妈妈身体不好，万一……

大不了也就是死了嘛，死到哪，在哪儿烧了就可。我的事我自己做主。

柳宛如按了秦小昂的肩膀一下，笑着说，亮亮提醒得好，我们是你妈妈最要好的朋友，肯定会让她安全回家的。

那妈妈得交代一下家里的事，比如……那儿子说着，看着客厅里的那个保险柜。

交代什么？秦小昂朝着儿子啐了一口，道，我一直在忍，现在如果这样，我就住养老院，什么也不给你留。

妈你误解了，我们只是怕钥匙带在身上丢了，现在怕都找不着配钥匙的了。刘明亮解释道。

别理他，我把死后的事都安排妥了，明天一大早你们来接我。秦小昂说着，大声骂起来。

我生怕秦小昂的儿子忽然不让小昂出去，谁知第二天我跟柳宛如车刚停到门口，打电话不过十分钟，他跟保姆就扶着秦小昂出来了。

到了车上，秦小昂又是哭又是给我们说她在儿子手底下生活有多艰难。有了保姆，她儿子好几天不回来，回来就是要钱。听得我眼泪汪汪的，一看柳宛如，却在一边一句话都不说。

好半天，柳宛如才说，小昂，咱们是朋友，我给你说实话，这与你也有责任。

我紧张地看了柳宛如一眼，秦小昂也看着柳宛如，柳宛如长长地叹息了一声说，这话我想了很久，终于决定给你说出来，小昂，不怕你生气。

你说说看。

一，你不该当着我的面骂保姆和你的儿子，我们是你的好朋友没错，可是每天在你身边的，是他们，你想喝一碗水，没有他们的帮助，你都喝不进嘴里。人须适应各种环境，现在你的拦路虎就是他们，要跟他们搞好关系，只有跟他们搞好关系了，你才能过得舒畅。我到你家仔细看了，你的房间床单是干净的，你的衣服是干净的，你吃的饭菜质量也是可以的。你说这是保姆干的，没错，可谁给保姆发工资，是你儿子，对不对？你的工资是你儿子管着，对不对？你能到银行去？你能一个人到医院去？你能到手术室给自己签字吗？小昂，学会跟生活和解，学会跟他们相处，这样你才可能得到很好的照顾。我最怕你说儿子笨死了，没脑子的话，他毕竟也是一个男人。

二，不该怨天尤人，因为得病，啥都不干了。你可以做些力所能及的事情，证明自己还能干活。三，不要动不动就说谁对你好，将来家产留给谁。越到这时，越要沉稳，要让你儿子不知道你到底有多少存款，心里如何想的。这样他摸不清你的路数，就会孝敬你。我记得小时看过一个戏，叫《墙头记》，叫的是一个老头有三个儿子，没人照顾他，他只好在箱子里装了石头，儿子以为都是宝，争着孝顺他。后来他去世了，儿子一打开箱子，才发现那是一箱石头。

正说着，车站到了，柳宛如让我推行李，她扶秦小昂，说，咱们任何时候都要有人扶着秦小昂，因为她随时可能摔倒，我听保姆说秦小昂在家里就摔了好几次跤。

柳宛如办事真细，一下高铁，就有人把我们接到了宾馆。我说：这人是你的熟人，看来党政机关干部，就是不一样。柳宛如摇着头说，我上网查了好多宾馆，才选择这家的，宾馆位置好，价钱也得当，最主要的是来回有人接送站。现在要找人派车，可难了，规定不能破。

我们订的房间，有三张床，她笑着说，我们回到了大学时代。正说着话，柳宛如却打开一瓶瓶药，一一数好，让我喂秦小昂吃药，说她去去就来。

不一会儿，她就回来了，说已经租了一辆车，这几天咱们可以自由行。第一天回母校。第二次到西湖周边玩，第三天去吃好吃的，晚上坐高铁回家。问我们有意见没？秦小昂说安排得很好。我说没意见。柳宛如说，为什么住这家酒店，还有一个便利的地方……

她还没说完，秦小昂说，我知道。

你知道什么？

离医院近。啥能逃过咱搞文学的人的眼睛？

哈哈哈，现在我们带优秀的新闻人去剪发。刚才路过时，我看到门口不远处就有家美发店，门面看着还不错。

哎呀，我一直说要带小昂理发的，她头发厚，又长，却没想到还是柳宛如想得周道。

你呀，上面有哥哥姐姐，当然啥都不会干了。我在家老大，妈妈常年病着，我十二岁就会做饭了，弟弟的一切都是我照顾的。

在理发问题上，柳宛如跟理发的小姑娘争了半天，小姑娘说，理成幸子头，最漂亮。柳宛如说，理成小平头，利索。

秦小昂在镜子里看了半天，赞成了柳宛如的决定。

可当一缕缕长发掉下来时，她闭上了眼睛，一串眼泪却从眼角流了下来。

我们都哭了。

随着秦小昂生病，我感觉自己流泪的次数多了，也不再跟爱发脾气的丈夫吵架了，对婆婆的絮絮叨叨有了宽容之心。

有洁癖的秦小昂也不再讲究了，比如这次出行，简直是轻装上阵。过去在朋友圈里，我知道秦小昂每次出行都要带茶具被单的，这次，只背了个双肩包。爱化妆的柳宛如更是简单，连妆都没化，给我说，咱们的任务是配着秦小昂玩。你想想，咱们涂脂抹粉的，小昂那么爱美，心里能好受？

到宾馆，柳宛如刚进卫生间，秦小昂就叫，宛如！宛如！我说你需要什么？她摇摇头，仍在喊宛如。柳宛如提着裤子跑出来说，咋了？小昂。

我想喝水。

柳宛如端着杯子喂了她水，笑着说，我还得继续，肚子不舒服。

柳宛如刚进去，秦小昂又叫，柳宛如隔着门说，小昂，你是木头呀。我忍着不悦，问，小昂，你需要什么？

我不需要。秦小昂躺在床上，眼睛死死盯着卫生间的门。柳宛如出来，我呶呶嘴，进了卫生间。

只听到外面小昂在哭，柳宛如不停地劝道，怎么了，怎么了？我肚子真的疼。腿不舒服？还是身上疼？来，我帮你按摩按摩。

我出来时，发现秦小昂伏在床上，柳宛如站在床旁，给她不停地按摩着。看我进来了，说，晓音，你从我背着的那个小包里把小昂的药拿出来，倒好水。我打开一看，头都痛，十几个瓶子，也不知吃哪个，吃多少。

要哪种药？每个多少粒呀？

算了算了，我一会儿来吧，你再去烧壶水。

折腾到十二点，我们终于躺到床上，柳宛如对秦小昂说，你上厕所叫我。

好的，你睡吧。

可能是坐车累了，柳宛如不一会儿就睡着了，我看看秦小昂，她闭着眼，我也关了灯。

可能是择席，我又睡不着了。

约半小时，我感觉秦小昂也没睡着，悄悄问，小昂，你喝水不？

我想上厕所。

我怎么帮她上厕所？这一路可都是柳宛如照顾她的，想叫柳宛如，秦小昂示意我别说话，到了卫生间，我笨手笨脚要帮着她脱内裤，她说，你把我睡衣撩起来即可。原来她穿着开裆裤。

再扶她时，我感觉她胳肢窝都是湿的。一进房间，柳宛如已经醒来了，说，怎么了？

没什么，睡吧。

柳宛如发现秦小昂浑身是汗，非要让她去洗澡，秦小昂说夜深了，怕感冒，说每夜她浑身都疼，一直这样。

柳宛如一听，马上问哪疼，说着，就要帮她按摩。

秦小昂说腿和胳膊都疼。

柳宛如站在床边就给按摩起来，我在一边不知该干什么，便说，你们要喝水不，我烧些水喝。

不一会儿，柳宛如就出汗了，秦小昂说她好多了，让我们都睡。

她说在家她实在疼得受不了时，就让保姆给她放京剧光碟，或者给她打一针哌替啶。现在她让我打开她的手机，搜

《斩李广》的全本戏，她听着听着，就能睡着。

我打开手机，搜索半天，只有《斩李广》的折子戏"七十二个再不能"。一放，马上一阵苍凉的老生声音回荡在房间里：

再不能头戴金盔三王钮，再不能身穿蟒袍挂丝绸；

再不能玉带腰间扣，再不能粉底朝靴登双足；

再不能东华门里走，再不能到西华门里游；

再不能去走齐云乐天路，再不能游玩五凤楼；

再不能春树夏苗秋闲冬狩打野兽，再不能闲到花园游；

再不能瑶琴摸弦奏，再不能相棋会诸侯；

再不能吟诗赏心喉，再不能描画百兽图；

……

这个不好，调子太暗了，再说深更半夜的放，让我听着凄惶。我看电视上有没有好节目。柳宛如说着，拿起遥控器，打开电视，调了半天，也没好台，秦小昂说，快，宛如，倒回去，这个京剧也很好。

柳宛如倒回去，只见一个年轻帅气的将官身穿铠甲、背插彩旗在不停地连唱带跳。

这是京剧《挑滑车》，我最喜欢看了，上次到梅兰芳剧院，专门去看的。柳宛如说着，给我们讲解道：这是剧中的名段，对演员来说需要很大的难度。起霸、走边、抱花、摔岔、僵尸，还要边舞边唱。膀子、手腕、腰腿、脚尖、眼神都要到位。是我看过的京剧中最有难度的戏。此戏改编《说岳全传》，原文是这样写的"……到得第十二辆，高宠又是一枪，谁知坐下那匹马力尽筋疲，口吐鲜血，蹲将下来，把高宠掀翻在地，早被铁滑车碾得稀扁了……"

睡吧，睡吧，瞌睡死我了。我说着，倒在了床上。

8

我们带着秦小昂回到母校。校舍虽在，却物是人非。柳宛如给秦小昂买止痛药去了，我跟秦小昂坐到草坪上，静静地赏着落日下的校园。金灿灿的阳光把草坪下面的湖面照得好像上面洒满了金子，一切都显得那么不真实。我去洗手间回来，发现秦小昂不在了，她莫不是投水了，我吓出了一身冷汗，忙四处找。

在湖边我发现了秦小昂，她裤腿已经湿了。一看到我，说，我本来滚下来想死的，可一到水里，忽然发现了漂亮的金鱼，亮蓝色的鱼我从来没见过，又想我儿子还没房子，我嘴里含着笔，还能点开电脑做交易，就喊人，被一个男学生拉了上来。我这才知道，秦小昂即便病成这样了，还在炒股票。

你们这么高兴，说什么呢？宛如回来了。

我让晓音猜我银行卡密码是啥？秦小昂说着，朝我做了个鬼脸。

你的生日？

不，我跟我爱人的结婚纪念日。我每月有一万多块钱的工资，怎么可能让你们给我出费用？只要你们有这心，我死了也值了。不瞒你说，刚感觉到身体不适时，我不想跟任何一个熟人相见，怕你们看我笑话，把自己最难堪的地方暴露出来，说实话，需要强大的心灵。我爱人去世时，我已经知道我跟你们不在一条线上了，好在还有事业。可当我病了，我感觉一切美好离我远去时，我整个心都碎了。可我仍想你们，特别是病后，我感觉每天每天都在想你们，我希望看到你们，哪怕你们笑话我、嫌弃我，证明我还活着，还有人气。她说着，咳起来，脸争得通红。

慢点，喝点水。对了，我刚侦察了一个地方，老字号，鸭血粉丝汤，排了一长串的队伍，咱们过去吃爱吃的。

可我这样，能去吗？

对了，你的裤子怎么湿了？

我想看荷花，掉到了水里。

我跟柳宛如扶着秦小昂走到停车场时，校园里少男少女来来往往。有个漂亮的女孩看了我们一眼，满脸不屑，好像她永远都那么年轻漂亮、永远不会老似的，躲着我们面对着湖水，拍她的自拍。跟我们擦肩而过的一只抱着足球的男孩看了我们一眼，满是狐疑。

秦小昂说，宛如，小昂，你们真是我的好朋友。

柳宛如忽突兀地说，我是那田七郎。

田七郎是谁？新公映的电影？秦小昂问，我病了一年，都不知魏晋了。

《田七郎》是《聊斋志异》里的一篇小说。

讲的啥？

我正要开口，柳宛如拿起一瓶娃哈哈，递到秦小昂的嘴边，然后狠狠地捏了一下我的手，这时我醒悟，忙住了口。电话响了，是爱人，让我赶紧回家，还在电话里吼道是不是逛得家都不要了？要是同学好，跟同学过去算了。

我关了电话，柳宛如却说，你把你爱人电话给我，我来给他说。

你别，他脾气不好。

是我不对，我来说。我家里人也有意见了。理解。

柳宛如不知说了什么，爱人再打电话来，好像啥事也没发生过，还跟我说要照顾好秦小昂。我问柳宛如她给爱人灌了什么，让爱人一下子情绪大转。柳宛如笑着说，这是我们的秘密。

坐到回程的车上，我们很是兴奋，一路不停地唱，世上有朵美丽的花，那是青春吐光华。绿色的校园，绿色的梦幻，绿荫里走来一群年轻的士兵……。柳宛如的脸更是得意，好像在说，要是没有我，你们这次能成行吗？能这么高兴吗？

小昂，你还想去哪，现在我请你们吃饭还有些早，今晚咱们到后海边孔乙己饭店去吃饭，坐在上面的平台上，观赏着后海晚上的五彩虹霓，喝点酒，来个一醉方休。

如果方便，能否到我单位转转，听说搬到新的大楼了。我原来一直梦想着搬到新楼，建成了却一直没机会去。

这还用说，司机师傅，车拐到复兴路。

秦小昂的报社很是气派，一座三十多层的积木状的大楼在众楼中鹤立鸡群。穿着迷彩服的哨兵拦住了我们，柳宛如给证件也不管用，又指着秦小昂对哨兵说，她是你们这里的秦记者。哨兵瞧了一下车里的秦小昂，说，我不认识，你们去看谁，先到传达室打电话，有人同意了，你们才能进去。

她真的是记者部的秦主任，你不信打电话请示一下领导。

要不这样，我问问人。哨兵说着，问了好几个出出进进的中尉少校，他们傲然地瞧了我们车里一眼，说不认识。

秦小昂只一年半没上班，就不认识了，这些人！看这样子，也不像新来的，真是不像话，我要进去找他们领导告一状。柳宛如说着，要去传达室联系，我忙拿出证件也跟了去。车要进大门时，秦小昂忽然说，回吧，不去了。

为什么？都登记了，我找的你们部门的头，他说还是你推荐的他，他马上下楼来接你。

不了，回家。秦小昂眼泪哗哗地流出来了。

不去也行，咱们去吃饭。孔乙己饭店都订好位置了。

回家！师傅开车。

我们只好把秦小昂送到家门口的地下车库，正准备进单元门时，一场意想不到的事情发生了。随着正在车前提箱子的柳宛如一声惊叫，我看到秦小昂慢慢地倒下了，而扶着她的我也吓呆了，站在跟前一动也不动。

柳宛如扔下箱子赶紧往秦小昂跟前跑，扑过去，一把抱住秦小昂，连喊小昂，小昂。我这才反应过来，跟她合力扶起秦小昂的上半身，让她坐起来。小昂眼睛闭着，只点头。

我要拉小昂起来，地板是砖瓷，好凉。

别动，让小昂缓缓劲。柳宛如说。我俩分头抱着秦小昂，让她缓缓地坐起。半天，柳宛如说，小昂，你能走吧，要不要叫救护车？

秦小昂摇摇头，嘴不停地移动着，半天才发出声音，回家。

我们俩几乎是拖着秦小昂走进电梯，她浑身软得我怕她倒下，就让她全身靠着我，那一刻我感觉好沉重，柳宛如去开门。

我们扶着秦小昂进了房间，躺在床上，她不停地呻吟着。我说要不要叫医生，柳宛如看着秦小昂，秦小昂摆摆手说没事儿，我儿子回家，你们千万不要告诉他，我还想跟你们出去，即便死在路上，也心甘情愿。

你身上哪些地方不舒服？我知道前几天她摔过一脚，门牙断了一只，手指都骨折了，而这次，不知伤到了哪里？

柳宛如说，你回去吧，我今晚不回家了，再观察观察小昂。

我嘴上说我跟她一起等，可我的腿却往外移了好几步。

走了几步，又想不对，看快到吃饭时间了，想做饭，又觉太晚，便立即打电话叫了外卖。然后又给她的保姆打了电话，让她赶紧过来，然后走出门，我长长地出了口气。

晚上睡觉着，我给柳宛如打电话询问小昂的情况，她说小昂目前没有啥事，她还得再观察一夜。我跟爱人这才把情况一说，爱人说，多险呀，以后再不能带她出去了，你说万一出了事，怎么办？我想想也是，不知柳宛如心里怎么想，越是这时，我发现我们之间很少能真诚地谈这件事。

结果刚放了电话，却是柳宛如的丈夫打来的，问我柳宛如是不是跟我在一起，我刚一说在秦小昂家，他就气得说，她连家都不要了，本来说好的去出国旅行，她借口秦小昂有病，不去了，我多大了，都六十岁的人了，还能出去几次，真是个混账，说完，挂了电话。

半月我再没跟秦小昂联系，是害怕，是恐惧，还是其他，我也说不清楚。柳宛如不久又打来电话，让我跟她到秦小昂家，说有要事联系。

秦小昂的儿子不在家，柳宛如正在给秦小昂洗衣服。小昂坐在沙发上边哭边说，保姆不干了，要回家，说，工钱一直没有付，她生活也成问题了。秦小昂说，她儿子让原来的公司开除了，整天缠着她要一百万去跟人做生意。她儿子再三给她说对方是他最好的朋友，投资高速公路，给一百万，年底就可挣一百二十万。结果对方现在打电话关机，人也连个影子都找不到了。

柳宛如说，你想怎么办？

秦小昂哭着说，现在还不到中旬，他把工资又花光了，欠了保姆两月的工资。我怎么生了这么一个儿子，让我怎么活呀？我再看，房间、地足有一周没有打扫。

欠保姆多少钱，我给。

秦小昂说，从我下月工资扣。话刚说完，又说，不行，如果工资到明亮手里，他又花光了。柳宛如气得说这孩子，快三十岁的人了，怎么这么不懂事。现在倒好，他也没单位了，也没人管得了他。

秦小昂说：他不是个坏孩子，也不抽烟，也不喝酒，更不打架，连个女朋友都没有，他只是有钱了，就想做生意，想让我过上好日子，谁知每次遇到的都是骗子，一次次骗，一次次地还上当，我给说了多少遍，他都说妈，我这次肯定能挣，结果这次又输了。工作也不要了，一会儿卖酒，一会儿卖手机，一会儿倒腾股票。他只想证明他不是我认为的那么窝囊，只想让我过上他给我的好日子。

我坐在沙发上，都不想看已经老得越来越不敢认的秦小昂，更不敢设想她年轻时那美丽的样子。望着窗外灰蒙蒙的天，半天没有做声。柳宛如拉住秦小昂的手，不要哭了，咱们得想想办法。

我意思我的工资和我的存款交给你俩管着，我放心，万一遇到花钱的事，还有钱预备着，否则我怕我死了，我那不争气的儿子只有喝西北风了。

柳宛如半天没有说话，我说这怎么使得。

柳宛如说，我可以跟晓音管。为了稳妥，工资我来管，我半月给你儿子一次，这样能保证你们平常花销。存款，晓音管卡、存折，我管密码，要取钱，只有我们同时才可以。而且我们要找证人，你看行不？

我相信你们，不用找证人。

就这么定了。

不过，不能让我儿子知道是你们管，省得给你们添麻烦，我就说是单位替我管着的。

这时单位派我到外面去写一本书，要去一个月。去时，我给柳宛如打电话，想约她一起去，我最怕看到秦小昂儿子。最近的几次起，他看到我来了，招呼都不打，就钻到他屋子里，一个人看电视。

我到秦小昂家大门口时，柳宛如刚到，她提着一袋菜，说，秦小昂想吃饺子。

最近忙吧。

我心虚地说，对。你经常来。

那保姆给我打电话，一会儿说，小昂不舒服，一会儿又说小昂想出去走走。我当然得来了。对了，前几天，我还带着她去看了场电影，她看得好高兴。

你受累了。

她是咱们的好朋友，是不是。起初我只是觉得应当帮她，想展示自己什么都能干，可后来，就不由自主地去，几天不去，心里就过意不去，惹得我丈夫女儿都有意见了。

我握握她的手，说，跟你比起来，我实在做得很不够。对了，你不要忽视了家庭。说这话时，我脸烧烧的，想当初我那么想去看秦小昂，现在我却老是怕去看她。还有，我女儿说有次看到柳宛如的丈夫跟一个年轻女人在一起看电影，吓得她赶紧闪了。

这次我到秦小昂家去，给她带了十几盘电影光盘，让保姆给她放。秦小昂高兴地说，这下，我可有事干了，电视剧一个一个地没啥意思。

采访间隙，我老梦见秦小昂和柳宛如，也打了几次电话，柳宛如刚开始还详细说秦小昂的情况，后来，只说，还行吧，你要想知道详细情况，就来看看呗。

9

采访回来，我正准备去看秦小昂，柳宛如打来电话告诉我秦小昂住院了，需要钱。我跟她到了银行，取了三万块钱。

秦小昂住院后，我到医院去过几次，保姆照顾得不错。我去了之后，秦小昂一会儿骂儿子不来看她，一会儿又说柳宛如也好长时间没来看她了，过上好日子就把恩人忘记了。又骂单位，说人刚走，茶就凉。在保姆出去后，又给我说保姆也懒得要命，晚上她想上厕所，叫了几次，都叫不醒。肯定是睡着了。说着，朝窗外不停地看，又不停地给我骂她儿子，可她儿子一来，她高兴得让他坐到她身边，眼睛一刻不停地上下打量着，一会儿说儿子瘦了，一会儿又说穿的衣服不好看。她儿子坐了十几分钟，走时，说进的货还压着，工人工资还没发。当她儿子把卡给她，她让我查看时，我说，少了五万块钱，她恨恨地说，我没那个儿子。

可儿子来了，她仍不骂他，只是走时，再三叮嘱他钱要省着花。

又怪我很长时间都不来看她了，我病时，她冒着"非典"疫情来看我。我新分了房子，她刚出差回来，就跑来祝贺。

我一听这话，心里就很不高兴，想说那都是五年前的事了，你再不想想这五年来，你是怎么对我的，特别是在山村那一夜，对我简直是奇耻大辱。

我不去，柳宛如又给我做工作说，小昂疼时，也骂她，她真不想去，可是如果不去，她晚上就睡不着觉，总梦见小昂在叫她，骂她没良心，不知恩图报。去了，小昂又什么难听话都说，搞得她很恼火。她又要出差了，让我去陪陪小昂。说她都给同学打电话了，每个人不是儿子要结婚，就是女儿要找对象，或者单位事多，走不开。就不想想，我也有老公儿子的，家里单位一堆事，好像我对小昂的债这辈子都还不清了。

你别生气，周末我到医院陪陪她。

秦小昂已经不能下床了，我给她擦身时，她还笑着说，我这身臭毛病只有带到那边去了，你说为什么我那么排斥保姆替我擦身。对了，晓音，我给你的日记你看了没？

我说还没顾得上看。

她闭着眼睛说，有空看看吧。对了，我昨晚梦见我家老刘了，他叫我，我怕要走了。晓音，我活不长了，还是想问你一个问题，你觉得我家老刘人怎么样？

秦小昂的爱人是一名师长，不苟言笑，我每次到他家，他都是点点头，很少说话。六年前，在一次车祸中丧生。

刘师长人挺好的吧。

他有没有魅力？

当然有了。

这时，秦小昂儿子来了，我走时，秦小昂又说，你看看我的日记吧，下次来跟我谈谈感想。

当天晚上我就匆匆看了一遍秦小昂的日记，大吃一惊。秦小昂在日记里说，她为什么不跟我说话，因为她爱人晚上睡觉忽然叫出了我的名字。她爱人还把我写的一本书放在办公室休息间枕头底下，第182页上面写着晓音晓音晓音。而她爱人出车祸，是因她逼着他讲跟我到底是啥关系，说不清，就不让他再进家门。她爱人一气之下，连夜开着车回部队，结果一头撞在了护城河里。在五年前的日记里，我在秦小昂笔下，是潜伏在她身边的一条毒蛇。要相见，除非黄泉。

可天地良心，我跟他爱人几乎一句玩笑话都没说过。在我印象中，他有些粗野，傲慢。有次，他跟秦小昂开车来接我去看演出，我比预定的时间迟到了十分钟，他一见我来了，竟然把车开出三四百米远，要不是看在秦小昂面上，我当即就不去了。

要不是单位有急差，第二天我立马到医院骂秦小昂是低智商。出了一周差，回来我放下行李，就跑到医院。无论我再哭，再说，秦小昂只看着我，一句话也说不出了。不知是听懂了我的话，还是仍不相信我，就那么直直地看着我走了。她走时不会翻身，不能走路，不会说话。

身边只有我一个人，我打电话叫柳宛如，柳宛如手机关机。

好像是为了弥补，秦小昂走后，柳宛如又是联系处理后事，又是通知秦小昂的单位朋友，又是写纪念文章，眼睛哭得像只桃子。我只是帮着打打杂。一看到秦小昂家里墙上挂的照片，我不禁放声大哭。只有我自己知道，我哭的不仅是秦小昂，我还哭那个在墙上微笑着的大校军官。我真想知道他到底为什么叫我的名字，为什么在我的书里不停地写着我的名字，却当着我的面，从来没有给我一个好脸色。我也想知道秦小昂走时，一直对她那么好的柳宛如为啥却迟迟不到医院再看秦小昂最后一眼。我更想知道秦小昂的儿子刘明亮，为什么在母亲去世后，忽然晕倒了？

生活中诸多的迷，并未因秦小昂的离去而揭开。想到这，我又放声大哭起来，这次是真真切切地哭秦小昂，她为什么至死都不相信我？

处理完秦小昂的后事，保姆把小昂的手机递给柳宛如，说这是她走时，给你们留下的一段语音。

一阵秋风过，吹到脸上凉飕飕的，毕竟十月底的天气了，街心花园的红的紫的紫薇还有不少开着，月季还零星地开着。树叶，不少已黄了，栾树黄黄的灯笼失去了水分，干瘪地挂在枝上。想必香山该有红叶了，可我们的好朋友秦小昂却再也看不到了。

柳宛如望着烟洞里一股青烟，说，小昂没走时，我盼着她走。你不知道，我在炒菜时、开会时、甚至正跟爱人做爱时，她的电话随时都会打来，都是刻不容缓的事，我每次都说这是最后一次了，可最终我一次又一次地去。有时，我恨不得把她毒死。比如那天晚上，她听说班长结婚了，非让我到她家去。当时，下着雪，雪大得都看不清路面和行人，我已经躺下了，能听到窗外雪压断树枝的声音，可她说如果我不去，第二天就见不到她了。我只好起来，气得我儿子锁了门，不让我再进家门。等了半个多小时，才等到一辆车。去了她一直给我讲她跟班长的事，我睡着了，她把我拉醒继续讲，一会儿哭一会儿笑，讲了一夜。第二天是星期天，她却说家里要来人，她就不留我了。你知道不，她连大门都没出，只站在卧室门口，头伸出来跟我说，她要睡一会儿，才好有精神应酬要来的那个人，他对我还是挺好的。却不知道外面的雪有多大，也不考虑我大清早是怎么回家的。病后，我要是一周不去，她一见我，又是哭，又是说，保姆给她洗的内衣她穿着难受，保姆给她洗澡她浑身都是鸡皮疙瘩，说着，就眼泪哗哗地看着我，你说我能不做吗？

说到这里，柳宛如拭了下眼泪，又继续说：可她走了，我却感觉心里空落落的。她说着，脚下一滑，差点摔倒，我忙扶住，说，咱们到街心公园里坐一会儿。

　　公园里，一伙中老年妇人有走路的，打拳的，也有一堆人跟着一个老年男人在唱歌。年轻的朋友们，今天来相会。再过二十年，我们重相会，伟大的祖国多么美……

　　奶奶，我要吃糖。爷爷，那个小弟弟打我。

　　远离喧嚣，我俩找了个安静的地方，坐下来。面前是一条小河，上面水波清晰地波纹一层层地流过来，又流过去。一对鸭子从我们面前走过。

　　柳宛如失神地看了半天，忽然说，你猜哪只是公的，哪只是母的？

　　我说：那只长着孔雀蓝尾巴的是母的吧。你看那羽毛，真是太漂亮了。

　　她摇摇头说，公的才漂亮，就是前面的那只。猎人要打枪，一般瞄的都是母的，因为打公的，母的会声嘶力竭地叫，会跟他拼命。而打母的，公的会马上跑掉。

　　我看着她发黄消瘦的脸，忽想起女儿说她碰见柳宛如丈夫跟一个女孩在一起的事来。柳宛如很要面子，她不说，我装作不知道。细思她刚才的话，我一时不知如何接口，便含糊地说是吗？还真是新闻，第一次听说。

　　柳宛如望着鸭子走了很远，才双手搓了搓了脸，掏出手机，说，我们听听秦小昂给我们说了啥，说着，点开了手机的语音：

宛如、晓音：

我最好的两位朋友，永别的日子快要到了。我要许多话要跟你们说，趁我还能开口，现在就给你们说几句，算是我最后的遗言。

我存折里还有三十万，此钱一半是我感谢你们的友谊。宛如，你为了我，挨了我儿子的不少骂，人跑前跑后的瘦了一圈，你对我的好，我只有来世报了。请你们务必收下我这点小小的礼物，否则我死也不能瞑目。如果你们是我的好姐妹，一定要执行我的遗言，否则我到那个有去无回的地方也不能安息的。

一层是表示谢意，还有另一层意思（咳嗽声），就是那卡上的十五万，还有抚恤金，请你们不要一次性交给我儿子，还如当初一样由宛如继续管理着，每月分两次给我儿子五千块，保持他基本的生活费用即可。他毕竟是我的儿子。

说到这里，我有一个请求，请你们费心给他找个好媳妇，且要考察，长相家庭工作都不重要，只要人心底好，善良，就可以了。她若真心对我儿子好，请你们帮助他们成婚，婚礼可办得简单些。等他们结婚两三年后，有了孩子，再把余钱还有我的房产证交给她管理，但必须保证她要跟我儿子过一辈子，且到公证处去公证，作为我儿子婚前财产，以防她变心，或抛弃我儿子。原谅我的自私，你们都是母亲，相信能理解一个母亲的不舍。我是一个不称职的母亲，一直以为孩子失去父亲，我应好好地把他照顾好，啥事都给他办，结果惯得他不会为人处事，不会生活，找了好几个工作，都让人家开了。我还不敢说，一说，就给我发脾气。我把儿子没有教育好，给你们添麻烦了。难道真是母亲强势，儿子就窝囊吗？有时看着他挺心酸的，没朋友，没对象，吃穿也不讲究，只想做生意，可做啥赔啥。

我知道给你们添了很多的麻烦，且这麻烦随着我死后还将继续下去，因为我再也没有亲人可以相托。瞧瞧，我的人生好失败。

（她在抽泣声中，又开始了诉说。）

我无姐无弟，母亲只生了我一个，养成了以自我为中心的毛病，三生有幸，遇见了你们。你们不嫌弃我，使我在人生最狼狈时，给予了我无尽的温暖。我十二岁，没了母亲，父亲娶了后母，我跟他断了来往，他再三与我相认，我都没有理他。一直到现在，我都硬着心肠没去看他。人到中年，丈夫又去世，可以说世上所有不幸大半都让我遇上了。好在还有事业，老天对我不薄，事业还算顺利，成了一名师职干部。我以为我还能找到后半生的幸福，谁料到，在我人生刚刚转好时，疾病又使他远远地离开了我。此后，如果没有你们的友谊，我根本不可能又苟活一年。

现在我要走了，唯一放不下的是我的儿子。他三十岁不到，头发就掉光了，又那么瘦弱，还没成个家。我走了，还有谁是他的依靠呀？宛如、晓音，我最好的同学，亲爱的姐妹，拜托你们，多管管他，像自己的儿子，照顾他，我给你们跪下了。我在这世上还有好多事要做，可啥也干不成了。本来想着给她找媳妇，可我这是拖累，我走了，他也就好找对象了。我嘴含着笔，审定完我的新闻集。也把手里所有的股票全卖了，钱都打在银行卡了，这笔钱不到万不得已时，别给我儿子。切记。

此时，我全身疼痛，可我知道，有你们，我在尘世就没有牵绊了。别了，姐妹们。

……

柳宛如听完录音，仰望着灰蒙蒙的天，半天才喃喃自语，小昂给我交代了十件事：帮她出作品集、去看她父亲、帮她儿子找对象、卖掉目前住的大房子、换个小居室装修好……

我看她脸色不好，脚步忽高忽低，忙说，宛如，小昂后事，你一直跑前跑后地张罗着，好几宿没休息了，我送你回家，好好休整休整。我们都五十岁的人了，得保重。我说着，掏出车钥匙，正要开车门，忽听身后扑腾一声，回头一看，高高大大的柳宛如脸朝下在地上趴着，那地板可是瓷砖呀。

（刊发于《福建文学》2021 年 1 期）

宣贵妃娘娘上殿

1

导演到团里来挑演员时，我怕受刺激，跟爱人老李到当代商场去给即将出生的孙子买所需用品。天好热，39 摄氏度。老李开了空调，冷风吹得我感觉寒气浸骨，但看到他脸上密集的汗水，我只好把我这边的空调扇页扳到了上面，还是感觉风吹在身上冷飕飕的。

各童装商家占了商场三层卖场多一半，我打量了这件又细瞧那件，每件都那么小，摸在手里质地细腻舒服。儿子小时穿的衣服，都是妈手工做的，里面的边角都缝到了外面，妈说小孩子皮肤嫩，穿有边的衣服硌肉，最好是毛巾棉，软软的那种。妈给儿子买的一件上衣，白色纯棉布，西瓜香蕉图案相兼，特别可爱。

正当我陶醉于这些让我心生柔软的物件时，团长打电话来了，问我在哪，赶紧到他办公室。

我说我家新一代马上要出生了，这是头等大事。

团长又重复了导演来团挑演员的事，说时不我待。我冷冷一笑，说，我错过的太多了，再说现在人半老珠黄，时间不会等我。带着情绪说了半天，团长还是一句话，卓滢，赶紧回来！团长是我研究生时的同学，一直唱大官生。毕业后他分到了南方昆剧团。三月前调到我们团，当了团长后，他说话嗓门也比平时大了好几个分贝，我到了这把年纪，早看透了人间冷暖，无欲则刚，才不吃他这一套，他的话还没听完，我就挂了手机。

有辆深绿色的玩具小汽车真神奇，我手刚一触，四个门忽然砰地自动弹开了。我食指轻轻一触，它又迅即合上。我一时惊奇得拿在手里翻来覆去看了半天，还是没有琢磨出门道，旁边另一辆车又吸引了我，这是个载着一只咧着大嘴笑的小熊童车，车一发动，小熊竟然会咯咯地笑。遇到挡它之物，又会急喊：快，转弯，转弯！吓死宝宝了，吓死宝宝了。太好玩了，咱孙子一定很喜欢。我爱不释手地摸着小熊并对老李说。

穿着大裤衩的老李嗯了一下，眼睛仍盯着手机的屏幕。

从起床到晚上睡觉，甚至做饭，手机都在他伸手够着的地方。我叹息了一声，这时手机又响了，还是团长，这次声音柔和了许多，称谓也变了：师妹，赶紧来，你在哪，我让司机去接你。

我心头一热，想回去，后又思忖，不行，我不能让一句"师妹"就丧失了原则，便说我真的忙着呢，说完，索性把手机关了。现在找我能有啥事，肯定又跟老团长的主意一样，让我指导青年演员米沙沙大放光彩呗。一想起她对我指教的不屑，我才懒得见她。更不愿在年轻演员面前晃荡。好像我要跟她们争舞台似的。虽然新团长一上任，就摆出一副重振山河的架势，可舞台，终究还是年轻靓丽的演员的天下，你再技艺精湛，可有多少观众是内行的？

爱人把我手里的小汽车放回货架，说，我还是送你回团里吧，团长一定找你有急事。不是还没生嘛，是男孩还是女孩都还难说，买错了再退很麻烦。

大家都说是男孩了。总不能我孙子生下来后，光着身子吧。

生了还得在医院得待几天，那时再买不迟。也许人家姥姥也准备了。

是我家孙子还是别人家的？再说我已到了不再慌张、不再讨好别人的年纪，连个团长的电话都不能拒绝？我大声一嚷，老李赶忙朝四周瞧了一眼，借口逛商场走得腰酸腿疼，他到楼梯口抽烟去了。他边走边看手机，松垮垮的大裤衩和薄得能看到背上黑痣的圆领汗衫，实在与散发着香水味的商场不协调，更与我一身旗袍的庄重不相称。唉，我改造了他一辈子，这个农民的儿子进城三十多年了、在大学教古典文学的他还是改不了农民本性。我说给他买衣服，他一件都不愿瞧。几次出去开会，人家不是把他当成了大队的书记，就是当成了司机。他不恼，反倒每次回来给我津津有味地讲了一遍又一遍，我讥笑他，他摇头晃脑地说，是真名士自风流，人家王安石，就从来不讲究穿着，可谁不知王安石变法，连小学生都会背他的《泊船瓜洲》。他不讲究穿着，可不是我杜撰，有文为证，他说着，摇头晃脑背起来：王荆公性简率，不事修饰奉养，衣服垢污，饮食粗恶，一无有择，自少时则然。看着他陶醉的样子，我推了他一把，不耐烦地说，行了行了，给你买几件衣服，否则出去给我丢人。他大声说：免！说什么也不跟我去买衣服，时不时倒是给自己买些超市货，都一辈子了，年岁大了，我也懒得说了，由他去吧。

没有了老李的絮叨，我没了干扰，一口气买了三身小衣服、两只奶瓶，三个围嘴，两条小毛巾被，还把那辆能开门的绿色小汽车也开了票。老李又来催我回家时，我拿着一支红色喷水小手枪又放不下了。

一出车门，我看到一个留着板寸头发的微胖男人正坐在我家院里花坛前抽烟，脚下扔了一地烟蒂。他穿着黑色对襟棉布衬衣，烟灰色宽腿裤子，脚下老头乐布鞋，一看就是内联升的。我走过他身边，他盯视了我几秒钟，扔了烟蒂，抱着一束玫瑰，快步追了上来。

你是卓滢老师吧？声音倒挺柔和。

我点点头。

我是赵欣欣。

没听过这样的名字，但我还是有礼貌地问有事吗？

能不能借一步说话？

爱人热情地对客人说到家聊吧，天这么热。我白了他一眼，他就是这么个又热心又不设防的人，不管对方是干什么的，都邀请到家里去。我给他说过多次，城里社情复杂，这可不是他民风淳朴的小村子。他也不理，三教九流的人都往家里带，好在，他交往的圈子基本也都在大学校园。还有就是手机，一天都离不开。这特不像一个大学教授。每天晚上睡觉前，他必定要抱着手机，看半天，他给我解释他在研究分析国内外动态，古典文学教授也要与时俱进。

男人可能看出了我的不情愿，摆摆手说，不了，我们到院里说会儿话，不会耽误你多长时间的。腔调更柔了。我这才仔细一瞧，发现他没有胡须茬，宽大的衣服细看还是隐约能看出胸的，也就是说她是女人。

女人把花递给我，爱人忙接过来，说，那你们聊，我回家做饭，一会儿你们上来。

院子不大，但有个小花园，风景尚可，我带她绕过高楼，走进后园。几天没到花园，蜀葵高高的枝条婉约地迎着我，黑心菊黄灿灿地在风中摇曳着，要不是旁边有人，我真想拍几张。唯一的长条木椅因为最近老下雨，长出了一丛桂花菌，我正要擦，她一屁股坐到上面，椅子咯吱了一声，她抱歉一笑，才开口说卓老师，你也坐。说着，掏出一支烟，递给我，细细的那种。

我不会，你找我有什么事？看着脏脏的椅子，我想了想，还是硬着头皮，靠双腿撑着，轻轻地挨着椅边坐了下来，瞬间感觉椅上的灰尘已穿过丝绸面料碰到了我的皮肤里。

她看了我半天，说，难怪你们在舞台坐得那么美，原来是这么坐的呀。说着，点上烟，吸了一口，说，卓老师是昆曲名家，我想向你请教几个昆曲方面的问题，不知可否？

这话题我乐意回答，从十二岁学戏，我学了三十七年了，可以说，我一生的爱好就是昆曲。说我的爱人是昆曲，真不是矫情。可那浓浓的烟草味，呛得我咳了起来。她忙站起来说：抱歉。随即把香烟取下来，四处瞄了瞄，快步走到对面的垃圾箱前，扔时，又狠狠地吸了一口，然后把烟头摁在垃圾箱盖上，烟灭后才扔进了垃圾箱里，回来笑着说，习惯了，不吸好像说话就没力量。

从言谈里听出她对昆曲还是懂一些的，看了我的不少戏，从《牡丹亭》中的《游园》《惊梦》，一直聊到我最得意的《寻梦》。我没想到竟然有如此的铁粉，便问她从哪看的，是在网上还是光盘里，现在很少有人到剧场去看戏。

她诡秘一笑，说，以后卓老师就知道了。对了，你对《长生殿》怎么看？

当然是好戏了，那词美得几乎一个字也动不了。

你唱的《絮阁》一折，我看了好几遍。你身上没有年轻演员那种做作的痕迹，在舞台上，每个动作都很自然，发自本性，让人觉得很自在。

那都是二十年前的事了，从那以后，我一直扮演的是杜丽娘。杜丽娘一直是我的钟爱。其实我想说《长生殿》是我一生的滑铁卢，我不想再提此戏。

可是对方好像没有懂得我的意思，一双眼睛看着我，讲得更激动了：你把杨贵妃的吃醋演得好逼真，她坐到地上撒娇的样子活脱脱一个吃醋的新婚少妇。几个"问问问""怕怕怕""有有有"，听得我都要落泪了。还有还唐明皇给她定情的钗盒时，欲给又不舍，分寸把握得极好，我要是男人，也又疼又爱。

要演这出戏，必当四十岁以后，才能真正了解杨玉杯的内心愁绪。那时年轻，现在看，我也只给自己打七十分。

她又掏出烟，正要点，又笑着在鼻子上闻了闻，我说你吸吧。

她摇了摇头，把烟放进烟盒，说，看来卓老师对自己严格要求呀，你可是凭那折戏得了梅花奖的。

戏如人生，有了一定的阅历后，才能真正体会人物的内心。杨玉环封贵妃时，已经二十七岁了，是胆怯的。出场时，对宫女是礼貌的。定情时是深情的。到了七月七日长生殿与李隆基盟誓时，是忧伤的。到了兵变，是无措的。埋玉时，是无奈的，也是刚烈的。

你不愧是著名昆曲家刘世华老师的学生，刘老师可是昆曲界的泰斗。你们……

伤口还是揭开了，我犹豫着如何回答时，爱人打电话来了，说，饭做好了，请客人到家吃顿便餐，我与她谈得甚是投机，便邀请她上楼。

她起身道，不了，谢谢卓老师，再见。说着，拍了拍屁股，粗糙的烟灰色棉麻裤子皱巴巴的，屁股上面还沾了一团桂花耳。

这样的昆曲爱好者我见得多了，怎么可能再见她。我摆摆手，回到家，才发现蚊子咬得我腿上冒出七八个大包，我们谈了一小时四十分，我竟没注意到。再瞧那束红色的玫瑰，好艳丽，老李笑着说，看来还是当演员好呀，总有崇拜者。来，今天专门蒸了你最爱吃的螃蟹，多吃些。

又不是第一次收到花，至于这么吗？我虽然嘴上不屑一顾，但心里还是美滋滋的，好久没有这样被重视了。多久？我都想不起来了。

2

第二天我一到单位，我发现不少同事看我的眼神不对劲，心想，不就一天没来上班吗，一个快退休的老演员，就不能请一天假？再说，自从调到团里，我可以说几乎从来没请过假，请一天假有什么了不起，都这把岁数了，一句话不投机，咱回家抱孙子去。说也怪，自从得知儿媳怀孕后，我整天都想着孙子的事，每看到小孩子，总想摸摸那透亮的耳轮，握握那小小的手，捏捏那胖嘟嘟的小脸。生儿子时，我二十二岁，一直着迷于唱戏，都不知他是怎么长大的。儿子小时经常说，他是他爸爸生的。现在，老了，终有了慈爱之心，俗话说隔代亲，我想也许老天在给我人生做补偿吧。活了四十多年，多半辈子都在舞台上，现在该下到人间了。

团长跑下楼来，想必他在窗内一直盯着大门，跑得气喘吁吁的，脸上也汗津津的。

卓滢，祝贺你呀。他说着，手伸出来要在我肩上拍，我身体一缩，淡淡地说，还没生呢，有啥祝贺的。

祝贺你要当贵妃了。

有四十九岁的贵妃吗？

行了，大家都等着你呢，从今天起，咱们团这大半年的任务就是协助北京电影厂拍摄彩色戏剧电影《大唐贵妃》，你是女主角。

忽听喜讯，我真有杨玉环封妃时的喜悦，"恩波自喜从天降，浴罢妆成趋彩仗"。可从嘴里说出的却是：为什么是我？我昨天都没来。

导演说见过你了，你是最合适的人选。

导演？

昨天你们不是见过面了吗？

昨天除了那个男人婆，我跟谁也没见过。难道是她？

卓滢，你真除了昆曲，不食人间烟火，人家赵导可是大名远扬。导过《世间芳华》《青春岁月》等许多电影，金鸡奖、百花奖，华表奖，得的奖杯家里都摆满了。

团里年轻演员这么多，你不是跟我跟玩笑吧。

她说她懂戏，年轻演员长得再漂亮，可连"米大蜘蛛斯抱定"都不知道是啥意思，怎么能饰演好杨贵妃？怎么能体会一个风华不再的女人在后宫佳丽中的危机感。赵导认为杨贵妃只有人到中年的女演员才能驾驭。比如演评剧《花为媒》时，新凤霞三十六岁了。张继青，拍电影《牡丹亭》时，跟你现在一般大。梅兰芳唱《游园惊梦》时，也六十多了。说她选角，不会是看长相，要看内功，这点她不会看走眼。

我还是有些不敢相信，电影近镜头太多，我不能设想中年的我，还能不能受镜头的百般挑剔。我说着，心里毛毛地看着他，他打量了我片刻，朝四周望了一下，低声说，你无论状态还是身材都保持得挺好的。这句话我不管真假，心里还是美滋滋的。但一想到他过去对我的态度，便淡然地看了他一眼，往楼里走。

他紧跟着边走边说，赵导要不是自小热爱昆曲，说什么她也不干这活。昆曲现在虽然热了些，但毕竟仍是小众的。她找了多家投资方，好不容易有一家公司点头了，但条件是要让一个刚毕业的女孩来演杨贵妃，她没同意。对方又说，只演开始的戏，比如"窥浴"。她回答电影不是折子戏，必须一气呵成，中间换了演员，就失去了故事的连贯性。到手的一百万元转眼间就没了。她仍然不放弃，又继续找投资方，两年工夫，总算资金到位。你不要再推辞了，就这么定了，这不但关系到咱们团的命运，也关系到昆曲事业的蓬勃推进。团长说着，又来拍我的肩，我这次没躲。

幸运球打在一个中年女人头上，我还是晕了半天，方知这不是梦。看着团长一脸得意，我又不舒服了，扔出了一句最为关心的话题，谁演唐明皇呀？

他深深白了我一眼，说，你说咱们院里，不，整个北方昆曲界，还能有谁比我扮演唐明皇更合适？

他是比谁都合适，可一想起与他一起拍戏，我心里好紧张，嘴上说，我怕演不好。还是定妆后再说吧。我想我要把丑话先说出来，给他们，也给自己留余地。人到中年了，心性高还得考虑实际状况，在剧团待久了，看着一茬茬年轻演员进团，你就知道什么叫中年危机了。

这不是我说了算的，你跟赵导说。

看看，人就这样，我稍一松口，他就嘚瑟了，我就看不惯他这一点。有点小人得志的感觉，可也怪，听说跟他搭戏，我隐隐有了一种别样的感觉。他也五十出头了，可身材保持不错。按他的话说，他以非人般的自律才有了现在的身材，比如不吃水果，不吃主食，只吃肉，体重就一直保持在六十千克，要知道他们家父母姐姐可都是胖子。不像我，吃多少，体重都不会超过五十千克。

3

团长生怕我改变主意，一直把我带到三楼唯一的一间大房间门口，说，进去好好跟赵导说啊。他说着，又按了一下我肩膀，别任性。这机会对我，对你，对我们团来说，至关重要。又轻轻拍了一下我的腰，我感觉心跳加快，想说什么，终什么也说不出了。

按说我跟赵导第二次见面了，又谈了一个多小时，应不陌生，可再见她时，我心里还是略略有些紧张。戏剧跟电影毕竟两码事。

赵导还是中性打扮，一条洗得发白的牛仔裤，一件白色T恤，但人比初次见时，显年轻了许多。我没想到团里专门给她安排了这么一间大办公室，办公桌竟然都是新的，老板桌前，还放了一盆翠绿的元宝树，这对办公条件落后的昆剧团来说，是最好的办公室了。可见团领导对这次拍片的重视。

她说坐，自己却没站起来。

不知是因为坐在她的办公室里，还是因为她终究是名导，有一种居高临下的感觉。也许想上她电影的演员多了，也许她知道我肯定答应，态度与昨日在我家院子还是略有差别，对，有种主人的感觉。我淡淡地说，赵导好。

团长亲自洗了草莓、樱桃，然后又拿了几瓶矿泉水放到我们面前，然后深深地看了我一眼，从口袋里掏出一个笔记本和签字笔，塞到我手里，回头笑着对赵导说，你们聊。说完，轻轻关上了门。

请坐，卓老师。她说着，仍坐着，手里拿着一支钢笔，来回把玩着。

说实话，我对她对我的微服查访很不满，再加上年岁大了，本身对这次拍摄就不积极，态度也就冷冷的。大概她看出了我的情绪，终于从老板椅上起身，热情地让我坐到沙发上，递给我一瓶矿泉水，说，几天前，你们团长就极力推荐你，还给我看了你三盘演出录像带，我看了还没下决心。昨天跟你聊了一小时，我就坚定了用你的想法。为什么，因为你凡事都很认真。即便坐，都坐得那么舒服。跟我说话，不急，不躁，说起戏来，满满都是激情，眼神里有光，那种光是艺术人的特质。我在年轻演员身上看得到，可她们没有技术，没有经验，没有阅历，而你，两者都兼有。只要你想做，你一定能做成。《牡丹亭·写真》那么一个没有多少动作的戏，你唱得如此出彩，你用你的演技服了我。特别是当杜丽娘告诉春香"咱也有了人儿时"，那含羞的眼神，就奠定了你在昆曲界的地位，让我决定让你担任我的第一部昆曲影片里的女主角。

赵导，在我看来，拍电影与昆曲是两个道儿上的火车，电影厂拍的《西园记》和《牡丹亭》，主演的昆曲演员都不愿看。更何况，你是初次拍昆曲，我呢又是初次上银屏，我认为此合作胜算不大。我说着，双手交叉护在了胳膊上，可能较胖的人都怕热，赵导忙关了空调。

哈哈，《女驸马》《追鱼》《游园惊梦》想必卓老师看过吧，它们不都拍得都很成功嘛。

杨贵妃与李隆基的故事谁都知道，你重拍还有观众看吗？

赵导笑了，说，那我问你昆曲《牡丹亭》多少人都唱了，为什么现在人还爱看。关键在角度，在演员的表演。我相信卓滢老师版一定跟别的版本不一样。我虽然不是专业昆曲演员，可我痴爱了昆曲一辈子，又在电影界混了二十年，我相信自己有双慧眼吧。

我一时有些语塞，沉思后强调道，我不年轻了。还是定妆后再决定吧。

她笑了笑，说，我看中了你手眼身法步，更看中了你身上别的演员没有的沉静。你往我面前一站，不知为什么，我觉得你就是我心目中的杨贵妃。不像一些年轻演员，是正青春，可是不懂人物心理，浮在表面，把一个苦情戏演得既不甜，又不苦，一句话，淡得像白开水，这怎么能抓住观众？

按说别人听了这话会高兴，我却强调，戏剧最大的特点是虚拟性，正因此，才能考验演员的实力。比如说秦腔戏《挂画》，你让一个演员在真实的墙上挂画，观众能体会到"宁看存才挂画，不坐民国天下"那独有的审美享受？能把待嫁的贵族小姐耶律含嫣从内心到外形，刻画得这么淋漓尽致？她收拾房子，挂画时脚尖在椅子上跳来蹦去，还要做金鸡独立、回头望月等惊险动作，使观众过瘾又心悬。还有，杜丽娘离魂时，从桌子底下的白布处换衣服，然后飘然而出，如果你用实景，怎么展示？

你说得有道理，这也是我想拍新版昆曲《大唐贵妃》的动意所在，昆曲文辞精丽，帝王将相的爱情故事又足够吸引人，独具韵味的水磨腔更给了演员表达情感起伏的空间。张继青版的电影《牡丹亭》，一开场，披着湖绿色斗篷的杜丽娘从长廊一步三摇走到庭园，唱出"梦回莺啭，乱煞年光遍，人立小庭深院"时，观众就醉了。我们时而从全景中看到她袅袅婷婷，徜徉在后园的芍药栏畔，时而从中近景中看到她情思无限，支颐假寐在幽窗之下；即便坐在放映厅最后一排的观众，也能从近景中清晰地看到她的一颦一笑，体察到她最幽微的心理和情绪的变化。这种审美享受，只有银幕才能给予的，然而它又是戏曲。电影与戏曲的融合是新时代下的探索，利用电影的形式把艺术传承，能有更多的人通过电影了解戏曲文化。

可戏剧掌控着舞台，有着电影或电视剧无法替代的优势，因为它更重视"人"与"人"之间的交流，观众与演员之间的交流，台上演员之间的互相交流，都给予了戏剧极为强劲的生命力，令人回味无穷。一句话，戏剧的美，只有你真爱上了，才能体会。

她马上接话道，电影更直观、真实，它运用色彩、画幅、声音、分辨率、帧率等手段展现给观众无限逼近现实生活的信息量。所以说电影包含了文学、音乐、舞蹈、绘画、雕塑、戏剧、建筑在内的艺术。《天堂电影院》《西西里的美丽传说》

《西伯利亚的理发师》《比海还深》，你看过吗？我敢说你如果看过，肯定同意拍这部戏。电影因为银幕大，观看环境封闭，所以电影表演更注重细节，一个细微的眼神流转就在叙事，一个不易察觉的面部肌肉的抽动也在传递情感，一个背景广告牌上的字可能就在揭示谜底。它关注细节，剧本、演员、特效、镜头组合（长焦、近景、特写、长镜头等）来表现情节，戏剧只能靠演员的表演。

可是戏剧表演的特征是夸张，演员肢体幅度大，表情变化丰富。面对摄影机，演员夸张的面部表情，使表演过度甚至可笑。不少传统戏曲演员演电影，我感觉大多是失败的。

老艺术家梅兰芳、新凤霞、赵丽蓉他们就能很自然地从戏剧过渡到电影中，像在舞台一样自如。赵导说着，从茶几上拿起一个小本子边记边说，电影一个镜头可以不停重拍，直到满意，还能够后期配音、配字幕。电影有剪辑、在大荧幕上放、特写较多等特点，摄影机可以自由移动，打破了戏剧艺术的固定空间，突破了舞台的封闭性与观众固定的视角，可以从各个角度去拍摄演员的表演，可以把演员放在极远的背景上，也可以非常近距离把演员的某部位如面部、眼睛、手和脚等拍成特写。

我一时有些语塞，看着新新的笔记本，沉思片刻，又强调道，摄影机太无情，能识别演员的年龄，使其眼角的皱纹和眼袋一览无余。

但是，摄影机也可以制造出骗局。例如可以选择适当的方位、镜头和角度来美化被拍摄的人与物体；可以使被摄的物体变形；演员正常的行走或跑动，经过加工，可以变成快速的动作或慢动作。还可以让观众与电影中的情景保持距离，有了距离感，则使得演员直接与观众对话，而不需要像戏剧那样必经现场表演这一中间环节。也就是说，它更长久。

我无法想象杨贵妃在祈月时，另一个镜头让李隆基出场。

她马上接口道，这两个镜头可以同时切换在一幅画面上，两人的表演可同时跟进。比如《花为媒》中，张五可进花园，下个镜头就是贾俊英出家门，两个镜头在同一时空交换出现，使故事紧凑，免去了戏剧人物出场时的冗长，而把戏更集中在人物的表情上。

我喝了口水，心想这个导演还真做足了功课，我必须把所有可能遇到的难题说给她，好使自己有退路。想到此，又说，前阵我看了粤剧《帝女花》，公主与驸马死的那场戏，舞台布景太现代，又加了交响乐，吵得人根本没法听清演员唱。你再看看任剑辉与白雪仙版的粤剧电影《帝女花》，那才叫戏。我可不希望你只是为了拍戏而拍。

她双手一拍，说，说得好，我不会用交响乐，仍用昆曲的丝弦。你还有什么意见尽管说，我都在本子上记着呢。

可以适当用镜头，但必须要保持戏剧的连续性，否则镜头变化太多，人物动作连续性就切断了。

专业我听你的。她微微点着头，又在本子上唰唰记着。

她说这部电影基本以传承版《大唐贵妃》为主体，会做一些置景，整体呈现效果会和舞台上很不一样。

一听说要实景拍，还要搭景，我又反对。只有在舞台上，我才能自如。戏剧之美，就在虚拟之中，如果都有景，戏剧演员就不成其演员了。

赵导介绍，她会以电影的拍摄要求和手法来重新定位，以现代人的视角、审美做参照物，会兼具雅俗共赏的功能的。大导演就像李安、张艺谋、冯小刚、韩国电影，越南导演陈英雄的《青木瓜滋味》，侯麦的四季作品，都可借鉴。

我说我还是那句老话，一切不能违背戏剧原则，特别昆曲，以含蓄为主。背景要尽量的简单，它是绿叶，只起点缀的作用。一切要为人物服务，物不要多，但须精致。经典戏剧电影《花为媒》《贵妃醉酒》我很喜欢，效果就要那样的。这部戏首先是戏剧，而不是电影。无论怎么样，昆曲讲究抽象写意的特征不能丢。

她双手一拍，说，卓老师，你放心，电影比舞台更好呈现的美更多层次，我要打破传统的戏剧一桌两椅的程式化，因为现在的观众欣赏要求很高，对戏剧要求也高。对剧情你有何意见？

我说戏集中在两个主人公身上，其他杨国忠霸权、安禄山兵变什么的，这些过程戏尽量压缩，背景雅致，不要打击乐，不要打闹戏，更不要繁复变幻多端的形式，这冲淡了戏剧的张力和影响了演员的表演。要在"情"字上下功夫，在埋玉结束就可，什么哭像、成仙，没必要。最好以《定情》、《絮阁》、《密誓》、《小宴》、《埋玉》这五折戏，两小时内结束。有趣而紧凑。

这时电话响了，我停了话题，她摆摆手，咕咚咕咚喝完半瓶水，又递给我水，你请喝，天好热。说着，把水果端到我跟前，我拿了一只草莓，咬了一口，好甜，心情也变平静了，说，你继续。

过场戏可以用旁白、字幕、或简单的一两折过程戏呈现，主要在情字上下功夫，埋玉后电影结束，我举双手赞成。电影将真景与假景结合，主体是水墨、浅绛、青绿、金灰调的背景，要有古画的感觉。故事发生在大唐，那么就不能少了诗歌，少不了唐朝兴盛的元素。我要用中国绘画的特点来进行造型处理，在色彩、构图、气氛、造型等这方面体现出国画风格。在构图上，主体突出，细节也不容忽视；在色彩上，要素雅、含蓄，使人感到清新自然。背景总体简洁典雅，比如《定情》这出戏这样拍：在宫殿，金黄色的背景，红木桌椅、地毯、花瓶、布幔、栏杆、窗外的圆月，窗棂上的木雕，远山、房屋、树、芭蕉等。谱曲在内室，几上兰花、古琴、香烟袅袅，演员的服装要一改帝王妃子传统着装，要有仙气。

我没想到她考虑得这么细，我们一口气聊了三个小时。我走时，她把一部南京电影制片厂一九八六年拍的张继青版的《牡丹亭》光盘递给我，说，我只会比它做得更好，你看它虽是老电影了，现在点击量34.33人次，7937个弹幕，老中青都有，还有很多大学生呢。卓老师，相信我的能力就像我相信你一样。她说着，把她的观影日记和拍摄计划、剧本递给我，说我若有不同意见，随时可给打电话，她的手机一天二十四小时开机。我走出很远了，在后视镜上发现她还站在烈日下目送着我。

就在那一刻，我决定了，我要把杨贵妃唱好。哪个女人不想当贵妃，哪一个女人不想戴凤冠，穿黄袍，嫁给普天之下莫非王土的皇上。

刚一出大门，团长就打电话问我谈得怎么样。

我反问道你说呢？

他哈哈大笑，说，这我就放心了，养精蓄锐，准备彩排。滢，我不啰嗦了，开车小心些。

我本来车开得飞快，急于想回家细细地告诉老李，一听这话，看到大街上南来北往的车和人流，我马上把车速降慢。我怕梦还没实现，就遇到不测。

老李听到好消息后，笑得合不住嘴，说，我就知道，自从你收到那束玫瑰花，我就预感你有好事来了，果然如此。老婆，我支持你，全力支持你，只要没有课，我每天送你上班。

真的？

那还有假，全国有几个贵妃？而她整天跟我在一起生活呀。贵妃娘娘，晚上吃什么，老夫亲自给你下厨去。

家里好久没有这么欢快的声音了。

老李也不玩手机了，吃过饭，一会儿到书房里给我找洪昇的《长生殿》，一会儿又帮着我下载各种版本的影视剧杨贵妃。我一看有电影的，有话剧版的，说，我这是昆曲。穿着有破洞背心的老李擦了把汗说，你唱没问题，关键是让你找当贵妃的感觉。夫人，以后有啥不懂随时来问我，老夫逢问必答。

只有儿子不高兴，说，宝宝出生了谁带呀？

废话，当然是保姆了。请保姆，我们掏钱。老李大声说，从今天起，咱父子俩轮流做饭，干家务，让你妈全力拍好戏。还有，我要好好研究《长生殿》，要助妻一臂之力，这就叫妇唱夫随。

先把你那破背心扔了吧。

再穿穿。旧衣服舒服。他说着，坐到了书桌前，戴上了老花镜。

4

找绣工，绘布景，联系舞台设计，寻访摄影师，赵导忙得我好一阵都见不到她，看到那间大办公室锁着门，我生怕主人再也回不来。

拍定妆照时，我特紧张，生怕眼角的皱纹，脖子上的皱纹，还有手指上的皱纹跑出来，让我的贵妃梦成为泡影。结果照片一出来，我都吃了一惊，赵导笑着说，我说过，镜头是可以创造人间奇迹的。

一看到舞台上像迷宫的装台，我又急了，立即找到台下的赵导，说，可以用实景，但景不能太突击。行就拍，不行，我还要回家抱孙子呢。我不能想象我穿着古装，包着大头，却在现化化的街道上行走，那不是我，也不是杨贵妃。她必定生活在那个时代，受环境所限，要把自己的一生寄托在一个男人身上，这样我才能找到感觉。

放心吧，卓老师。赵导拍拍我的手说，我会拍出宫里的气派、豪华，拍出舞台展示不了的空间感和纵深感。宫里的轻幔，花园里的花卉，絮阁里的烟雾，马嵬驿的狼烟，都可以用舞台呈现出来。当然这都是很小的一部分，最关键的是你，一切景都是为你贵妃服务。舞台，尽量显得生活化，比如花园、宫殿、驿站，以及繁星下。好的戏剧不是情节，而是细节，杨贵妃的故事谁都知道，可为什么人还爱看，就是要在优秀演员身上看她的身段，她脸上的表情，她的步子，以此来猜度人物内心的情感，猜测杨贵妃到底是爱上唐明皇的位子，还是真的爱上了他这个人？卓老师，你就是严凤英，新凤霞，就是那永远的刘三姐，电影可以把你最美的形象永久地留存下来。再说这个故事好，帝王后妃子情事，永远不过时。主演，是两个梅花奖得主。指导老师又是昆曲界泰斗、中国戏剧奖二度梅奖获得者刘继华先生。我这个导演，名气也还算拿得出手吧。再加上我们在院线的营销推广，票房应当是可以的。

我本来还想说其他，一听到我老师，忙说，刘老师怕很难请得动。

赵导看了我半天，方说，卓老师，哎呀，这么叫好生分，我叫你卓滢吧，这么一叫，我们的关系就拉近了。你的老师，你去请还请不动？我可听说，从你一进团，她就是你的开蒙师，教了你二十年的戏呀。

我不响。

她长叹了一声，说，那就看我有能耐不。然后又自嘲道，我哪是导演，分明一个跑码头的。哈哈哈。

戏服一送来，美得我都不敢用手摸。全是手工绣，不知多少巧手绣出的。

赵导比我还珍爱戏装，她戴着丝织的白手套指着说丝绸、织锦除颜色丰富、色彩鲜明外，还反光力强，从不同角度观看，都产生变幻不定的效果。比如水袖上的暗花，灯光一打，特别漂亮，这是以前戏服没有的。传统红如旭日东升，是希望、朝气，也是幸福的象征，我们电影里的宫殿，地毯，都用此色。黄色，是阳光的颜色，也是丰收之色，还是高贵的象征，在中国几千年来，它是帝王后妃的专用色。

我把漂亮的黄袍一穿，真感觉自己就是贵妃了。

还有屋子里的宋瓷、明清茶几，别提我多喜欢了。这都是赵导从博物馆借来的。宋瓷颜色十分柔和而含蓄，似青非青，似紫非紫，似灰非灰，似绿非绿，非常清纯而高雅。

她带着我们到陕西博物馆里看那些价值连城的漆器，指着上面的植物、动物、人物、山水，让我体会那美的意蕴。还有龙凤袍上的织绣、铜镜上的花纹，那些云气纹、垂环纹、宝相纹、如意纹、忍冬纹、卷草纹，云雷纹、蝙蝠纹、乳丁纹，光听名字，我就醉了。还有那么多的色泽：竹青，明黄，鸭卵青，海棠红，鱼白，月白，石青，元青，杏黄，柿黄，麦黄，葵黄，酱黄，秋香，松绿，砂绿，豆绿，深官绿，黄官绿，瓜片绿，砂绿……更是美得不要不要的。

请到的摄影师一到，赵导没有指定他拍摄的位置，让他自己先找感觉，寻找最佳角度让作品趋近完美。她说，怎么拍得好，就怎么拍，咱不能为了快凑合，我的人生词典里没有"差不多""大概"这些词。

工作时，她特严肃。有次做卧鱼动作，她比我下腰还厉害。排完戏，她给我说，她小时候，走南闯北，受过很多苦，住过老百姓的土炕，身上全是虱子。在草原上骑过马，马惊了，差一点摔死。还有为拍雪景，到东北雪乡，手都有冻疮了。

当我冒失地问及她爱人时，她沉默片刻说，有过一个。然后就头望着远处，只管喝水。

5

《长生殿》是我二十年前唱的戏，老不唱，都生了，纵观昆曲界，只有刘老师的杨贵妃最正宗，大家都说，她扮出了贵妃的华贵和妩媚，扮出了她的可爱和娇嫩，更呈现了她的忧伤和悲剧性，不少媒体都说除梅大师后，刘老师的杨贵妃第二，有人干脆不叫她刘世华，叫刘贵妃。我几次想打电话，最终还是打消了此念头。但我买了好几盘她的演出光盘和视频中能搜到的，一招一式地看，一笔一笔地记。特别是她的每个身段每个动作，我都截了图，反复练。为了成为她，我还把她的一幅巨幅演出照，挂在家客厅，一睁眼就能看到她。我想我整天看她，焉能不像她。

谁知看了我跟师兄唱的《定情》，赵导很失望，她不停地在排练厅来回踱着步，双手交叉抱着臂一句话也不说，看脸色，就知道不满意。我也急了，这时全世界都知道我扮演杨贵妃了，我可不能被换下。否则米沙沙她们那些年轻演员不定怎么笑死我呢，还有我怎么对得住一天三餐都给我做饭的老李？心里越担心，我表面上越镇静，坐在椅子上，不开口。师兄更急了，不停地说，我觉得我们挺好的呀，身段、唱腔都很娴熟呀。他说着，示意我开口，我拿着扇子，慢慢地扇着，没有说话。

你们俩，感觉不像小夫妻，没来电。你唱你的，他唱他的，虽然技术上没问题，可就少了夫妻间的那种默契与甜蜜。对了，滢，我怎么越看越觉得你不像杨贵妃，好像还是那个多愁善感的杜丽娘。你们再好好想想。转身走了。

我不演了。我也起身要走，师兄一把拉住我，众目睽睽之下，我甩开他的手，去换衣服。刚一出办公楼，发现他一提着一个塑料袋无力地站在我车前，不停地滴着汗水，蝉也不停地叫着，让我更烦。

让开！

捎我一段。

我想他肯定要在车上劝我，便想这次说什么也不答应了。谁知师兄坐在副驾驶上半天没有说话，让我心里也发虚，看来真的没希望了。

送你到家吗？团长。我尽量心平气和。

他端着一瓶小二就喝，也不说话。

车开到他家门口了，他也不下车。我感觉浑身无力，双手扶在方向盘上，目光无神地望着远方。

我打开车门，他要下车时，只说了一句，卓滢，我怎么一下子就觉得活着没劲。

拿着你的东西！

他也不理我，摇摇晃晃地走进了楼里。

我打开袋子，除了我最爱吃的小吃，里面还有一张我年轻时的《长生殿》演出剧照，那时的我，二十九岁。

一路上我都在想，为了师兄，我是不是给赵导打个电话，再给我们一次机会，这次我一定好好唱。可回家看完同事发来的排练视频，我又泄了气，跟丈夫说我不想拍了，都到了抱孙子的时候了，受这份罪干什么。

老李放下书，说，要珍惜这次机会，你的表演我这个外行都发现你不在状态。

我说：行了，行了，说起容易做起来难。《长生殿》毕竟不是我的拿手戏，一个演员不能什么戏都能演。《牡丹亭》，才是我的本戏。

可是你不能半途而废！

正在我俩争执时，电话响了，老李示意我接电话，我不理，他一接就笑了，说，赵导好，她在，我让她接电话，然后捂着话筒小声说，好好说话。

赵导请我吃饭，我想可能是要换演员，也好，现在离开，也算适可而止。人到中年，上舞台还好说，整天在那里嘛。触什么电，一旦有差错，一世英名可就毁了。

顶着一头汗水，打车到饭店，一进包间，老师刘继华竟在场。二十年不见老师了，她当然老了，头发白了，腰也弯了许多，可那声音，仍是那么中气十足。一见她在场，我愣了一下，马上说，刘老师好。

刘老师好像什么事都没发生似的，拍拍旁边的椅子说，来，滢，坐这儿。

一句"滢"，让我瞬间回到了当年跟老师学戏的那些美好的岁月，我快步坐到老师跟前，握着她的手，闲聊别后之事。赵导一会儿给我倒水，一会儿给老师夹菜，好像成了服务员，我忙站起来，她把我摁住，说你们师徒好好聊聊，二十年不见了，得有多少话题呀。看到你们师徒情深，我都想明天要去看我老师了。

饭毕，赵导打开电脑，我没想到她放的是我唱的视频。世界上最怕的就是学生的作品在老师面前，而且还有外人在旁。我就像初次跟老师学戏，脸红心跳不说，也不敢看老师的眼睛。

你不能老收，你要放，特别是杨玉环听到皇上要跟她发誓时，一个小跑，冲到皇帝跟前，那种激动，你表现得太温吞。老师指着视频不停地摇着头。

还是十八年前的话语，还是当年的语调。当时我总以为老师跟我抢舞台，故意找碴，二十年的岁月，再加上赵导的指点，我终于明白了我表演的软肋。

这也是她过去的老问题，演的任何角色都摆脱不了杜丽娘的孤芳自赏。老师看完，也不看我，对赵导说，为此，我说了她几句，她好几天就不来排练，我一气之下，排《大唐贵妃》用了基本功不如她的师妹，半年后，她离开了我们团，一辈子不再跟我联系。老师越老说话越直接，过去她可不是这样的，不让我唱戏时，她会婉转地说，你性格怪僻，适合演杜丽娘，你的特长是独角戏，这种戏才能锻炼人。就这么一个定语，让我此后与杨贵妃擦肩而过。

我半天说不出话来。

我的老师——昆曲界泰斗刘继华，第一次看她的演出是三十多年前刚分到团里，看完她的《长生殿》，曲终人散时我久久呆立在侧幕，脑海里回荡着前辈师长关于老师的传说："刘继华是为杨贵妃而生的"。我知道此生绝对不可以错过这样的老师，整天往她家跑，想拜她为师，把她的一招一式都学会。正因此，《长生殿·絮阁》那折经她手把手教的戏，我得了梅花奖。也因此使我有了自己的表演理念，和老师产生了分歧。

也怪我，当时无意中挫伤了她。主要是她特固执，气得我无可奈何。快二十年了，我看到了她的成就，她是一个好演员，而且也很努力，她这几年唱的戏我都看，感觉都不错，可是除了《牡丹亭·写真》，她再没有好作品。赵导三次打电话，让我很感动，也让我对自己过去的偏执进行了反省，总想着以自己的理解让她演，岂不知成熟演员有她自己的认知。只要我还有一口气，只要你虚心，我就教你。老师说到这里时，才回头看了我一眼，又说，当然，如果你还那么固执，我也爱莫能助。

我当即站起来，说，老师，怪我当时年轻不懂事，我其实好多次做梦都梦到你，可是……

老师摆摆手，拉我坐下，却看着赵导说，杨玉环曾是皇子妃，所以要演出她的成熟美。她是舞者，要呈现她的身姿美。她懂乐感，要体现出她是艺术家奔放和活泼。这也是她不同于其他后妃的地方。杨玉环不只是因为漂亮李隆基才喜欢，她痴情，懂艺术，会讨男人喜欢。还有最重要的是，她置身于三千佳丽的后宫，要演出她的不安全感来。她的一切哭闹，皆是与此有关。要演出她的人物内心的层次感。她不是一成不变的，她是流动的，既要有闺门旦的典雅，又要有花旦的活泼娇美。《埋玉》一折，还要有刀马旦的泼辣和刚烈。打开你自己，打开内心的那个你，这样你才能把杨贵妃唱好。你现在唱的杨贵妃只是一个符号，没有自己独有的理解。你要珍惜，快五十了，这样的机会怕以后很少了。老师走时再三叮嘱。

杨玉环起初的羞怯，躲着李隆基的眼神，后来深情的拉手，绝望时的求情，忧伤时的质问，眷恋时的叮嘱，都要有层次地一一表现出来。她第一次出场时，整装，与宫女微笑，请皇上入席时擦桌子扶椅子，特会照顾人。老师的这些话我不但写在了本子记，也记在心里，每次排练都告诉自己。可一见到师兄，我就害怕看他的眼神。过去我暗恋过他，被他拒绝后，一气之下，嫁给了老李。在他调团之前，我们都没联系过。这出戏让我怎么演。假情真演，还是真情假演？我一点都没底。

我只要一瞧他的眼神，就感觉他在讥笑我，除了怨恨，我真的表达不出情侣之间的那种甜蜜。他递我的眼神，我也不敢接。一看到他，就忘词，再说剧本中不少唱词文白典致，还真不好背。而《定情》这出戏，对手戏又很多。

戏比天大，每个演员都清楚，可谁理解我心中的幽怨。

排练场只我一人了，我无力地瘫坐在地上，不想回家。不知外面谁在练声：阿拉木汗怎么样，身材不肥也不瘦，她的眉毛像月亮，她的小嘴很多情，眼睛能使你发抖。他反复唱这几句，应该是对自己唱得不满意。我听了听，他的曲调是对的，技巧也是有的，但就是觉得不得劲。我知道了，他的生活里没有鲜活的姑娘。

忽然一声惊雷，接着一道闪电照在练功房衣架上的粉色褶子上，那是米沙沙的戏服。一想起米沙沙，我感觉浑身好像注入了一股力量，揉揉发酸的腰，站了起来，又拿起折扇。

有脚步声，我听得一阵心跳，除了排戏，他很少单独来找我，我想停下，但略一思忖，还是继续练。

从镜子里见他穿上了水袖，扎上髯口。这是第一次扮装，虽然没化彩妆，我忽然有了一种入戏的感觉，正要回头，忽听一声叫：玉环！

我猛地回头道，师兄，不，万岁。

看我眼神，回应我。

给我撒娇。我是大唐天子李隆基，我集三千宠爱在你一人之上。我要与你在天同做比翼鸟，在地愿为连理枝，天长地久有时尽，此情绵绵无绝期呀。你不是杜丽娘，你是大唐贵妃呀。他一次次地吼叫道，喷发，再喷发，看我眼神，好好想想，如何来赢得一个帝王的心。拿出你的媚劲嗲味来，眼睛要放光，身段要柔软，还有，来用一个女人所有的魅力来征服一个帝王。

说实话，演了一辈子戏，都是含蓄的，这次我要挑战自己，太难了。我怯怯地叫了一声陛下！

不对，不对，这哪是跟心上人说话，这分明是一个小丫鬟在跟主子讨一个馒头。

你这么说，我不唱了！

滢！别记恨过去的事，那时我已有了女朋友。我一到团，首先就想到要让一个好演员有自己的舞台。这不，机会来了，我首先第一个想到的是你。师兄拉住了我的水袖，一双眼睛紧紧盯着我，声音更柔了，好好演，我们都不年轻了，可能这是我们最后一次机会了。为此我又找了一下赵导，我给她保证了，你能用，你肯定行。说着，使劲握了一下我的手，我感觉手心好痒。正要说话，排练镜里出现了老师，他马上唱道："下金堂，笼灯就月细端相，庭花不及娇模样。轻偎你傍，这鬓影衣光，掩映出丰姿千状。"

这是他给杨贵妃唱的，还是在暗示我？正在我迷怔时，刘老师走上前来，说，你的状态不对，要娇羞妩媚些，还要有那种一人之下，万人之上的尊贵。手眼身法步，唱念做表，配合得都要好。每个做或唱都要有动作，都要化为人物的情绪的表达。当接过皇帝给她的定情之物金钗钿盒时，要把手腕摊平，把喜悦与兴奋传递到指尖，让观众感觉到杨贵妃从心里生发的一种感激和幸福。吃醋要吃得有分寸，要让皇帝觉得这个女人真会闹，好玩，对我是真心的，但吃醋过头了，他一生气，会把你打入冷宫。至于这个分寸，那就得靠你自己结合人物特点去悟。比如一听到皇帝的声调不对，马上说，是！当皇帝态度好时，又哼哼唧唧的撒娇不情愿等。喝醉要像喝醉的样子，动作跟嘴里不统一，真的在状态，还要美。你看我，我给你示范下。她说着面向师兄，一双眼睛斜视了一下，软绵绵地叫了一声"陛下！花繁浓艳想容颜，云想衣裳光璨。新妆谁似，可怜飞燕娇懒。名花国色，笑微微，常得君王看。向春风解释春愁，沉香亭同倚栏杆。"

哎呀呀，快八十岁的人了，一声"陛下"，我就知她为什么是杨玉环了。一开腔，哪像八十老妪，声音竟少妇般娇俏，如妖如媚，唱得从容、干净、婉转、缠绵，如此让人不舍。还有那眼神，真的是放电。她的眼神演得那么真，理解人物那么准，我都感觉到她的心跳。我才知道，原来我少的是动情。她的手指和水袖，眼神和气息都随着唱腔的节拍在跟进，不仅协调，细致，而且用力点在一起，时时会闪出神采。

老师后背都湿了，我想起二十年来，没有跟老师来往，很是后悔，拭着眼角不觉间流出的眼泪，说谢谢老师。

她淡淡地说，我不是为你，我是为杨贵妃，她要一代代在我们昆曲舞台上活下去。我看不下去没有血肉地扮演她。要不我老了，我才不会把这么好的角色让给你。这话把我呛得半天回不神来。

可也奇怪，每天她往排练厅一坐，我心里就特别的踏实，我希望她多讲些，但她说得并不多，但会一次次地给我示范。让我看，让众人看，别说，一个水袖的动作，她就能舞出万缕风情来，我一遍遍地做，她说不大气，这不是杨贵妃，重来。不行，媚劲不够，重来！继续，重来！

在一遍遍"重来"中，我感觉自己离贵妃越来越近了。

6

看到摄影师拍的录像，我当场发飙：你懂不懂戏？全是特写，背景上的一朵花、我褶子上的花纹，内室的沉香……他全拍了，却没抓住我精心做的一些小动作，比如忽然放光的眼神，撒娇时噘的嘴唇，脚下的云步、蹉步等。人到中年，最怕脸部特写，而他偏偏为之，好不恼怒。

那我问你懂不懂摄影？摄影师也不示弱，引得大家纷纷观看。瘦得像麻秆似的摄影师，一头卷发因软稀，乱七八糟地耷拉在额前，穿一身四处都是口袋的衣服。也不跟人说打招呼，烟抽得好凶，拿着相机四处晃荡，赵导有时说他他也爱听不听的。赵导有好几次跟他当场发火，但事后却跟我说，查师拍摄的电影不少得了奖。言语里颇有几分欣赏。

现在他只抽着烟，还架着二郎腿，更激起了我的愤怒，我一甩门走了。

刚一到家，赵导电话就打来了。

赵导劝我道，对于电影来说，摄影有多重要。在中国影视圈，有一句行话叫："一个好的摄影师，能够解决电影一半的艺术问题"。电影是一门复合型的视觉艺术，而摄影是这门艺术的第一环，如果摄影做不好，便没有人会注意到美术置景有多美，灯光打出的阴影有多深邃，演员表情有多细腻，便没有人会注意到画面色彩调整的有多好看。也正因如此，摄影师在电影拍摄时肩负的责任最重，需要的技术也最复杂、最细。作为中国目前在最具代表性的电影摄影师，查师拿了好几届金鸡百花电影节最佳摄影奖，他拍摄有他独特的审美，她可是费了很多周折才请来的。

可我有许多脚下的动作，镜头都只取上半身，像我在唱时，有荡脚的动作，摄影师就没有注意到，没有把肢体拍进去。还有我学大官生走步的样子，我可是费了好长时间才学得像的，可他的镜头却老在脸上扫。有时我还没唱完，他的镜头就跳到旁边了。他喜欢打破构图的平衡感，把大远景和近景、特写这种极端景别的镜头接在一起。光影方面呢，也是有意加大高调、低调的对比，而不是很强调场景的现实感和生活依据。

你说得有道理，但是要看到他好的一面，比如用光，构图，还有用色，还是非常美的。遇事要想办法解决，遇人也一样，要学会跟各种人打交道。赵导让我第二天上午到排练室。

明知赵导对摄影师老迁就他，但细分析，她说得也有道理。查师是有他的特点，拍的湖面上的光波，人脸上的光感，还有我个子小，但在他的镜头下，我个头足有一米七。

我又想，当年我跟老师学戏时，要不是生气而去，也许我这一生就不至于一直就这么不温不火地过着。

我刚到门外，听到里面摄影师跟赵导吵架，一个说，你根本就不懂摄影。

可我懂你呀。赵导这话一出，里面一片安静，接着是一阵响声，好像是水杯的声音，又好像是镜头盖落地的声音，或者只是我的臆想。

我忙大声咳了一声，停了几秒钟，才走了进去。

查师一看到我，马上扭过头去，赵导示意我排练，然后把摄影师拉到她跟前，我边唱她边给他指点，一会儿指着我的眼睛，一会儿指着我的脚下，一会儿又指着我的水袖。查师起初是漫不经心的，一会儿好像是听进去了，看我的眼神柔和了许多，还不时地点着头。

休息时，赵导又指着查师拍的片子，给我边看边说，你看看，你的眼神在他镜头下生动了吧，还有那步子，水袖，多美。看得我都呆了，你说你怎么就那么好呢？她说着，又亲昵地打了摄影师一把，说，要不是你的镜头摄下这美的瞬间，我怎么能记得这么美的瞬间。回头又对我说，查老师是很厉害的，有时比女人还心细。你看拍这组镜头时，为了拍出星空，他到取景地跑了三趟，还露营在外。还有，他的构图也很别致，你看你出场时，他拍的裙幅和脚下，没觉得在走路，如在水上漂。我们剧组每个人都很优秀，你一定要明白这一点。

吃饭时，她把我跟摄影师拉到一张桌前坐下说，一部片子，并不是只看导演、演员、摄影、拟音、照明、化妆，每个人都不能少，我的每一部片子，都是众人智慧的结果。说着，把我们两人的手紧紧握在一起，接着说，凡跟我合作过的人，都知道我们是团结的一个整体。还有，查师，你别忘记了，演员的手眼身法步，都要在镜头里展示，记住，不要老盯着女演员的脸蛋哟。

查师吃了一口排骨，嘟囔道，整天就是工作，睁眼就是工作，闭眼还是工作，还让不让人吃饭了。话语是埋怨的，表情却像撒娇。

赵导朝他肩上轻拍了下，说，好好吃，好好拍，好好活。你看，你怎么就那么瘦呢，得多吃些。说着，把自己盘里的两块排骨夹到了查师的盘子里，看我看她，害羞一笑，朝我做了个鬼脸。我忽然想，杨贵妃应当也有这样的表情，我好像从来没有过。

摄影师走后，她咬着我的耳朵小声说，你发现咱们的摄影师帅吧。我的天，那么小的眼睛，那么少的头发，还有那么细的腿，怎么能跟帅字相提并论呢? 情人眼里才出西施呀! 难道，我恍然大悟，紧盯着她的双眼，说，你莫非?

走，排戏去。她好像知道我要说什么，端起餐盘就走。我发现走在前面的她，全身好像有了变化，我想了半天，对，按我们的行话来说，叫身段柔软。

7

彩排《密誓》，终于要上妆了，我紧张得浑身冒汗。扮演梅妃的米沙沙戏服一穿，简直漂亮如天仙，我心想，幸亏我遇到了同为女人的赵导，她深深理解我的心思。我真不敢想如果米沙沙饰演杨贵妃，我还怎么活?

趁人不备，我把装着一套价值五千元的化妆品的袋子悄悄塞到胖乎乎的化妆师包里，她要说话，我忙摁住她的手，说，姐，拜托你了，这肯定是我平生第一部也是最后一部影片了，请姐费心。然后小心翼翼地坐到她面前，仍怀疑她那双胖胖的手能不能把我眼角的皱纹消灭。化妆师双手托着我的脸端详了半天，我更紧张了，心跳得她想必都感觉到了，她双手轻轻地托着我的脸，像对孩子似的说，不要紧张，放松，自然。她不用油彩，只用几种大大小小的粉饼，两个小时，镜子里我就不敢认自己了。我彩装一出现，赵导戴着眼镜盯着我看了半天，双手拍道，我的化妆师厉害吧，把你化得最多也就三十来岁，正是杨贵妃当时的年纪。宋团，杨贵妃越来越风情万种，你这个唐明皇功不可没。

师兄笑着说，她呀，本来就是春心荡漾，只需要春风撩拨。说着，朝我挤了一下眼睛。

我白了他一眼，嗔怪道，滚一边去。

赵导双手一拍，对对对，这就是杨贵妃的眼神，好了，贵妃准备上场！

音乐一起，大幕拉开，宫女们手里抱着、盘里端着献物纷纷出场，随后，杨玉环手持金扇，唱着"米大蜘蛛厮抱定"紧跟，这句原来的戏都是宫女们合唱的，赵导改为杨贵妃独唱，说这样就突出了杨玉环乞巧的心情。

她的改动，我认为非常符合人物形象。

为了体现杨玉环对乞巧的重视，我新加了两个身段，比划蜘蛛的动作，转身朝外转做三个动作，再朝里转，又做三个动作，好像对宫女，又像对观众说，你看我养的蜘蛛这么多这么大，我许下的愿望一定会实现。从侧面说出了她对这次祈福的认识和重视程度，表现了她对爱情的渴望。

唐明皇出场，刚一开口，妃子，你在此做何勾当？赵导摇头，做何勾当不好，改为"做何消遣"，既雅致又闲适。

杨玉环朝旁边一挥水袖，让宫女下去。这样既表明她想跟唐明皇单独在一起，又体现了她的尊贵，与当时刚进宫封妃时对宫女们点头的礼貌形成对比。唱到"愿钗盒情缘长久订"时，掏出钗盒，这是唐明皇送她的定情之物，是她最钟爱的。她上看下看，左看右看，最后轻轻点头拿在胸前。唱到"莫使做秋风扇冷"时，她的脸上充满了悲伤。此时，杨玉环已三十多岁，面对后宫佳丽，这样的担心是难免的。

看到牵牛织女双星，想着他们一年只能会一次面，回想自己，侧身落泪。拭泪后马上回到现实，抓住唐明皇的袖子说：妾想牛郎织女，虽则一年一见，却是地久天长。只恐陛下与妾的恩情，不能够似他长远。

我刚一唱"念寒微侍掖庭"，赵导大声说，水袖幅度要大，水袖上甩，表现出人物内心的变化。特别是唱"更衣傍辇多荣幸"时，要把杨玉环的幸福和骄傲淋漓尽致地表现出来。

当唱"瞬息间，怕花老春无剩，宠难凭"时，赵导示意我拽师兄的手，然后轻轻晃身跺脚，这样就把杨玉环在心爱的人面前的撒娇表现出来了。想起昔日的荣华，怕年老色衰，不再恩爱。何至杨玉环，也是每个女人都担心的。杨玉环扯着唐明皇的衣服哭着唱：论恩情，若得一个久长时，死也应；若得一个到头时，死也瞑。抵多少平阳歌舞，恩移爱更；长门孤寂，魂销泪零：断肠枉泣红颜命！赵导说，通过卫子夫、陈皇后阿娇，让我联想那些不幸的女人的命运，要把心中的幽怨通过一系列动作有层次地表现出来。

唱到"断肠时"，我晃着师兄的手，看着他，想起这么多年对他的恋情，再抽泣，这下我真的哭了。

当他给我拭泪时，我心跳得好快，害羞又开心。心里说我不要你这个，转身时含笑，心里的忧虑终于放下了。师兄轻轻将我的袖子搃起，我们两人合着节拍，双眼看着对方，同时抖袖，对面，转身，调位。哎呀，我们俩从来没有过如此的和谐。

剧作家洪昇真是太了解女人了，他还让杨玉环不满足，进一步把唐明皇引入她要的结果：如此情浓，趁此双星之下赐祉，盟约，以坚终始。女人们，明知誓言是那么的不可靠，可还是要情人对自己发誓，也就点出了此折的主题。

得到心爱的人同意后，杨玉环马上说，陛下请。迅将走过来扶着唐明皇，因为他毕竟六十多岁了。下台阶时，两人步子配合得特别默契。"琥珀猫儿坠"这个词牌真好，用琥珀做成的像猫儿模样的坠子，想必所有的女人都喜欢。

当我与师兄靠近，他右肩轻轻蹭我时，我再看他那双含情脉脉的眼神，一下子激情奔涌。我渴望他拥抱我，于是再唱：罗衣陡觉夜凉生。撒娇，双手抱肩，他忙扶着我：惟应和你悄语低言，海誓山盟。

我感觉内心无比的缠绵悱恻，身依着师兄轻轻唱，慢慢地按着唱腔的节奏身体摇晃着，这时情感也达到了浓烈的高度，然后两人共唱：天长地久有时尽，此誓绵绵无绝期。

当唱到"无绝期"时，他要跪，我赶快扶起，虽没词，但赵导让我要把"陛下你不能跪，你是天子呀"这层意思表达出来。我唱到"深感陛下情深又重，今夕之盟，妾生死守之矣"时，一个大动作，把水袖抛上头顶，冲到台口，在师兄面前向观众席跪了下来。我感觉自己那时，好像全身的毛孔都张开了，因为得到了爱人的爱情保证呀。

很好，这样表演，同时也为马嵬坡她主动请死埋下了伏笔，赵导后背都湿了，不停地在排练场来回跑着，给我们打着气。

唱到最后，我流泪了，师兄也动了真情，我能感觉到他那火辣辣的眼神，能感觉到他温热的手心。他是真情还是假意？为什么多年来，他对我的深情视而不见？他是假不懂，还是真的对我没有感觉？

师兄握着我的手，说，妃子，你的心思朕全懂。

剧本上没有这句，他什么意思。我看着他，感觉他在给我暗示，心里所有的委屈如春水融化，握住他的手，长长地叫了声：万岁，臣妾明白。

静场拍完这折，赵导拥抱了我跟师兄，好，真好，我这一瞬间忽然明白了李隆基为什么爱上了杨玉环，是因为她确实可爱，确实很女人，别说男人，我这个女人，都想疼她了。换句话说，你们表演成功了。对了，忽然间你怎么就悟出来了？她说着，用一种奇怪的眼神看着我。

递我茶的刘老师意味深长地说，解铃还须系铃人呀。

我脸腾地红了，忙掩饰道，对呀，要不是刘老师再三示范，我还是悟不出。

刘老师扇着扇子笑着说，哈哈，我可是无功不受禄。

8

我跟师兄配合得越来越默契，一折《小宴》大家都说演出了小夫妻间的甜蜜和融洽，我真觉得我就是贵妃，就是三千那个宠爱于一身的女人。

我唱完最喜欢的唱段："唱到名花国色，笑微微常得君王看。向春风解释春愁，深香亭同倚栏杆。"台下掌声雷动，口哨声，尖叫声，不绝于耳。

一对有情人，饮酒，赏花，载歌载舞，听着台下无数的掌声，看到赵导竖出的大拇指，这样的生活正是我的梦想。哎呀呀，人生永远如此，不用考虑级别职务，不去管柴米油盐，不去想身体这个指标高了，那个低，跟心爱的人相依相偎，花好月圆，地久天长，多好。

排练时我叫他师兄，到办公室也叫他师兄。叫师兄时，有股甜蜜的热浪涌上心头，燃起了多年前我心中那曾熄灭的火苗。每次排练结束，他总送我到车上，然后说，明天早些来，我在排练场等你。

嗯。我满脸发烫，好像一个听话的小姑娘。不，像十八岁时，第一次看到他扮演的柳梦梅时，那急促的心跳。从那以后，他就成了我永远的恋人。跟老李结婚，只是因为他是我的铁粉。

排练完，开着车行进在浓荫遍地的大街上，我感觉我是世界上最幸福的人。天空好像也配合着我的心情，火烧云染红了天空，如一副副壮丽的云锦，一会儿黄黄的，一会儿又红艳艳的，我干脆停下车，站在河边，一会儿拍水下的云，一会儿拍天上的云，可是心中那片最美的云锦，我却谁也不敢告诉。

回到家，老李问我戏拍得如何，我说越来越好，老李问有视频没，他想看看。我本想给他看同事拍的视频，却忽然心里好紧张，说，别急，到时给你一个惊喜。

杨李双情欢好，拍摄渐近尾声，赵导忽然在来排练场的路上，遇上了车祸，被一个开电动车的快递小哥撞了。祸不单行，投资方最后一笔说好要打来的资金仍没到位。我想也好，不演了，我带孙子去，一想到那个即将可爱的小娃娃，我失落的心暂时得到了轻微的缓解。

师兄急得心急火燎的，说这是我们人生最后的华彩了，我不能这样放弃。让我跟他一起到医院去看赵导，说，我们得把"埋玉"拍完，电影就结束了。可是"埋玉"是全场最关键的戏，没有赵导，这个戏就不会出彩。她太厉害了，一句话，就能点醒梦中人。一场景，就使能全场活起来。

可是你总不能到医院催命吧。

开车！去医院。他说着，径自到停车场。

你还别说，我有时就喜欢他这个样子，那是一种男人的决断，让你有一种依靠。不像我家老李，身上从来都没有这种霸气。

车流很多，师兄急得坐在副驾驶位上不停地说，真是急死人了。

我也不理他，忽看到蔚蓝的天空上只有两片云，在高楼的顶上，宛如一对眼睛似的一左一右在我的视野里或近或远，好像人的一对眼睛，怪吓人的。我说，师兄，你快看，这云，今天上午咋这么奇怪？

你给赵导打电话，她没说病情如何？

这两片云好像某人的眼睛在偷窥着我们。我说着，马上想到了我家老李。

赵导你一定要坚持住，我可是为这部戏跑断了腿。

这云好像预示着什么。怕不祥。

停车！

怎么了？

停车。

我把车停到路边，师兄咚地推开车门，走到我跟前，下车！

我坐到副驾驶上，系上了安全带，他却不走，伏在方向盘上，忽然抽泣起来。

这我没想到。我犹豫片刻，想摸他的头，感觉不妥，又想拍拍他的肩，感觉仍不妥，虽然我们在台上可以亲昵，可是在台下，我真的连他的手都没握过。我还在犹豫时，他忽然抬起头，发动了车。

车开得好快，前面天空上的两边"眼睛"仍在盯着我们，我喃喃自语，真想就永远这么和你走在路上。

你给赵导打电话说我们马上到了。

已告，她回短信了。

这么说，她没有大事。他说着，右手紧紧地握住我的手，眼睛盯着前方，一字一顿地说，这云是祥云，伴随着我们克服所有的困难。

他的手让我感觉到温暖，如同一股股暖流传遍了全身，我就静静地任他握着。看着那两片眼睛云，心想，我就让你看。

病房里，查师正在给赵导喂鸡汤。一看到赵导，我眼泪就刷地出来了，她右腿打着石膏，脸虚肿着。她还是那么乐观，笑嘻嘻地说，我没事儿，这不还好好活着嘛，你们专心排戏。

半月后，她拄着拐杖来到了排练场，她往那一坐，什么话都没说，我们每个人都比平时唱得带劲。

赵导这一病，除了疼痛，她一定经历了什么，出院时，说实话，我一下子都没认出来。人瘦了至少有十几斤，还穿了件漂亮的中式裙子。绣着花，质地很是精良，与她一向中性打扮真是风格两样。

我们都打趣，她笑着说，到鬼门关走了一遭，终于知道活着是多么美好，当女人是多么得好。

她只要没事时就跟着化妆师聊天，一会儿问嘴唇怎么化好看，一会儿又问我什么化妆品适合她皮肤。当看到她花了近万元买的兰蔻全套化妆品时，我都心疼了，她却说，要对自己好一些，在脆弱的生命面前，一切都不必太在意了。什么名呀利呀，全是浮云。

到底发生了什么，一月不见，你变得我都不敢认了？

她笑笑，说，一个朋友给我讲了《世说新语》中的一篇文章，说一个叫张季鹰的官者看到秋天黄叶飘零，忽然想起家乡的菰菜羹，就辞官不做，回家了。最后他所在的国家战败，好多人都说他有先见之明。不知怎么的，我一下子顿悟了，知道人生该丰富多彩地活着。

我从小学戏，文化课没学多少，每出戏，老师都要给我们讲唱词和意思。《世说新语》中的这故事我没听说过，回家衣服都没换，就问老李读过这篇文章没。老李从书架上找出《世说新语》，我一看：张季鹰辟齐王东掾，在洛，见秋风起，因思吴中菰菜羹、鲈鱼脍，曰："人生贵得适意尔。何能羁宦数千里以要名爵？"遂命驾便归。俄尔齐王败，时人皆谓为见机。有些词不懂，老李给我一字一句地讲。他脖子上仍挂着洗得发白的跨栏背心，拿着纸扇说，我就是张季鹰，我就是那淡泊名利人呢。老李五十三岁了，至今仍是一名副教授，他好像对什么都不在乎。就拿把背心挂脖子上这件事来说，我不知说了多少次，我说你哪像个大学教授，农民都不会这么打扮，像个叫花子还差不多。他不屑地说，我之所以后背露着，是凉快。把背心挂在脖子上，是为了护心、护胸，护肚子，这跟小孩的裹兜是一样的用途。再说我是在自己家里，怎么自在，怎么舒服，怎么来。我才不管别人怎么看我。不是有诗曰：三月东风吹雪消，湖南山色翠如浇。一声羌管无人见，无数梅花落野桥。他边说，边拿着电蚊拍边走边吟，忽听到蚊子嗡嗡叫，眼睛四处搜寻，然后蹲下爬上，滋啦一声，又滋啦一声，电到一两个蚊子，高兴得比发现一首诗新的评注还兴奋。

我年轻时，放着许多风流倜傥的小生不嫁，嫁他，就因为他能背许多诗词，能讲很多我从没听说过的故事，最主要的是，昆曲那一句句既美又新颖的词是他一一帮我解释的。十二岁就唱戏的我，能比别人更快地理解角色，与老李平常的讲解分不开的。

第二天我见到赵导，送给她一套防晒乳说，这质量很好，你用用。她闻闻，又用手抹了一点在手背上说，不错，质地尚好。谢谢了。

我说你那个朋友是干什么的，我家老李说，《世说新语》可是一本好书呀，你这朋友不俗。

我不俗气，难道我能与俗气的人为友？以后你就知道了。对了，让你们家老李给大家上一课，讲讲《长生殿》剧本。特别是年轻演员，这一课必须得上，不懂唱词还怎么唱戏。

不但是我吃惊，老李吓得下巴都要掉下来了，他说你没听错吧？

赵导说要亲自给你打电话，她说京城大名鼎鼎人的古典文学专家给我们讲课，那是我们剧组的荣幸呀。

说实话，我原先学过这出戏，可当时理解很浅，老李的逐字分析，让我才明白了杨玉环为什么要乞巧，为什么把此事看得如此重要。

跟老李生活了二十七年，这是我第一次听他在人员众多的课堂上讲课，往讲台上一站，他好像成了我熟悉的陌生人。即便穿着一身不足二百元的（未经我同意，自己在超市买的）衣服，他也有大学教授的自信。我悄悄观察了一眼，师兄、导演、摄影师，还有一些年轻演员都听得很认真，还不时地做着笔记，特别是我的学生米沙沙，她在戏里饰梅妃。一双媚眼不停地给我们家老李放电。不知她是不是知道我是老李的夫人，还是她故意气我抢了她的杨贵妃，反正她无视我的存在，在众目睽睽之下，给我们老李明送秋波，好在我家老李置身于杨李爱情世界里，在小小讲台上，手之舞之足之蹈之，哪顾得上台下的莺莺燕燕。米沙沙，你太高估了你的美色，我家老李是金刚塑身，坚不可摧。你呢，绣花枕头，也就只能配演个闪了一面的梅妃，还没一句唱词。

晚上回到家，我说你行呀，李教授，你今天可是给我露脸了，我们团好多人都以为我嫁了个老夫子呢。

他竟然一点也没高兴的样子，反而阴阳怪气地说，你这说的反话吧。

你这话什么意思？

你看你们团里演员个个相貌堂堂，穿得也时尚，我往他们跟前一站，不知怎么，心里就自惭形秽，要不是肚子里还有几滴墨水撑着，我都不知道我在讲台上能否站得住？

我笑着说，知道差距了？我给你说了多少遍，你都不在意，现在这么快就明白了，请问，哪个高人指点的，他笑而不语，午饭后非要拉着我跟他去买衣服。

我说等忙完这段，我这人干事只能干一件事，最近，心里想着全是杨贵妃，衣服也不至于这么着急，再说大中午的，天这么热。他不声不响地上了街。据儿子说，他爸到了商场，看了好几件衣服，还拍照给他，让他参谋。儿子说，爸，我喜欢在网上购衣，你还是征求我妈的意见吧。

他一直逛到晚上，双手空空地回来了，说，你不知道，那么多的牌子，件件都好看，我试了一天，这一件两三千，那一件也是两三千，乖乖，一件衣服花掉那么多钱，够我妈在农村的一年花费了，再说那衣服我也拿不准，还是等贵妃忙完了，再陪老朽置办几件行头。

我笑着说：遵命，陛下。

我把此事笑着给赵导说了。也怪，不知不觉我们成了无话不谈的好朋友。赵导说，看看，看看，别说你们家老李，我们每个人都在变。所以好的艺术都是让人一心向善、向美。这就是好作品的魅力。聊了一会儿，时间到，赵导马上朝摄影师一挥手，说，开工，宣贵妃上殿！

一说到工作，她转眼间又是那个不苟言笑的导演了，时不时就听到她那粗重的四川音：轿上图形怎么偏了三厘米。还有，布景上的树叶怎么不动？统统重新做。

渐近中伏，她说大家拍戏很辛苦，我请你们去吃好吃的，我请客。

我问还有谁？

她说司机呀。查师开着他新买的漂亮的车，拉着我们来到金源购物中心，我们到五楼黑鸡小馆，吃饭后又到星美国际影院又看了一场音乐剧电影《安娜》。

吃饭时她说，滢，得病后我对艺术有了更深的体会，我才第一次知道我们不是在排一出古戏，我们是在排戏过程中，更深地理解了角色，也发现了自我，创造了自我。

我说我也深有体会，一出戏，让我连自己都不认得了。对了，赵导，这馆子里转炉火烧特好吃，甜口的，一咬酥脆香。她却摆摆手说不吃主食，坚决不沾面条、米饭。

我说这样的减肥太残酷了吧。那你吃点水果，这西瓜特甜。

她摇摇头说，水果也不能吃。

我说坚持不下去吧，一天两天可以，一年两年怕就悬了。

减了以后吃就没事了，这段时间最难。要想美，对自己就要狠点，再说要成功，必需的。不像你，吃什么，都不长肉。我可以吃山竹炒腊肉，菌菇拼盘，吃黑鸡肉，喝鸡汤。她说着，朝摄影师一笑，说，对不对？查师。

查师只微笑着，又要掏烟，赵导用目光示意他看墙上不吸烟的牌子，他起身道，我还是出去吸一会儿，烟瘾犯了，就像饿了得吃饭。

等等。她说着，站起来，把摄影师身上的一缕头发拣起，揉成一团，放进了垃圾箱里。

我目送摄影师走远，悄声问，赵导，你好像不吸烟了？

在医院，医生当然不让，我就趁此戒了。

真的说戒就能戒？

连自己都管不住，还怎么征服世界？她说着，哈哈大笑，又使劲吃了一块牛排。

看着我吃饭香香得，她咽了一口口水，我说来一点米饭，她坚决地摇摇头，说，我的减肥偶像是倪萍，目标瘦二十斤。

我看着她精致的化妆，还有越来越女性的娇羞，打趣道，你不会是恋爱了吧。

她哈哈大笑，说，行了，吃完饭到我家去唱歌。

在她家客厅我看到她年轻时的照片，长发飘飘，衣裙飘飘。她把照片一指，二十三岁，那时正恋爱。好了，来，咱们唱歌。

她唱的最好听的是《大约在冬季》：

　　轻轻地我将离开你

　　请将眼角的泪拭去

　　漫漫长夜里未来日子里

　　亲爱的你别为我哭泣

　　前方的路虽然太凄迷

　　请在笑容里为我祝福

　　……

她唱着唱着，一手拉起我，一手拉起查师的手，说咱们一起唱，我才发现她在流泪。

没有你的日子里
我会更加珍惜自己
没有我的岁月里
你要保重你自己
……

据跟赵导时间最长的化妆师说，赵导经历过一段伤心动骨的爱。她爱过一个人，那人最终离开了她。她的第一部话剧就是献给他的。吹笛子的老师则说，是她先离开那人的，那人要娶一个听话的老婆，不喜欢整天折腾的女人。反正，自从跟相爱八年的男友分手后，她就剪掉了飘扬的长发，留了一个小平头，脱掉美丽的连衣裙，穿一件白衬衣牛仔裤，开始到北京北漂。她住过地下室，吃过成箱的方便面。十年后，终于在电影界，有了名气。

回去路上，赵导说她从小因父母超生，一直在姥姥家长大，姥姥走时，她都没在跟前，那时在长江边拍片子。那天，长江上的浪大，就像姥姥的眼泪，岸边的芦花好像也在向她诉说奶奶的叮嘱。说着，她哭了。让我没想到的摄影师竟也落下了泪。他在一边坐着，手又举起了相机，朝着窗外去拍。相机是他的随身物，在饭店，在路上，在任何地方，他手里都不

离他那个带红圈的尼康。按赵导的话说，那是他没有肉身的
情人。

9

老李真是乌鸦嘴，儿媳妇在医院待产八小时后，果真生
了个小孙女。儿子告诉我消息时，我正在排练厅跟唐明皇在马
嵬坡诀别，还没有从悲情世界中走出，当时只"嗯"了一声。

儿子很不高兴，说，妈妈，你怎么还是封建脑子。现在
都什么年代了，男女都一样。

我把水袖抛高，握着手机小声说，我在排戏，一会再聊。

戏比你孙女还重要？儿子嘟囔着挂了电话

我心里有点小失落，怎么会是孙女？不是很多人都说是
孙子了吗？倒不是我重男轻女，主要是女人这一生为情所缠，
太苦了。那些小汽车小衣服可都是我按照男孩的喜好买的。还
有，我一直都按男孩描画着我孙子的未来道路的。虽如此想，
可一下班，我还是冒着大雨第一时间跟老李到医院去看孙女。
孙女一双黑眼睛望着我，我摸摸那肉乎乎的小手，再看看那双
跟我很像的漂亮的大眼睛，一股奇异的感情已把她与我联系在
了一起，我笑着说咱们家的小宝贝，一看就是唱昆曲的料，你
看看那眼神，多水秀，整个一闺门旦。

一听这话，半躺着的儿媳一下子兴奋了，要坐起来，我
忙扶下让她好好休息，她拉着我的手说，妈妈，我最爱听昆曲

《牡丹亭》了，小美的将来就教给你了。

一想到我的小美十年后接过我的折扇，穿我穿过的戏服，在舞台上载歌载舞让我的艺术之树长青，一股柔情顿生，我如抱宝贝似地轻轻抱起她，感觉一股后继有人的欣慰。儿子没学昆曲，我的小孙女肯定又是一个绝好的闺门旦。我就不信，整天有一个在家唱水磨腔不断的奶奶，她焉能不学戏？她的摇篮曲就是那使我痴其一生的昆曲。我脑子里忽然闪出著名昆曲家蔡正仁和她十岁孙女演出的情景

小美快快长大，长大你要当杜丽娘，当杨贵妃，当崔莺莺，当娇滴滴、衣食无忧、锦衣玉食、知书达理的闺门旦，你不知道奶奶痴迷了一辈子，就是舍不得这华服丽妆，丢不下这华美的舞台呀。

一直苦着脸的儿子，这才笑了，说，妈妈，原来你也喜欢女孩？

我把鸡汤递给儿媳，说，废话，不管是孙子还是孙女，只要是我们家的孩子，我都爱。可一想起杨贵妃，没有儿子，没有孙子，我心里忽痛了起来。多半年来，我吃着饭想着她，睡觉想着她，走在大路上，看到的还是一个个穿越了时空的她。

在录音棚录音跟在舞台上演出，真是两码事。演戏要有观众。如果没有人，没有掌声，你在镜头前孤独的表演，心是空的。回家给爱人一说，他说这也有好处，避免了你受外间干扰。他为了让我演好戏，全包了所有家务，买菜、做饭等等。

看到不会炒菜的他，拿着手机边看视频边做鱼，一会儿放蚝油，一会儿放白糖，一会儿又急着把煤气上的火关小，手忙脚乱的，我从后面抱住他，才发现他后背也是湿的，感动得我半天说不出话来。

有天我在公园，发现赵导与查师两人在散步，看样子很亲昵，忙要躲，她却叫住我。事后她告诉我，前阵她一个朋友正吃着饭，嘴里还残留着半片香肠，忽然就没气了。朋友儿子在外地，还是邻居闻到一股异味，才报告给了物业。她说，我的朋友才五十岁出头呀。此事让我想了很多，我怕孤独，怕不会爱。好在，通过这部戏，我终于找到了爱。

赵导三天两头地换裙子，做头发，有天还让我带着她去做美容。我说，你越来越美了，为何？我诡秘地看着她。

因为跟漂亮的人在一起，自己也得漂亮呀。她说着，摸了一下我的头发，说，多好呀，连根白发都没有。还有，你们那身段真像一幅幅画，我做了海报，你看了就知道有多美了。人家说，昆曲特别养颜，我要跟你学唱昆曲了。她学着柔腔说话，手指也不时地伸着兰花指，整个一多情的小女儿态。

可一到拍摄场，她马上又变成那个我初次见到的样子了，穿工装，发火，骂人，一次次地拍桌子。

从头看完我和师兄的整部戏后，她握着我俩的手不停地摇晃，说，我明白了，我真的明白了。

明白什么了，她没说，但她流泪了。

10

电影终于拍完了，唐明皇跟他的贵妃到天上团聚了，我沉埋心中的涟漪却被激荡起来，很难按捺下去。

拍完最后一个镜头，我一出录音棚，爱人就提着饭盒站在门外，我一下子扑到他怀里，为自己心里莫名的隐秘，为着一缕说不出的愧疚。回到家，抱起我的小孙女，给她唱起昆曲来。戏，要从小孩子抓起。小美也怪，有时哭得抱着摇、喂奶都不奏效，可只要我一声"凉生亭下，风荷映水翩翩"，她马上就不哭了，一双黑葡萄般的眼睛一眼不眨地望着我，嘴不停地动，好像急着要跟我学戏。

再美的事务终有落幕之时。可一场戏却不知不觉改变了我们，我们大多数人变得跟过去不一样了，发誓一辈子不结婚的赵导结婚了，一向阴着脸的摄影师只要见到人，现在是不笑不开口。还有团里的年轻人，一会儿叫我去看电影，一会儿又让我给她们引荐导演。连一向高傲的米沙沙，只要一进排练场，一会儿给我倒水，一会儿又给我主动当陪练，老师叫得我都听烦了。

可师兄还是他原来的样子，演戏时，他是深情款款的唐明皇。下了舞台，他是忙忙碌碌不苟言笑的团长，又在联系电影放映事宜了。看到我，跟看其他人一样，点个头，或微笑一下。可当我递给他的眼神，好想再听到他说，妃子，朕和你散步一回。他却说，卓滢，你的教学方案写好没？快交上来。

我终于明白戏演完了，我们已回归正常的生活，我有些怅然。

走在大街上，蔚蓝的天空与颗颗绿树，盖住了满大街的喧闹，南来北往的人与我擦肩而过，看都不会看我这个中年女人。这时，我好想再听到赵导那一句我最爱听的四川话：宣贵妃娘娘上殿。好想就那么着一身华服一直陷在那旖旎的梦里，不要醒来。

爱人老李原来的好脾气没了，我只要下班晚点，他就很不高兴，疑神疑鬼的，我笑着说，你是不是到了更年期了。越来越更的他，最大的变化是穿着倒挺讲究了，周末还拉着我到大商场去给他买衣服，而且比女人还细。——转完后，问我哪个牌子的衣服好。我推荐了师兄爱穿得那身休闲才子服，他当即买了。还笑着说，我跟你师兄比，哪个帅？

我说当然你了。

他看了我一眼，忽然说，你们团长是不是也爱穿这牌子衣服？

我心哆嗦了一下，高声问，你啥意思？

他说啥意思，你不要问，只管回答我的问题。

我不理他，他也不玩手机了，会不停地照镜子，还不停地说，我是不是染个发，才能跟你走到一起。你们团长比我还大两岁，怎么看起来比我小五六岁呀。

我笑着打趣道，不会是你们中文系哪个女生喜欢上你了吧？

他笑着说，她们是有人喜欢我，可我的夫人是贵妃呀，你我的恩情谁能比。他右手搂我时，我本能地往后一缩，好久没这么亲热的动作了，让我一时无法适应。而想起排戏时，师兄肩膀一碰我，我就感觉浑身的血液好像通了电似的噌噌地直往脑门上涌。我笑着说，你不学不事修饰的王安石了，他哈哈大笑道，荆公的伟大业绩咱学不了，当个洪昇知音还是够格的。

他不知何时忽然变得陌生了，而我感觉自己既不是杨贵妃，也不是过去的卓滢了。那么我是谁？我将怎样度过余生。不觉间又哼起了那段我最喜欢的唱词：花繁浓艳想容颜，云想衣裳光璨。新妆谁似，可怜飞燕娇懒。名花国色，笑微微，常得君王看。向春风解释春愁，沉香亭同倚栏杆。呀，我又站在了华灯之下，戴着金光闪闪的凤冠，身着锦绣灿烂的霞帔，踩在柔软的地毯上，在君王的案板声中，载歌载舞。

走好呀，您。一个快递小哥的电动车撞了我一下，我慌忙说，陛下。

有病呀，你才是瘟三。

一声大喝，把我拉回到现实。都市如此的嘈杂，而身边商场橱窗里的我，眼袋深陷，面色发黄。昔日我引以为傲的身材，在秋风中，也是那么的不堪一击。

最后的谢师戏，师兄起初是反对的，认为画蛇添足，赵导一再坚持，我想起刘老师给我讲戏时，发湿的后背，举双手赞成。赵导说她从小就爱看戏，得到过一个个老师精心的指导，没有老师们的扶持，就没有她的今天。师兄说一出戏，完了，就利索结束，这样保持整个戏的整体连贯性。赵导说，谢幕时，谢观众是套路。谢师，就别有一番风致。

我再次支持。

赵导搂住我的肩膀说，滢，一定要像对妈妈一样爱刘老师。就是她听说我要拍这部电影时，她找到我，推荐了你。然后我才找你们团长的。刘老师给我说，自从你调走后，她教了三个贵妃，一个出国了，一个拍电视剧了，一个倒是肯学，可没灵性。最终只留她一个老贵妃只能望着空荡荡的舞台落泪了。她好后悔，不该因为你对艺术的坚持而放弃了你，你的坚持恰是对艺术的执着，而那时，她没意识到这一点。她说好在你这次演的杨贵妃形象立住了，她的事业后继有人了，她现在闭眼心也甘了。

一听这话，我眼泪瞬间涌出。

电影首映很成功，特别是结尾的谢幕，达到了意想不到的效果。七十岁的刘老师身穿灰色长袍挥着手一出场，全场一片安静，接着掌声久久不息。我朝刘老师深深地鞠躬，老师也弯下腰，频频还礼。正当我要转身时，刘老师忽然把米沙沙拉到我跟前，我愣了一下，刘老师把米沙沙的手放到我手心，这时，我看到赵导笑了。她拉着摄影师的手，柔情盈盈，我从她眼神里读到了许多内容。我没想到，通过导这部电影，她也找到了属于自己的爱情。想想他们起初争得面红耳赤，恍惚好像做了一场梦。谁说戏演完了就完了，分明它的烙迹深深地印在了我们每个参与者的脑海中，或许将影响我们的一生。

赵导另一只手拉住了我的手，这是一双跟我一样长了四十九年的手，我紧紧地握住，朝她会心一笑。师兄也握起我的手，我感觉到他的手湿乎乎的。在一曲美妙的笛声中，我们所有的人朝观众，朝生活，深深地弯下了腰。

（刊发于《作品》2022 年 1 期）

宇宙锋

1

崩溃真在须臾之间。

女人的世界要崩溃，必得有个人帮忙撑住。欧阳容拿着手机翻了通信录又翻微信，她悲哀地发现通信录里六百多个电话号码、三百多个微友，她却很难确定哪个人能支撑自己。咬咬牙，把那个恶心的黑线圈用手纸包着扔进垃圾袋，提着轻飘飘的垃圾袋下楼，恶狠狠地扔进院里的垃圾桶，谁料一缕风袭来，轻飘飘的塑料袋啪地蒙在了她的嘴上，她恶心地呕吐了半天。

一上午在单位一篇稿子都没编完，眼前全是那个黑线圈。中午躺在沙发上，实在睡不着，便给好朋友周一一打电话。

周一一在京剧院工作，小有名气的青衣。因为采访相识，两人成了多年的闺中密友。最近档期稍空，专门在家静养。微信发出半天了，却无任何动静。欧阳容又打电话，周一一电话接了，口气却是冷淡，现忙着，有急事晚上再聊。

世无知音哪。欧阳容关了手机，再次躺到沙发上。拿起一本《三国演义》翻了一中午，也没找到锦囊妙计。下午继续编稿，可眼前全是黑线圈。最后，实在坐不住，下到院子的花园想散散心。

单位花园不大，大家都在上班，连平常爱打拳的那个白胡子老头，在健身器上扭转的老太太，还有遛狗的中年女人都不见了。欧阳容下来时，决定跑步，她怕自己走路又会胡思乱想。谁知花园是没人，但因刚铺了柏油，无法跑。天冷，很久都没到花园来了，连铺路都不知道。

她不想上路穿大衣，不是懒，是想挨挨冻，干脆就一身运动服，在北方零下三度的日子走出了大门。

向左是一所艺术学院，年轻的男男女女你搂我抱出出进进，让她刺眼。向右是一家医院，坐在门口台阶上的是等号的人，进出的人满脸凝重。对面是一所中学，笑声不断，她决定过马路去续续青春梦。下了天桥，接学生的家长围满了校门口。她装作接孩子的样子，仔细打量每一个人。她先看的是女人。接孩子的大多是女人，她们都在大门口、马路边焦急地张望着。一位穿黑色皮大衣的女人，首先引起了欧阳容的注意，是因为她漂亮，还是她哀伤的脸？欧阳容不知为什么，认定这女人生活得不幸福，肯定跟自己一样，心里充满了不能向人诉说的忧伤。她的理由是这个女人，天那么冷，不在车里罢了，大衣上有帽子，她竟然也不戴，甚至连手都没插到口袋里，颈上淡灰色羊绒围巾也随意地耷拉着，白净的脖子光光的露在外面。她这是在用别人的错误惩罚自己！欧阳容断定。她很想走到那女人跟前，跟她说几句话，提醒她天很冷。虽然她穿得也很少，可她认为自己经常锻炼，已适应了冷天。

正当她要过去，那女人忽然接了电话，然后就一直在打电话，神情虽然忧伤，但一直在讲。她莫名地感到一股嫉妒。她比自己强，人家还有倾听的人。

她再看看周围，有两三个女人你说我争的，有一男一女拉着手取暖的，也有某个男人站在一边吸烟的。还有人在看手机，听音乐，而只有她一个人穿着薄薄的运动服，在傻傻地站着。

穿皮大衣的女人终于收起电话，忽然朝欧阳容看了一眼，欧阳容一阵欣喜，决定走过去，正当走到她面前要开口时，那女人却越过她，高声叫：志栋。叫志栋的是一个高个子男人，他把女人的帽子给戴上，围巾系上，然后陪着她说着话，还不时拍拍女人的肩膀。女人满脸都是笑。这让欧阳容很是生气，瞧他俩亲热的举动，欧阳容断定他们不是夫妻，是一对狗男女。寻常夫妻，哪个还跟对方腻歪。男人大多跟孙之永一样。她这么一想，狠狠地朝他们的身后啐了一口，才感觉浑身好像没穿衣服，冷彻浸骨，便迈开步子，跑起来。她冲散一对紧紧偎依的情侣，大声说，大马路上别挡道，心里想，都是假的。超过一对东张西望迟迟不敢过马路的白发夫妻，大声说，快走，心里想，都是假的。当跑过医院看到一个男人扶着几乎靠在身上的妻子走出来时，她拾起对方的围巾递给她，说，你好幸福，心里却说，搞不好，那男人扶的不是自己的妻子，即便是妻子，这样也是迫不得已的。

回到单位，已快下班了。回家，还是在外？上了车，她伏在方向盘里坐了半小时，再次拨通了周一一的电话。周一一这次热情多了，开口就说了一大堆责备的话，说欧阳容至少有两周没给她打电话了，她发的朋友圈也不点个赞鼓励一下，那是她即将扮演的新剧目《宇宙锋》，然后才问何事如此急着给她打电话。

欧阳容反问道：没事就不能给你这个大名人打电话了？

我不是这意思，干脆你到我家来，我请你吃饭，家门口最近开了一家徽菜馆，臭鳜鱼香得不要不要的。

欧阳容一听，心瞬间变热，感觉崩溃的世界好像真有人撑住了，很想哭出声来，可想了想，又故作冷淡地说，为什么要请我吃饭？人家那么忙。

忙个空气，一年才编四五本书，还好意思说忙。怕是害怕你们家那位不让你来吧？

这年月谁怕谁呀？好了，半小时见。欧阳容放下电话，想了一路要不要跟丈夫孙之永说一声自己不回家吃饭了，可一想到那个黑色皮筋发绳圈，就果断地打消了打电话的念头。

周一一看到欧阳容来了，忙叫服务员上菜。然后上下打量了半天欧阳容。

怎么，不认识呀？

容，你今天有情况。

欧阳容扫了周一一一眼，说，是你叫我来的，怕是你有情况。

哈哈，奴有何种情况？有情况也不过是水中捞月、镜中赏花，独自伤春罢了。周一一用了京剧念白。

你是名角，又单身，整天天马行空都没情况，我拖儿带女能有？

此情况，非彼情况。我的情况是风花雪月，你的情况怕是身陷狼烟，难以消散。

正在夹菜的欧阳容手一哆嗦，一块鱼落在了红酒杯里，嘴上还硬着，是你叫我来吃饭的，你搞明白点。

周一一大笑着说，欧阳容，说句你不爱听的话，五年前你采访我，我就把你了解得透透的，你别看你现在在出版界呼风唤雨的，可心智跟少女差不多，啥事都在脸上写着呢。

我脸上写什么了？欧阳容说着，拿起手机打开镜子。

哈哈，我说你单纯，还真是。至于写什么，你自己清楚。来，碰一下，这红酒，可是法国原装，我专门留给你喝的。

九点了，孙之永也没来电话，欧阳容端着高脚杯一个劲地灌自己，周一一也不挡，频频地跟她举杯。

　　十点了，电话还没打来，周一一叫服务员埋单了，欧阳容还是不想回家，可周一一没有邀请她，她当然不能开口，虽然是多年朋友，越要矜持。

　　两人出了饭店门，周一一问车停到哪了？欧阳容摸摸发烫的脸，说，我怕是喝多了。

　　那我开车送你回家。

　　她是装听不懂，还是家里不方便？名人，又是单身，台下的生活想必也跟戏台上一样，丰富多彩。欧阳容略一思忖，便说，那倒用不着，我又没醉。说着，打开车门，就要上车。

　　你呀，你呀，你现在心率多少，我都知道门儿清。起来。周一一说着，把欧阳容推到一边，自己坐到主驾位置上，看欧阳容还不上车，说，走呀！

　　我不回家，我永远不回家了。孙之永不是人。

　　谁让你回家了，上车，到我家。

　　欧阳容连自己都说不清，忽然扑到周一一跟前，朝她背上恨恨打了一拳，放声大哭起来。

　　行了，上车，我早就看出你有情况了，故意不接招，没想到你还跟我嘴硬，根本就没把我当朋友看。别哭了，哪像个名编。欧编，请上车。

2

欧阳容有两三年没来周一一家了。每次来，都感觉不一样。比如这次，是因为心情不好，还是周一一家的确跟家里不一样，反正，欧阳容一进门，就不想回家了。

一个唱戏的女人，一个单身的唱戏的女人，一个单身的唱戏的而且还很漂亮的女演员，对从小爱听戏的欧阳容来说，就真的好似天外仙山，理想之外的桃花源。只要心里不适，她就要到这个理想园里来放松一下。周一一是她的偶像，也是她很想成为的那种人。她一直不能想象一个人，一直站在舞台上，会想些什么。

客厅一面墙的书柜又多了几个奖杯，什么业有所成奖、观众喜欢的女演员奖之外，上面又搁了不少相框，照片是新增加的。自从手机能拍照后，欧阳容电脑、手机上存了不少照片，却从来没想过拿出去洗几张。而周一一放在书柜里的照片、墙上挂的照片，不用问，就知道都是新近照的。自从跟周一一成为好朋友后，欧阳容就爱上了唱词唱腔美、舞蹈身段美、意境美的京剧。

照片上的周一一可真是风情万种：有的露着半只肩膀，有的着旗袍，把绰约的身姿展示得淋漓尽致。有的，只露出一双媚眼，其他全是黑色，神秘而冷峻。当然戏装的就更多了，虽然还是醉酒的杨贵妃、挂帅的穆桂英、装疯的赵艳容……

可是四十岁演的跟二十岁演的肯定有天壤之别。不会看的，以为年轻漂亮的最棒，经历了人生的人会一眼看出，风霜雨雪后的演员再演绎那些经典的女性形象，就会多出了年轻演员不具备的人生劲道。

对，劲道，这是周一一前不久给欧阳容说的，欧阳容准备给她出一本书。自传体的。周一一希望以自己的讲述，让欧阳容这个北大中文系的高才生、著名女作家代笔，欧阳容没答应，但心动了，一是为京剧，二是为周一一这个人，两人交往多年，可周一一对她来说，仍是一个谜。笔没动，周一一不催，但周一一会适时地提几个词，她为了演好杨贵妃，反复观看梅大师的下腰、卧鱼、醉步、扇舞等各种做功十分繁重的身段和步法，把杨贵妃演得既美艳娇柔，又仪态端庄。还有十种水袖甩法，云步快慢之类的，她说你写的得像我。比如今天的劲道，就是又一次暗示欧阳容快些动笔。

坐呀，说说什么情况。周一一沏了一壶铁观音。平时欧阳容不喝茶，每到周一一这儿，喝茶在她就是一种享受。

没什么呀。

撒谎。

一句撒谎，让欧阳容明白刚才骂孙之永有点冲动，再看周一一那眼神，总觉得有些看笑话的意思，想把事情压着，便找补着说，我今天没回去做饭，孙之永竟然也不打个电话过来，你说我能不骂他。

周一一端了一盘柚子，笑道，不就没打电话吗，犯得着你这么动怒？你也快五十了吧，中年奔老年了，怎么还像个小姑娘似的，整天这么计较？好了，咱们不谈他了，你不给我打电话，我也要请你到家里来的，最近，你还申说，我真的遇上情况了。周一一说着，坐到欧阳容对面，把客厅的大灯关了，揿亮台灯，把两只腿长长地伸到沙发上，胳膊斜倚着沙发，两只眼睛紧紧地盯着欧阳容。

欧阳容怕周一一提孙之永，可她真不提了，欧阳容又心里不得劲了，也无心听周一一的情况。周一一即便已四十岁了，也会为爱所困，这不，看眼神，怕陷进了情网了。

容，我给你说呀，这人，忒有意思。我都不知道他是怎么知道我微信的，加我时，用的名字你猜叫什么？猜不出吧，他竟然叫柳梦梅。你说他偏偏不叫张梦梅，李梦梅的，却叫柳梦梅，我心一下子就咯噔了，就加了他的微信。

他真名就叫柳梦梅？

不知道呀，我也没见过他，也不知道他姓啥名谁在哪上班，微信圈嘛，多半也是虚拟的。

他肯定是你的粉了，你这么出名，没有粉也不正常。

他呀，跟我说的话可有意思了。周一一说着，起身盘腿坐起，左手扶腮道，一会儿说今天傍晚的落日是紫色里溶着红色，一会儿说院子里的珍珠梅开得灿烂，一会儿又问汤显祖怎么能写出《牡丹亭》那样的佳作？

这人会不会是个年轻人？

现在的年轻人，有谁会读《牡丹亭》？

他多大，长什么样子，你也不知道，就这么动情，哪像个著名演员？

我这样的年龄动情比铁树开花还难，是好奇，生活嘛，总该有些出人意料。他跟我微信你来我往半月了，我感觉特有意思。现在啥都那么方便，他偏偏用微信的方式，不露面，却一次次地挑动了我的心。我跟你说。周一一说着，往欧阳容跟前挪了挪，又说，你不知道，他的声音特好听，给我朗诵《牡丹亭》《西厢记》，这些够文艺的罢。昨天晚上，忽然给我发来了一样东西，你猜是什么？

求爱信呗。

不是。

送你礼物了？肯定是大老板，车，还是豪宅？

你咋那么俗呢？

请你来就是想让你给我拍几张照片。

是视频。

是不是个肌肉男？

容，你还是个作家了，怎么想得那么俗。我跟你说，看了视频，我的世界一下子就崩溃了。周一一说着，泪光点点。

怎么了，你？

周一一端起茶杯，喝了一口，却变了话题：随着年华一天天逝去，我想请你帮我拍照，只是想留下自己的青春。你想想，如果没有这些剧照，我怎么能知道当初我那么嫩，那么水灵。所以，我要拍那样的照片。现在都感觉有些晚了，如果我二十来岁时就拍了，你说有多好。

什么这样那样的照片？欧阳容问完这话，马上觉得自己太笨了，又说，一一，你疯了？

我整天跑步、游泳，对身体还是蛮自信的。你先看看他发来的照片。

一一，你真的疯了，我不看。

周一一把手机塞到欧阳容手里，说，你看看这个，我去洗澡了。

欧阳容听到卫生间的水哗哗地流下来后，又打开自己的手机看了一眼，孙之永还是没来电。她好像是赌气似的，马上拿起周一一的手机，打开她让她看的照片，一个男人健美的身体，胸是带毛的，略有灰色，但没赘肉，关键部位没露，可让人想象无穷。声音是浑厚的，沙哑的，但是中音，特别好听：一一，我是柳梦梅，是你多年的粉，我要送你一件礼物，一个一辈子都不会忘记的礼物。

她看得心惊肉跳，听到水声停了，忙放下手机，可不一会儿水声又响了，她又情不自禁地打开，再看了那胸，那肚子，又听了一遍那声音，然后想到孙之永身上白净虚胖的肚子，心里莫名又恨了几分。水声这次彻底停了，她把周一一的手机放回原位，然后想如果周一一问她看了没，她就回答她对此事不感兴趣。

一直到她也洗完澡，一直到两人躺在了床上，周一一也没问她是否看了手机上的照片。

已经深夜十一点多了，在家时，她早已睡着了。结婚后，她跟孙之永作息时间都很合拍，晚上十点上床，早晨六点半起床，无论上班，还是假日，雷打不动。

可今天晚上，或许是择席，怎么也睡不着。周一一看她老翻身，打开灯，说，怎么睡不着了？

我在想你让我拍照片的事，你真是给自己留着呀？欧阳容盯着对面周一一跟搭档东方国的《杨玉环》和《虞姬》剧照说。

周一一笑着说，你怕不是想这事吧。

我在想，拍那种照片，我怕拍不出。

周一一坐起来，靠着布衣床上的靠背，哈哈大笑道，一看，就是良家妇女。

难道你拍过那种照片？

你认为呢？周一一没有直接回答她的问话，而是将了一军，然后说，既然你睡不着，干脆就帮我拍一些吧，这样的照片，我一个人没法拍呀。再说，没经验的人不安全的人我还不要，你不是自称是我的御用摄影师嘛，咱肥水不流外人田。再说我感觉我还是挺美的，既然美，为什么不拍照留念，为什么不敢给自己动心的人看呢？

我拍不了你，你另找别人吧。

好朋友都不拍那我就没办法了，没关系。周一一说着，又躺下了。

欧阳容打开手机，已经十二点了，孙之永还是没来电话，她关了手机，躺下，看着周一一，这个交往了五年的朋友，第一次发现她跟丈夫孙之永一样，好像突然间变陌生起来了。在这之前，她认为她还是了解她的，可现在她才发现她是了解那个舞台上的周一一，了解那个跟自己逛街看电影的大庭广众之下的周一一，而不了解在家里的周一一，更不了解现在躺在她旁边的周一一。

看什么呢，睡觉，我困了。

你别睡嘛。

周一一睁开眼睛，看着她。

欧阳容却又不知该如何说。

我说你有心事，你却不告诉我，而我啥话都跟你说，你没有把我当朋友看。

一一。欧阳容说着，忽然扑到周一一身上，抱住了她。

唉，别这样，搞得我挺不得劲的。周一一虽然如此说，还是拍了拍欧阳容的背。

好朋友多年，还真的没有这么肌肤相近过。欧阳容眼睛忙躲开周一一睡衣下那澎湃的胸，说，不好意思。

周一一展展丝绸睡衣，偌大饱满的胸几乎全露出来了。四十岁的周一一竟然还有这么傲然的胸，是真的，还是人工的？因为没结婚，没生育，身材还像少女般的嫩。欧阳容当然不好意思问，便说，我同意给你拍照了，既然那么美，咱就留下，等人老珠黄，再打开，也算是另一样的追忆似水年华。

周一一腾地坐起，说好。

那现在就拍。

周——给腿按摩着润肤霜却摇摇头，说，晚上光线不好，明天是周末，你别回去，在我家待着，咱们慢慢拍。你说实话，是不是跟你们家孙之永吵架了？你不说，我怕是整晚上也睡不了安稳觉了。说吧，咱们是好朋友，夫妻之间，不就那点事嘛，我知道你好面子，在我这，等于进保险柜了。

欧阳容感觉自己实在撑不住了，这才起身坐到床上，面对着周——说，大前天晚上睡觉时我整理床铺，发现孙之永的假牙竟然在床上。

孙之永才多大，就戴假牙了？一个戴着假牙的老公你还怕他翻天？

别打岔嘛，再说戴假牙也跟年龄无关呀。

好好好，接着说。周——说着，坐了起来，头靠在床头，闭着眼睛。

你别睡觉嘛。

我听着呢。我只有闭上眼睛，才能专心地倾听你的故事。如果我看到你的脸，也许会影响我对故事的判断力。

好吧，好吧。

假牙丢在床上好像说明不了什么问题吧。

他平常上班都戴假牙，那天为什么上班没戴假牙？而且他下班后竟然没发现。我问他，他说因为中午回家取东西，着急就把假牙落到床上了。

周——睁开眼睛，说，好像还是说明不了什么。

欧阳容摇摇头道，你不知道，他即便中午回家，也不在床上睡，都在客厅的沙发上睡。好端端的，假牙怎么会到床上呢？你不觉得这里面有问题？

周一一喝了一口水，略有所思地点着头说，好像有点蹊跷。

昨天，我打扫卫生间，擦窗台时，发现了一个黑皮筋发圈。我联想起床上的假牙，马上就质问孙之永。孙之永从容地笑着说，我想起来了，那天我买了卫生纸回家放卧室飘窗时，把假牙卸到了床上。至于这个发圈，是你侄女带孩子来时，怕忘记落下的吧。

欧阳容说完，看着周一一。周一一又喝了一口水，问，你侄女带孩子不是十一来的吗。

是呀，我一周打扫一次卫生，怎么会没发现？一一，你说，孙之永是不是骗我了？

这个还真不好说。按说，回家放东西，为什么要把假牙卸到了床上？你侄女走了一两个月，你都没发现橡皮圈？对了，这事可以跟你侄女核实下。

可我要问侄女，总有点难为情。一一，我气得跟孙之永吵了一架。他刚开始是笑着解释，然后就骂我对他不信任，说夫妻之间，要是没有起码的信任，这日子就没法过。可这几个疑点，总是整天都在我脑子里打转转。我再也不想跟他过夫妻生活，甚至看到他脸上的一块痣，都觉得恶心，他的手只要碰我一下，我就马上想到他手上碰着一个恶心女人的手，那女人正淫荡地看着我笑。他的眼睛，腿、衣服上，全都充满了不洁。甚至气味里都有那个躲在暗处的女人的气味。我想象那是一个作风极为不正派的女人，生活随意，行为放荡，要么就是哪个打工妹，要么就是从事那种职业的人。

我把床单被子全扔到了垃圾堆，可又一想，万一他们在客厅上的沙发上呢？我把沙发套也揭下来扔了，沙发当然不能扔，真皮的，刚买了没几年。可我又想也许他们在浴室呢，在浴缸里呢？那个恶心的头绳就是在浴室发现的。还有，也许他们在厨房，在我女儿的房间。我感觉我一百四十平方米的房间里，四处都充满了那女人的气息。我还想那女人为了登堂入室，这头绳就是在给我示威呢。后悔我把这唯一的证据扔掉了，也许那上面可以化验出那女人的血液，基因，以此判断出她到底是谁，跟孙之永是何时开始的，进行到什么程度。她也许就想以此留在北京，改变自己的命运。这样，也许就是我们家门口发廊、饭店的打工妹。对，很可能就是经常给孙之永理发的那个老叫哥的陕妹子。我有次跟孙之永去，她哥长哥短地叫，说，哥，一听口音咱就是老乡，哥，我也是陕西人，我哪天给你做一顿咱们家乡的臊子面，汤煎得旺旺的，面擀得长长的，管保哥吃了还想吃。孙之永一激动，立马就要办全年卡。我悄悄说，这儿卫生条件好差，毛巾消没消毒都值得怀疑，还有你闻这些洗发水的味道，好刺鼻。还有你看来的顾客，不是打工的，就是超市的服务员。你猜孙之永咋着呢？朝我摆着手，眼睛却对那个陕妹子笑，不但自己办了卡，还让我也在这个叫春再来的美发店办张年卡，说，离家近，很方便。那个陕妹子好像这才看到了我，跑过来说，姐，我们美发店不但美发，还增加了新业务，美容按摩，全套的，不但能把皮肤护理得像少女一样年轻，还能除掉皮肤上的疣子。姐，对了，你额前这个疣子就得去掉，这叫扁平疣，传染得很快，不治，后果不堪设想。说着，抬手就要摸，一股劣质的化妆品直冲我的鼻孔，我一把挡开她的手，大声喊道：把你的手拿开，离我远点。惹得全店的人员都朝我这边看。对，肯定是她，百分之二百的是她。她一定认为我在大庭广众之下，让她失了面子，所以怀恨之心，来勾引我的丈夫。这不，动机有了，还给我留下信号，就是想狠狠地报复我一下。不，也许有其他不轨之心。想必孙之永告诉他了，自己是大学教授，市里有一百多平方米的房子，郊区还有一套别墅，带着小花园。再说，孙之永除了戴假牙，人长得还蛮精神的，一米八的个子，体重六十千克。眼不大不小。嘴大，会说话。不瞒你说，他单位新分来的女大学生就对我说，嫂子，我们主任有才，情商高，我没说话，心里想啥她都知道。对了，也许是她，她会不会暗示着我？我想想，她是短发，还是长发？怎么想不起来了，我跟孙之永去年到静湖公园散步，不期遇到了那个小姑娘，那小姑娘跟一伙女孩子在一起，老远就喊孙之永的名字，然后跑过来跟我说了上面这番话。不行，回家我得偷看孙之永的手机，也许那里面有好多秘密。周一一大笑着，递给欧阳容杯子说，歇歇，歇歇，喝口水，亲，你不愧是作家，干脆我不唱老戏了，你这心思都可排一出戏了，干脆给我写个本子，我来演，你当顾问。让我的老搭档东方国唱你家孙之永，他心思细，情商高，演一点问题都没有。戏名我都想好了，咱叫《一条头绳引起的血案》，不不，我说错了，没那么严重，叫《一条头绳引发的思考》。

周——。欧阳容拖长尾音，叫了一声，周——笑得停不住，捂着嘴，仍发出断断续续的笑声，说，看来孙之永好有魅力，我下次见他时，要好好端详下，看他到底哪地儿吸引人。

——，别取笑好吗？人家给你说正经话，没看到我眼袋深得都挂了铜铃，眼睛都充满了血丝，我的天要塌了，你还一副没肝没肺的样子，刀没架在你脖子上，你不知道有多痛。一部书稿，半月了，一章我都没编完。——，你说，我帮我分析下，这到底是什么情况呀？我想得头都要爆炸了。

这个问题嘛，好像是有疑点，但好像也不能完全证实孙之永就有问题。其一，假若是你以为的那样，孙之永办事仔细，他不可能不清扫战场。其二，孙之永最近有无反常行为，比如那事，是不是还主动？对你是不是忽然殷勤？其三，最近他是不是接电话躲着你或者外出频繁？

好像都正常。可是我今天跟他吵架了，他不问我去哪了，也不打电话？难道这说明不了问题？

这不是他在生气着吗？

俩人说了半天，问题仍像把剑似的悬在欧阳容头顶，且让她的心更乱了。周——安慰道：此事，不宜猜疑。一观后效。二保持平常心态。三看淡，放下，别认真。四若有快乐，尽可去享受。这世界谁怕谁呀。凌晨两点了，必须睡了，四十多岁的人，不能熬夜，再说，明天，还有重大任务呢，要睡好美容觉。周一一说完，关了灯，不到十分钟，就带着微笑睡着了。

欧阳容以为自己睡不着，谁知，醒来时，天已大亮，周一一已不在床上，厨房里飘进来一股煎鸡蛋的香味。

3

在拍照时，周一一打开了她唱的《贵妃醉酒》录音，马上周一一那醇厚的声音响了起来：

海岛冰轮初转腾，见玉兔，玉兔又早东升。那冰轮离海岛，乾坤分外明。皓月当空，恰便似嫦娥离月宫，奴似嫦娥离月宫。好一似嫦娥下九重，清清冷落在广寒宫，啊！广寒宫。玉石桥斜倚把栏杆靠，那鸳鸯来戏水，金色鲤鱼在水面朝。

看着赤身裸体的周一一，再想想着绫罗戴凤冠的杨玉环，欧阳容感觉好滑稽。不，好像做梦一样。

给周一一拍完，周一一边看边说，怎么这么美呀，对了，青春一去不复返，我给你拍怎么样？

你疯了？

就是为我们留存美，这有什么。再说咱们是好朋友，你不信任我。

欧阳容起初怎么也不同意，可又一想，自己不见得比周一一差，也就同意了。年龄不饶人。起初，在半掩半露时，她感觉周一一的胸是饱满的，可真脱了衣服，她借着镜头看时，看到了悲哀。女性的悲哀。或者说时间的惨无人道。

毕竟将近四十年的风霜，怎么保养，皮肤的松弛是显而易见的。即便皮肤仍白，仍细，可是那岁月的杀猪刀对每个人都是毫不留情的。

面对自己身体，她感到陌生而恐慌。

特别是当它赤裸裸地呈现在自己眼前时，她先是害羞的，后来就是悲伤的，最后就有点得意了，按她眼神严格的考量，她认为自己比周一一美。周一一的美是舒展的，她是拘谨的，可能正因此，她的身体体现了一种少女的羞涩。虽然没有面部，但是两人的性格显而易见。

她没有把握周一一这样的身体能让一个有魅力的男人动心。但是她没有提醒周一一。她想她的审美跟周一一都不一样，就更不可能有跟那个陌生的男人一样的审美。

她面对着手机一时不知如何处理这些私密的照片。周一一说，你们家孙之永看你的手机吗？

她摇摇头，但又说，也难说。

周一一说，你干脆转给我，放我家里，你啥时想看我都给你保存着，你带回家总是不好。

她同意了。

对了，你老说那个礼物视频，让你崩溃了，什么内容呀？

周一一说，我原来昨天晚上想跟你一起看的，可最后想了想，怕不合适，这样，你到家时，就可以看到了。

欧阳容说这么神秘，不会是黄色的吧？

周一一说，你看了自然就知道了。

她是下午回家的，因为周一一忽然接到老师的电话，说最近跟着京剧青衣最有名的一位老师学唱京剧《宇宙锋》，学唱赵艳容装疯的那一段，那是全场最精彩的一段，春节晚会，她要在全市表演呢。

周一一说得越详细，欧阳容越感觉人家好像就在下逐客令，马上说家里还有不少事，再说凭什么她要离家出走，走的应是孙之永呀，这房子是单位给她的。

周一一送她出门时说，好好过吧。中国，不，世界上所有的家庭，哪家是理想的？难得糊涂，对何事都适用。

欧阳容嘴张了张，可我心里……

你搞清了如何？搞不清又如何？搞清了，离婚？像我这样，一个人过着？你宝贝女儿怎么办？还是过着，整天跟他吵，伤人伤己。难得糊涂。

欧阳容一时答不出。坐到车上了，周一一又敲敲玻璃，欧阳容打开玻璃，以为她会说更全之策，周一一却只说了句开慢点，然后先一步离开了欧阳容。

哎，欧阳容叫道。周一一回过身，欧阳容说，照片的事，千万别给别人。

周一一回了一下手，步子走得更快了。

欧阳容车都开出几百米了，发现周一一仍在门口站着，她把车倒回来，发现周一一在拭泪。怕她发现，欧阳容加了一下油门，急驰而去。

4

刚回到家里，孙之永就后脚进了门，边换鞋边说，回来了。

她很想骂他，自己一夜没有回家，他竟然孰视无睹？便没接话，只把电视啪啪啪不停地换台。

孙之永先进了厨房，不一会儿就传出当当当的切菜声。这是周一一说的反常，还是他对她仍有情意？欧阳容细细分析了好多遍，仍是糊涂的。她到厨房看了一眼，孙之永在淘米，她便洗菜。

周一一怎么样？

你怎么知道我到周一一家去了？难道我就没地方可去？

孙之永笑笑没说话。

我去了一天你也不担心？是不是盼着我永远也不回家，好接别人回家？

我知道你到周一一家去了，所以不担心。

你当然不必担心，一个半老徐娘能到哪去？不像你，正风华正茂，魅力无穷，娶个公主，都是小菜一碟。

管他公主还是皇后，吃饭要紧。我来做鱼，你想吃红烧的，还是清蒸的？孙之永笑嘻嘻地说着，从冰箱里拿出一条黄鱼走到水池边，路过时摸了一下欧阳容的屁股，说，别胡思乱想了，好好过日子。昨晚萌萌还打电话问你呢。女儿萌萌在婆婆家上学。

一想起女儿刚上中学，她心里又酸酸的，着急道，萌萌打电话说啥了？

她给我能说啥，只让你接电话，我说你不在。十一点钟了，又打电话来，还是让你接电话，我说你没回家，让她打你手机，我话还没说完，她就把电话挂了。

一听这话，欧阳容一看表，六点了，想着女儿正做作业呢，便想明天去婆婆家看看女儿。

谁乱想了，事实明摆着。

我得骂周——这个混账东西，整天在舞台上情真意切装高尚，私底下却屡次破坏别人家的幸福生活，这是老处女嫉妒、变态。孙之永说着，放下清洗好的鱼，快步走出厨房，拿起电话就拨号。

你神经呀，这与——有什么关系？你要干什么，欧阳容从厨房追了出来。

我要教训她吃饱了撑的管别人家的事，你每次去她家，回来就鼻子不是鼻子的给我找碴。

放下电话，你胡说什么，难道那事不是我去她家之前发生的？

电话通了，孙之永正要开口，欧阳容一把抢过电话，说，一一，别理他，是我。电话里却是：你好，我是送快递的，已到你家大门口了。

十分钟后，孙之永把快递送的一束红玫瑰递到了欧阳容手里。欧阳容又一次想到了周一一的话：这是献殷勤，还是真爱？你要分得清楚。

还不到九点，孙之永就去洗澡了。出来笑嘻嘻地说，快睡吧，活动活动。

欧阳容听到这话，心情复杂，又想起这是做贼心虚献殷勤，还是心中有爱？

床已经收拾好了，孙之永关窗接水，忙得不亦乐乎。她起初是不情愿的，后来不知怎么的，就同意了，就配合了。她听人说眼睛不会骗人，她直直地看着孙之永那双小而细的眼睛，真的什么也没发现。看着看着，就不由地闭上了眼，虽然那个黑头绳还在心里纠结着，可是夫妻间的事还得做，难道不是？让她意外的是竟然还有了点小别胜新婚的感觉。她骂自己轻贱。

孙之永已经睡着了，才九点半，她睡不着，进到书房，打开电脑，正在这时，却听到有人开门声，她心一惊，正想着要不要叫醒孙之永时，听到了萌萌的声音，妈，妈，妈！欧阳容边往出走边说：萌萌，你怎么回来了？大晚上的，你一个人怎么回来了，多不安全。

我爸在不在？

你爸睡了，轻些。

萌萌也不理他，径自跑进卧室，大声喊道，爸，给你十分钟时间穿衣了，到我屋里来，开会。

说着边往自己房间走边说，妈，你没听见呀，快点，我还要写作业呢。

孙之永系着睡衣的带子笑着说，还开会，什么内容？真是的，单位开会，在家里还开会，竟然还是自己的女儿给我们开会，这世界，怎么变得越来越不让人消停了。

把衣服穿整齐了再进来。

欧阳容看了孙之永毛乎乎的腿，说，快去穿衣服呀，女儿大了，像什么话。话是高声说的，表情不能是不高兴的。

你们别吵了好不好？我求求你们。

欧阳容忙吐了下舌头，走进女儿房间，小声说，萌萌，我跟你爸没有吵架。

你们不要给我演戏了。女儿说着坐到书桌前，望着墙壁上一家三口的合影再不说话。那时萌萌刚上小学，戴着红领巾，一手搭在爸爸肩上，一手搂着妈妈，笑得眼睛都成了一条线，门牙掉了一只，显得好可爱。欧阳容坐到床边，看着女儿的背影，心里更酸了。

孙之永穿了毛衣和长裤，真好像做客似的，还敲了下门，才走进十二岁女儿的房间，靠着妻子坐下，席梦思床发出了一声咯吱声。

萌萌也不理他们，好像是对着墙说，我宣布几条决定：

一、我从今天起决定搬回家里住。二、你们任何人不经我允许就不能离家出走，更不能在外过夜。三、如果你们要闹离婚，我就从咱家十三层楼上跳下去，你们将我埋在那棵无花果树下，然后你们想干什么，尽由其便。好了，散会，我要做作业了。说着，头也不抬地起身，进了卫生间。

幸亏我们提前行动了。孙之永笑着脱了衣服，说睡吧。

那也比现在好，女儿一定以为我们还在冷战呢。欧阳容话一说完，就后悔，这不是表明自己已经原谅孙之永了嘛。

5

女儿的忽然回家，女儿的话让欧阳容更睡不着了。想完孙之永事后，她又想照片不能留在周一一身边，再好的朋友，保不齐出岔子。一个同床睡了十五年的丈夫都能出问题，一个交往了四五年的朋友，你又能相信她多少。这么一想，她马上给周一一发短信，让她把照片发给她，然后删掉。周一一说，已删。可真删了吗？她不敢确信。我怎么了，为什么怀疑起了任何人？难道我病了？需要看心理医生？

周一一问她视频看了没，欧阳容看孙之永又睡熟了，悄悄下床，看到女儿房间的灯黑了，便悄悄进了书房，她联想到周一一说此话的表情，感觉此视频非同寻常，搞不好是少儿不宜，便锁了书房门，这才打开手机，打开那个粉发给周一一的视频，一看愣住了。

原来这是周一一的演出剧照及生活花絮，不，准确地说，是她跟合作了二十年的艺术搭档东方国在一起的照片集锦。

照片上的周一一跟东方国无论戏装，还是采访照，都是惊人的默契。特别是生活照，他们接受采访时，坐在沙发上，东方国口袋的手绢跟周一一的衬衣是相近色，两人都笑着，都微闭着眼，两人的大腿都紧挨着，两人虽没看对方，却能看到他们很是默契。就连身后的沙发，主色也跟两人的丝巾或领带暗暗相吻合。戏装，周一一手指摸着东方国的下巴，双眼迷离盯着他，东方国虽然不看她，但双手紧握着周一一的手腕，特默契。一个小生，一个青衣，一唱就是二十年。

周一一告诉她，有次重大演出，东方国忘词了。她一看他眼睛睁得老大，就轻轻吐了一个嘴形，他马上就接上了。还有一次，他们演武打戏时，他的腿踩了她的裙子，她马上一个暗示，他立马就明白了。还有一次，她做卧鱼的动作时，重点没稳，他马上用手托住了。

京剧的肢体接触是暗示的，是深沉的，正因此，才使得两人的情感隐而不发。

视频上有不少网友的留言，全都是好美呀，一，我是你最忠实的粉，一，这么多年，你跟国老师真的就是亲情么？你没有家，你不孤独吗？好想你呀，一，我们多么希望你们能走到一起。

视频不长，约半小时，视频的制作人就是柳梦梅。

欧阳容又一次想到了周一一说她崩溃了。她是因为视频的内容，还是因为网友提的问题？这也是欧阳容跟周一一在一起最想知道的问题，每次，她问周一一为什么这么多年不结婚时，周一一笑着说，为什么要结婚？你结婚就幸福吗？

那么，周一一为什么要把这个视频发给她？她想说什么？还有，她拍的视频真是只是让自己看吗？如果不是自己看的，那么又是何人让她有如此大胆的举动？周一一可是她心目中爱的化身呀。她扮演的杨玉环、杜丽娘、林黛玉可赚够了她无数的眼泪。

要不是半夜了，她真想打电话给周一一。

眼睛涩得实在睁不开了，她准备回屋休息，一打开门，吓了一跳：女儿披头散发站在门前，一双眼睛哀怨地望着她。

这一夜，女儿搂着她和丈夫睡的，第二天说什么也不到婆婆家了，说，她上高中在家门口，上大学也在家门口，要天天回家，看谁还敢兴风作浪。女儿说兴风作浪时，是咬着牙恶狠狠地说的，手里还揪着她爸的耳郭。

6

周一，天飘起了大雪，欧阳容小心地驾着车送女儿上学，边开车边说，萌萌，爸妈好着呢，你好好上学，下周还是回奶奶家，奶奶家离学校不到二百米，家离学校一个小时，又费时又费神。

不。

听话。

再说这话，我就永远不跟你说话了。

欧阳容打了个冷战，揉揉发痛的脑袋，说，你也看到了，爸妈挺好的。就像你们小伙伴之间，吵个嘴打个闹的，正常。牙齿和舌头那么好，还免不了打架的，你说是不是？

开好车。

除了这话，女儿到下车，真就没说一句话。

欧阳容刚到办公室，著名作者杨光忽然打电话说他想见欧阳容。杨光的书卖得不错，首印一万不成问题。作为他又一本新书的责编，欧阳容得有足够的时间和耐力来答应他的数次折磨。

比如，小容，你说，我怎么觉得光写主人公的光辉事迹不行呀，得有些花头，比如说爱情呀，不行，还得三角恋，四角恋，关键时，得让他有个私生子什么的。现在纯文学书没有卖点，你们出，不是赔钱吗？我可不想让你们为我出赔钱的书，我心里一直装着你呢。

要不，我想了想，不行，这小说必须纯，就像张艺谋拍的那个《山楂树之恋》。越是混乱的时代，就越要避于流俗，咱就给它来个反的，这样肯定好卖。

杨光这部小说，选题批了两年，合同都签了一年，书现在还是模棱两可之中，欧阳容很是着急。

这不，电话又打来了。容容，我还是写不下去呀，没有爱情经历呀，比如说，我要写一个陌生的手接触我的身体，那至少我得有体验呀？我结婚都二十年了，跟老婆哪有那种感觉呀，整个左手摸右手，真是急死人了。对了，容容，咱们喝杯茶，好不好，用不了多长时间的，我选一个有山有水的地方，离市区也不远，你让我换换脑子，我争取春节后就把书稿给你。

真的忙着呢。

来嘛，来嘛，真的来嘛，你是我三本书的责编了，来，我这次书已经想好了，我要给你完整地讲一遍，最多两个月就写完了，肯定大卖。再说你来，我也听听你的看法，让书尽善尽美好不好。

欧阳容又想起了那黑头绳，再说杨光长得也不错，风流倜傥，薄薄的嘴唇说起话来，一套一套的，蛮有意思，这么一想，就动身了。

约会前，鬼似神差，她给侄女打了电话。

电话一通，侄女就说，姑，我正要给你打电话呢，说完抽泣起来。侄女从小没了母亲，一直跟欧阳容很亲，啥事都打电话来询问，上学报志愿呀，处男朋友呀，到男朋友家该带什么礼物呀，事无巨细，欧阳容也像妈妈一样一一给出谋划策。

这次轮到欧阳容发怔了，说，怎么了？

小张这一阵又不回家吃饭，说在单位加班，可我电话打到单位，根本就没人接。姑，你说小张是不是有外心了？我怎么老闻到他身上有香水味。

侄女结婚才五年，怎么也遇到了同样的问题。欧阳容一时不知如何作答，只好给侄女说了一些冠冕堂皇的话，然后说，一，夫妻要信任。二，要多关心对方。三，不要疑神弄鬼。就在挂电话时，还是禁不住问道，小孩子挺好的吧，你们到家来，我好像记得你给小孩子扎了马尾巴，小孩子头绳不要扎得太紧，影响长头发，这是我在一个资料上看的。

侄女可能还沉浸在自己的情感旋涡里，只嗯了一下。

欧阳容又说，我看到家里有个橡皮筋，就是用黑丝绒缠的橡皮圈的那样，是你家毛毛的吧。

姑，事情过了好几个月，我真记不清了。不就一个头绳么，你还记着。侄女不知是因为心里有事，还是没有在欧阳容这里得到需要的答案，敷衍了几句，就挂了电话。她是猜出了事因，故意装傻，还是真不记得了？千万别让亲人，或者小辈人看到自己幸福的婚姻其实也伤痕斑斑。

欧阳容还是着意打扮了一番，见了杨光。天虽冷，她还是穿了银灰色的毛衫羊毛裙装。开车穿高跟鞋不方便，她就在车里预备了一双平底鞋。

杨光一见她，就起身要拥抱，她忙躲开。杨光说都老朋友了，又不是第一次见面，怎么还这么隔人千里之外？编辑跟作家，是世界上最好的黄金搭配，咱俩就是。想想当年我还是一个无名作者，是你一力主张把我的书印了出来，我让很多人看了，都说设计好，编辑用心，没有一个错别字。欧阳容喜欢听他讲话，她并不关心他在讲什么，只是坐在饭店大堂里听着《斯卡布罗集市》钢琴声，跟一个体面的男人一起吃饭，她现在就是愉快的。她本来想给他讲丈夫的事，后来发现这实在荒唐，便由着杨光天马行空地讲。她感觉她好像在音乐声中，或者在面前这个还说得过去的男人讲述中，自己远离了心中的烦恼，想起了更多的事。比如柳梦梅杜丽娘的那些久远的事，或者说未曾发生，却让人怀恋一生的事，哪怕是戏。

他们离开时，杨光忽然说，这家饭店楼上有个空中花园，咱们去看看。

是有花园，可他们在人工痕迹明显的花园里停留了不到十分钟。

下楼了，杨光说，附近那家酒店不错，咱们再聊聊，还有许多话没有说呢。

欧阳容看着他，杨光也看着她。两人停了好长时一段时间，最后还是欧阳容说，算了，回去吧。

至于那部小说，他一字也没提，她一句也没问。

好几天，她发现自己心情莫名的好，想唱歌，想跳舞，甚至对孙之永也不再关注了。接不到杨光电话，就觉得生活中忽然少了什么，她时不时像少女时一样，脸红，心跳，平白无故地对人笑，连办公室的小姑娘都说，欧阳姐，是不是谈恋爱了。

一瞬间，她发现她竟然有些理解丈夫了，甚至有些理解那个给周——发视频的人了，甚至有些理解周——发视频的举动了。

我怎么没有是非观念，没了做人的原则。跟杨光相识三年了，一直不是很讨厌他的吗？为什么今天感觉事实并不像她以为的那样无趣。

她一时有些迷怔。

再看大街上来来往往的车流，猜测里面形形色色的人，他们中又有谁和自己一样，也有了心中的秘密。又有谁，忽然发现自己一天之内变成了陌生人？

那么周一一是不是对东方国也是这种情感？对那个粉丝也怀有这样的情感？那么那个粉丝，是不是对周一一也有这种感情，对自己的妻子厌倦了？她的丈夫对那个黑头绳是不是也是这种情感？她感觉自己进入了一个怪圈，一个无法理解的怪圈。

丈夫可能觉察到了什么，对她越来越体贴，按时上下班，还不时地给她送些小礼物。她也赞誉不断，甚至做些亲昵的举动，说些言不由衷的话，她发现她说假话时，脸不红，心不虚。自己都说假话，更何况别人呢。如果所说的话是假的，那么什么是真的行为？可举动又有多种解释。比如，丈夫问今天为什么这么高兴？还穿上了漂亮衣服。她说，为你高兴呀。她忽然大笑，丈夫再问她，她说单位领导表扬她了。

此番心思，她最想告诉周一一，周一一却不接电话，她忽想起了周一一说给自己的那个梦，很是担心。

7

三天后，周一一一缕风似的冲进了欧阳容的办公室，一进门就说，怎么不接电话呀？我打了至少十遍。欧阳容递给她一杯茶，说，我不是也打了你不回吗？

周一一锁了门，坐在沙发上，双眼直呆呆地望着书柜，一句话也不说。

怎么了？演出遇到问题了？

周一一摇摇头，说，我这几天跑到郊区一个滑雪场住了两天，关掉手机，白天滑雪，晚上想事情，想了三天，感觉自己不能这么过了，我要找东方国谈谈。

欧阳容坐到她跟前，谈什么？

我要告诉他的事多了，在湖面上，我看到在冰水里睡觉的鸭子，我发现我就是那鸭子。呆头呆脑地，在冰里要冻死了。

欧阳容感觉自己大概能猜出周一一的内心，故作轻松地说，你怎么能是鸭子，你是嫦娥。

可我不想在月宫里待了。

周一一说着，哭出了声，但声音很小，是压抑着的。她边哭还不忘抬眼看门。让欧阳容感到有意思的是周一一在舞台上用惯了衣袖拭泪，要展开衣袖擦眼泪时，才发现她坐在欧阳容现代化的办公室里，中央空调嗡嗡地响着，外面大风呼呼地吹着，欧阳容桌上、柜上成墙的书在提醒着这不是在舞台上。

欧阳容看了一下表，说，这样，等我十分钟，我把手头的事处理下，咱们中午出去吃饭。

周一一说我去一下洗手间。

周一一刚一出去，对门办公室几个人都说，天呀，那不是名人大青衣周一一吗？你跟她认识？我们要合影。

她情绪不好，改天吧。

正说着，周一一进来了，嘴快的编辑小刘又提出了相同的要求，周一一笑着说，可以呀，脸上马上就笑容满面了。

在电视上，欧阳容在电视上见过周一一的搭档东方国。当然，也在卧室里看到过。周一一每次叫东方国，都跟欧阳容说，我那口子。

到了饭店，周一一一落座就说，我昨晚做了一个噩梦，梦见我杀了东方国。前几天是用毒药。昨晚这一次，是用手枪，东方国穿着杨宗宝的戏装，头戴金盔，身穿铠甲，胸前的护心镜特别亮，我不知怎么没穿戏装，穿的是军装，手里拿着驳壳枪，朝东方国开枪，结果，东方国的夫人谌强强忽然穿着穆桂英的衣服，一个长枪就扎进了我的心里，而我的手枪怎么也扳不动。

那是梦。你们两人在舞台上，一个是柳梦梅，一个是杜丽娘。一个是裴生，一个是李慧娘。一个是贾宝玉，一个是林黛玉。二十年的合作，你们中的一个眼神，一个手势，都是那么配合默契，你们被誉为舞台上的情侣，事业上的黄金搭档，天天在舞台上演戏，进入梦中，也不足为怪。我这几天还梦见出的书里有错呢。

是呀，我怎么能杀了我的老师和舞台上黄金搭档呢，杀了他，还有谁跟我配合得如此密切。四十岁的人了，再找新的搭配，怕是很难了。

欧阳容看着她，专注地听着。

我只是想让他看视频，只是想让他知道网友，戏迷对我们的关爱。

欧阳容笑笑，没有说话。

周一一又说，如果死在舞台上，死在他的怀里，我的人生就知足了。从我二十二岁调到京剧团，跟他一起唱戏，他说我扮相俊俏，唱腔甘醇有味，表演洒脱，有大家风范，就选择了我。我不漂亮，他本来可以挑更多的漂亮演员，可他选了我，他说我们的嗓音条件，舞台个性，身高体型等都比较合拍，艺术追求也是共同的，都是寻求那种古拙典雅，轻松自如的风格。从此我们合作二十年，再也难分开。我们的性格都低调，都以唱戏为人生要务，不善跟人搞关系，活得简单，不爱管闲事。但是有一点，选戏，他挺计较。我们都喜欢排情感戏，他最喜欢听我分析戏。我说时，他会双手托着腮，一眼不眨地盯着我，不停地说好。

比如《四郎探母》，我说我喜欢没多少情节的戏，这部戏，夫妻戏是关键。特别是铁镜公主发现丈夫四郎闷闷不乐，猜理由，说，是不是我母后对你招待不周，是不是你想去娱乐场所，是不是我对你不好。等她猜完后，四郎才说了自己是杨家之后，母亲来押送粮草，他想看母亲。公主就到母后宫里偷令箭。她先进去，发现母后看兵书，母后问她何事，她说没事。她进宫时，有个细节，特别好，抱着孩子，就因为有孩子，她打了孩子一把，孩子哭了，妈妈问她孩子为啥哭？她说孩子想拿令箭玩，这样她为丈夫偷得了令箭，让他顺利出关去看母亲。四郎回来母后要杀他时，她多次求情无果，只好把孩子扔给母亲，说自己死了后，让母亲照顾好孩子，这样终于救了丈夫。我就喜欢这样的细节，东方国一听，就说，你这么一理解，我就知道这戏，咱们唱定了。所以说，我们很多方面很像。比如《大唐贵妃》，杨玉环因为吃醋，所以抢白了高宗，这样的过程戏，我们唱时就省略了，也把有名的"贵妃醉酒"一笔带过，而是注重七月七日的长生殿这出戏。如果单纯写李隆基一上来就给玉环认错就没新意了，而这个新剧本的编剧一定是想到了水中捞月的成语，便加了杨玉环看到七月七日月亮好美，便在金盆盛水，要水中捞月，体现了她的单纯调皮。可当李隆基说是妙人妙事时，杨玉环说不过是无聊，奈以驱闷罢了。我一说，东方国立马说，就这么演。所以好戏一定是动人的，动情的，而且我们有一致的认知，他懂我，赞同我对戏中人物的分析，且能听取我的意见。

欧阳容看着她，鼓励她继续说。

我去找他，把这视频跟他一起看，看完，我问他有什么想法？

他说谢谢这个网友，很宝贵的资料。

我说，还有呢？然后我就用深情的目光盯着他。我用杨玉环看李隆基的目光，用穆桂英看杨宗宝的眼神，用嫦娥看后羿的目光，你猜怎么着？

还能怎么着，不就是男女激情时，啪啪那几个动作吗？

错，他忽然拉着我跑出了办公室，惊得路人都不停地看。

去开房了?

俗。他拉着我跑到排练厅,扔给我一件戏装说咱们来排戏吧。

我还愣着,他把戏装披到我身上,说,来一曲《长生殿》。这么一下,你说我能怎么办?便耐着心唱起来:

挽翠袖进前来

金盆扶定

只见那

空中的月儿落盆心

又只见那蟾蜍动

桂枝弄影

美嫦娥清凌凌

……

李:往日的荒唐莫再提

你我的情缘谁能匹

两心之间有灵犀

杨:君王的率真令人迷

梨花几度迎风泣

却看枝迁根未移

从今后破镜成圆璧

……

唱完，我说咱今天不做戏，好吗？说完定睛看着他。

他看着我，略一思忖，唱起了《情怨》，当唱道：

多少年情不断

多么想抱你怀间

过眼的红颜风吹云散

唯有你的双眼映我心间

相爱人最怕有情无缘

常相思却不能常相依恋

多少年情不断

……

还没听完，我就哽咽了。

他走过来，深情地看着我，说来曲《千年等一回》，我最

爱听了。

我便唱起来：

千年等一回　等一回啊

千年等一回　我无悔啊

是谁在耳边说爱我永不变

只为这一句啊哈断肠也无怨

雨心碎　风流泪

梦缠绵　情悠远

西湖的水　我的泪

我情愿和你化作一团火焰

……

然后呢？

然后我就回家了。

唉，我以为什么事呢？你跟东方国到底是什么感情，二十年在舞台上，整天装夫妻，一天两天可以，像影视剧演员，一部戏拍个一两年，都能擦出火花来，你们二十年，到底是什么样的感情？

当然是纯洁的舞台感情了。是我成就了他，还是他成就了我，我说不清。而且让我感动的是他从不跟别人合作。即便我们合作大型戏，他也不跟 B 角演，他说，他已经习惯了跟我在一起演。所以有时为了扶持新人，他就让新人跟新人演，这让团里领导很不高兴。为了跟他在一起，我也不愿意带学生，倒不是说带了学生饿死师傅，而是舍不得离开他。我们有一年演了一百场，你想想，这么一想，我就心安了。我能理解他的一个眼神，一个手势，一个不易的慢动作，天长日久嘛。我人生最大的理想，就是死时，与他在一起，在舞台上，如杨玉杯，如虞姬。作为国粹的京剧，魅力究竟来自哪里？我认为一方面在于它的综合性很强，演员不仅要注重唱功、表演技巧，更重要的是用演唱展现故事情节，表现人物之间的相互关系、矛盾冲突，以歌舞演故事。另一方面，京剧的表演、音乐、服饰，都是恢宏大气的，且表现手段非常丰富。你看京剧的领白、袖白、靴底白多美呀，还有服装，我简直爱死了。我敢说，再普通的人，一穿那戏装，马上心就飞到那个舞台上那个梦幻的世界里去了。有人说我的眼神没有离开他，甩袖太威武，太帅。有人说他的没有离开我，他说他喜欢我端着，青衣就喜欢端着，可端着不像花旦招人疼。我扮相好，抖出去，稳起来，运眼，运手，唱，念，做，云手，身端，眼神，水袖，云手，我的台步，哪一个不做得出色。美人，美手，美音。可这么美，却没人娶回家。有时我真不知道，我何时在戏中，何时生活在戏里，我都分不清哪个是戏，哪个是现实。凤冠霞帔，好不爱煞人也。头戴缀满珠翠的凤冠，身穿红蟒，手持一柄小小的金地重彩折扇，真是千娇百媚，仪态万分。醉态很有层次，又很美，大家就叫了醉美人。我从十二岁唱戏，就爱上了这行，一生无悔。戏剧演员要求高，形象、肢体、声音，少一不可。且成名难，很累，清晨五点起来跑步，喊嗓，练基本功，背台词，练甩腰，蹦高台，干拔，旱地拔葱，下腰，卧鱼。现在好不容易观众认可了，当然跟我的理想还差得很远，我心目中的偶像是梅家父子，是李胜素、张火丁老师。它结合了绘画、音乐、诗歌词赋、武术、说唱艺术等，是一切艺术的集大成者，我一辈子献身它，无悔。

你们肯定有情况，否则你为何不结婚？

周一一笑道，为什么要结婚？人家东方国有妻子女儿，那女儿特别可爱，又是一个好青衣的胚子。

难以置信。

周一一笑着不语。

你为什么要给我看视频？这内容能不能写进书里？

你是作家，别来问我。

那我就随便写了。

她看着我，幽幽地说，东方国，是老师，是朋友，是兄长，是我一生的朋友。我对他的感情不是一时半会说得清楚的。传统戏，跪得比较多，东方国腿不好，我们演跪戏时起来时，都是他先起来，然后拉我起来。可以这么说，为了他，我什么都可以舍弃。但我跟他的感情是纯洁的，我要像梅老师一样，在生命的最后，还是牵挂着京剧。梅老去世时，灵堂里发的不是哀乐，而是有名的《梨花颂》：

唱着"梨花开，春带雨；梨花落，春入泥。此生只为一人去……道他君王情也痴，天生丽质难自弃，长恨一曲千古迷"时，我感觉我好像不再是我，我成了一切美好的化身。

我们在创造艺术，也在创造历史，我们就不像男女之间一定是结婚。有了人间烟火就俗了，我们只有在台上，在那个千年的舞台上，在那个没有物欲的时光里。我喜欢听他聊戏，看戏，听他讲戏。你跟他只要在一起，就知道天塌下来，他都会撑起来，撑得让观众看不出破绽。有次我们唱《穆柯寨招亲》，我演的是穆桂英，当然他就是杨宗保了。在比武时，我一失手，剑掉到地上了，我一下子傻了，他给我示了一个眼色，然后翻转身，把剑踢到我手里，喊了声：接刀。

我说懂了。其实我还是不懂。

那你为什么不谈朋友？

没有遇到合适的呗。

会不会是你怕失去观众？会不会你心中因为有了人，别人再装不下？

我对你们这行业不懂，人老说教会了徒弟，饿死师傅，前不久听说一个你的粉丝带着她最爱听你唱戏的女儿要请你当老师，第一次去，你没开门。第二次去，你请他们吃了饭，拒绝了此事。第三次，听说他们又找你父母，你还是拒绝了。最近我又看了长篇小说《主角》和中篇小说《青衣》，一个是教会了干女儿，干女儿成名，女主角很是悲伤。一个是教会了学生，跟学生为上戏跪着求情，那么——，你为什么到现在没有学生？

因为没时间，我一晃快五十了，上舞台跟你们写东西一样易上瘾，上了舞台就下不来了，除非我真的不能在舞台上了，我才考虑教学生。

那么我问你，你爱过吗？那种死去活来的爱？

有呀。

能不能讲给我听？

会讲的，但现在没时间，你看马上要公演了，实在没时间。

你拍视频真的是只留自己看吗？

周——没有回答，握着我的手说，你不愧是作家，想象力很丰富，这也是我为什么要找你给我写传的原因，只有女人最了解女人。你先随便写，等写完我再看。放心，我不是那种只让你写好的人。好了，我真要去忙了。

圣诞节，我跟朋友一起去看电影时，我看到了周一一，虽然她戴着墨镜，但我还是一眼认出了她，正要跟她打招呼，她从座位上站了起来，对面朝她微笑的是一个也戴着墨镜的中年人，但肯定不是东方国。男人微笑着跟她坐到了位置上，两人不时地小声说些话，看起来至少不是初次相见。

男人身着高领毛衣，虽不年轻，但穿着分外显年轻，白衬衣，黑色羊绒大衣，红色围巾，很有风度。

演出结束，我看着他们双双开车远去。

我问周一一，周一一没有否认，只说我想跟他了解的，他人不错。毕竟我要好好生活的。

听说前不久两人闹别扭，周一一赌气找了另一个也有实力的老生唱《坐宫》。一开场，就不对劲，观众在下面窃窃私语，马上就有人叫国老板。老生一开场，大家止声了，可在唱时，又出现了一个问题，那个忘词了，周一一给他一提词，自己反倒忘记了。

为此，东方国也赌气不理他们了，最终还是周一一出面，东方国就立马答应了。

我问她跟那人还有交往不？她说有呀，大家都是朋友呀。

8

半个月过去了，欧阳容老是失眠，她一会儿想那个头绳的事，一会儿又后悔拒绝杨光的再三约请。但无论是她，还是孙之永，在女儿面前，都变得十分地小心翼翼，生怕女儿走上极端。她知道，自己有时一个皱眉，都可能让女儿多心。

只要丈夫没有及时回家，她没打电话，女儿马上就拿起了电话。后来，她跟孙之永说，女儿这样子，我真担心。

孙之永握着她的手说，咱们好好过，女儿回来是好事，即便每天跑那么远地接送，我也高兴，只要女儿在，你就不会疑神弄鬼。

你要没有鬼，我会起疑吗？

我根本就没有。

正说着，电话响了，孙之永一接电话，脸马上变了，给欧阳容示意了下，说，你说，老师，萌萌她怎么了？

老师从来不打电话，现在打肯定有事了。欧阳容把电话抢了过来，说，丁老师，萌萌怎么了？你快说。

没事儿，我只是要告诉你们，她最近学习成绩有所下降，排名从第一名到了第三名，写了一篇文章，叫我很担心，说，我感觉这世界只有我一个人。如果这世界没有爸爸或妈妈了，我就去死，请你们关心一下孩子，现在的孩子你们不知道，可脆弱了，我们当老师的，说也说不得，骂也骂不得。

夫妻两人怔怔地望着，说，你不准给我生气。

以后咱俩每天去送她。

咱们不要再吵架。

咱俩谁搞婚外恋，谁就不得好死。

欧阳容一把捂住丈夫的嘴。

这时，快递又打电话了，欧阳容收到了同城快递，一个很轻的纸箱子，寄件人是周女士。周——给她说过要寄一本艺术家的传记，里面放她即将演出的两张《宇宙锋》。寄这么大的箱子，欧阳容很是奇怪，打开一看，更是诧异不已，无书无票，纸箱里是一件男式墨绿色的羊绒衫、一个进口刮胡刀、一套深灰色的波司登保暖内衣。

她一下子又火了，高叫着，孙之永你不是人，给我滚出来。

孙之永手里还拿着一个铁丝在阳台上给拖把系钩子，说，怎么，你又犯神经了？

你看看这是什么鬼东西，竟敢欺负到我家里来了。

欧阳容你胡说！孙之永说着，一脚踢翻了箱子，然后说，哪个不是东西的要是再害我，我杀他全家。说着，就要打开箱子，说，我就不信没有证据让你好好看看。

欧阳容一把推开他说，你走远些，我来找证据，这次，只要有名有姓，你就马上滚出我家门去！

你们再吵，我就跳楼，死给你们看。萌萌说着，扑向客厅的阳台，孙之永吓得一把抱住她。

欧阳容也跑过来,抱住女儿,浑身颤抖着说不出话来。

不让我死,就告诉我那是什么东西,谁寄来的,你们为什么吵个不休?

欧阳容抱着女儿,狠狠地看着孙之永,不说话。

孙之永说,萌萌,爸爸啥事都没有,你妈妈不相信爸爸,你一定要相信爸爸。来,你们都在当面,我打开看是哪个人吃错了药,要暗害我。

欧阳容说,你不能动,我来。

你们都别动。女儿说着,手还是轻轻地,好像下手重些,证据就没了。打开了,一看,呆了。羊绒衫鸡心口放着一个贺卡,贺卡上写着:

生日快乐。如果没有你,我不知道我能否活下去。在你生日时,不能与你相见,寄物聊表情思。

你的一

一是谁? 爸是一,还是妈是一?

我们谁也不是。

爸,妈,你们知道不知道,我为什么害怕你们离婚? 我们班一个女同学,她妈跟她爸离婚了,她跟她妈到了一个叔叔家,结果那个叔叔强奸了她,她疯了。还有一个女同学,她跟她爸过,她爸娶的那个后老婆,整天骂她,她现在交上了男朋友,已经怀孕了,退学了。她说反正家里也没有人在乎她,跟了男人，就有人保护她了。你们知道不知道她俩都是我最好的朋友，我们都相约考北大清华的，可她们现在都成了这鬼样子。你们不知道我整夜都梦到你们离开了，我晚上老失眠，但从来不敢开灯，不敢告诉你们。只要你们离婚，我肯定不活了，活着有什么意思。你们为了自己的幸福，想过我吗？想过我的感受吗？你们不要以为我说着玩的，刚才听到你们吵架，我都写好遗书了。

傻孩子，胡说什么呢？我们永远都在一起。

女儿挣开他们的手，说，对了，我整天寄快递，这上面肯定有地址。只要找到这个人，就好办了，你们可以坐下来好好解决，妈妈原谅爸爸，或者爸爸原谅妈妈，我同学说了，性就是一泡屎，一泡尿。

胡说些什么？别学坏。

萌萌也不理他们，抱起箱子，放到餐桌上，在灯光下念道：花园路25号1单元401周一一。

原来是你周阿姨寄错了。欧阳容这才想起周一一说给她寄票的事。

是快递寄错了，还是周一一糊涂了，写错了地址？今天是个什么日子，发生了什么，这个男人又是谁？按衣服的型号，175/92，不胖不瘦，它适合任何一个C城的男人，但就是不适合孙之永，孙之永一米八，体重六十千克。这让欧阳容心里放松了一下。

再看看孙之永把铁丝扔在一边，也不干活，只坐在沙发上生闷气。萌萌这才放心地回屋写作业去了。

我错了，之永，以后我再怀疑你，我就不是人。

孙之永也不理她。

之永，我去做饭了，你想吃什么？孙之永还是不回答。

糖醋排骨如何？

萌萌看了一眼箱子，说，我不吃排骨，只要你们好好的，我吃什么都行。

爸爸妈妈给你保证，我们一家三口永远在一起。

你们要是撒谎呢？

爸爸跟你拉钩。

不，你们必须给我写保证书，我要签字，谁若违犯，就从家里滚出去。

好。

现在就写。要发恶誓，要具体，要深刻，要说到做到。你们说到做不到，就别怪我不想活了。你们生了我，就要对我负责，否则我一辈子也不找男朋友，一辈子也不结婚，一辈子也不生孩子。

看来女儿一定写过检查，且把老师说的话记得如此熟。

欧阳容本想说离婚也没有那么可怕，有些重组，可能更幸福，她当然不敢说。女儿就像一颗易燃的炸弹，搞不好，真的会出大事的，特别是刚才的举动，要不是孙之永反应快，后果真不堪设想。

生活呀，真是一团乱麻，怎么也理不清，你说不想了，可怎能不想呢？生活要像做书一样，有千百种写法，千百种读法，当然，也就有千百种人生，不像戏，基本上都是那些套路。

孙之永写得很快，欧阳容写时很是惆怅。孙之永写得简单，但每句话都很平实：闺女，爸向你保证，除了你奶奶，今后只爱你和你妈妈，永不变心，若变心，天谴雷击，五马分尸。看到后八个字的那一刻，欧阳容浑身哆嗦，忙用手扶住椅子，坐下来，写道：女儿，人间真情在，只要你爸没有二心，一心在家，妈妈向你保证，绝不受外界诱惑，忠于家庭。

妈妈，写得不深刻，没有发誓，重写。

欧阳容在丈夫与女儿双眼逼视下，又在后面写道：如果做不到，我情愿净身出户。写到最后一句时，她感觉手指都拿不起笔来。

你是不是最近有什么事瞒着我和女儿？孙之永忽然站了起来，走到欧阳容跟前，盯着欧阳容的眼睛说。

欧阳容腾地站起，说，孙之永，你别忘记了黑头……看到女儿也睁大了眼睛，欧阳容忙转变话题，孙之永，你忘记了我最近害头痛，去了好几次医院。

丈夫哼了一下，没说话，女儿说，妈，还不够深刻，继续写。欧阳容狠狠心，又在保证书后面写道：如果我做不到，甘愿受老天的任何惩罚。

好了，通过。白纸黑字在我处放着，孙氏家庭条约此日生效。写后按女儿的意思按了手印，女儿跟孙之永也按了，然后一家人才吃饭，这时已八点了。

欧阳容为了让女儿确认自己说的没错，吃完饭马上给快递公司打电话，让立即把此物退还原主，别误了事。她想若周一一问起来，她会告诉她，自己并没打开，看到纸箱就认为寄错了。

第二天，她坐在家的阳台上，喝着茶，望着楼下来来往往的人流想，我们每个人身上都有秘密，都有对平常日子的倦怠，都有偶然的放纵。都有没有说出的故事，比如周一一，丈夫孙之永，比如自己，谁又能说得清是对还是错？就像周一一即将上演的京剧，有一把叫宇宙锋的尚方宝剑，可它只能斩人，却斩不断每个人心中的缕缕情丝，而这十二岁的女儿不懂。这么一想，那个黑头绳她就不再想了。

这时电话响了，是杨光。

她果断地摁了。

电话一次又一次响，她关了手机，女儿正在房间书桌前贴着他们俩写的保证书，女儿说，你们撕了，我就跳楼。她爸送她上学去了，她到女儿房间，遗书也在女儿房间贴着，是血，不知是身体上的哪一块，但肯定是血：爸妈，我走了！

她想撕，可手最终没动，只呆呆地坐着。

（刊发于《长江文艺》2020 年 7 期）

她从云上来

1

我做梦也没想到我会爱上一个开战斗机的女飞行员，可以这么说，她好像一片云彩飘进了我的世界。

我们戏剧演员，一出场，先要亮明身份。那么我也自报一下家门。小生柳云飞，柳宗元之后，三九年华，尚未婚配。至于名气么，自己说了不算，前几年，微博时兴，我也未能免俗，放的都是我的演出信息和剧照，点击量三千人次。后来，两个粉丝为我开了微信公众号，一天留言几百条，内容大同小异，都是喜欢我扮演的张生呀、贾宝玉呀什么的。运营公众号的两个小姑娘很敬业，两三天就更新一次，我也没时间细看，直到一年前的一个春夜，我无意中看到一条这样的留言：我叫罗依阳。咱俩很像，都有一个施展自我的舞台。你的舞台很小，可你放飞了自我。我的舞台虽大，却无枝可依。不知怎么的，看完，我心咯噔了一下，鬼使神差，打了她微信中的语音电话。

没人接，直到第二天晚上，演出结束，我刚回宿舍，语音电话才打来。她说，对不起，我刚从天上回来。这丫头，好调皮，我笑道，你是奔月的嫦娥？她迟疑了一下，说，我是开飞机的，战斗机。说到"战斗机"时，她的声音小了许多，生怕人听见似的，随后又强调，你要替我保密。我笑着说当然，我也刚从张生变回了柳云飞。她说，你能穿越，好厉害。我说，你也不简单，开战斗机，还在天空之上，我望尘莫及。她呵呵地笑道，咱们真是秀才遇见兵，我忙接口：越聊越有戏。她哈哈大笑道，你这人有意思。我说你这女军官也让人心生敬慕，那可是无边无际的天空呀，还驾着那么沉的铁疙瘩。我们聊了两个小时，都意犹未尽，但她说不聊了，明天还要飞呢。我说，我明天也有演出，欢迎有空来看。

她说好。就在挂电话时，她又说，你为什么不问我长得如何呢？

我说你的朋友圈没有照片吗？自信的女孩子都会发照片。

她笑了笑，说，我要看天气预报了，改天聊。

这么关心天气?

飞行员,当然要时刻关注天气变化了。不等我说话,语音就结束了。

我打开她朋友圈时,心里好紧张。我不知道为什么我那么紧张。我想象一个开飞机的女孩子肯定长得五大三粗,或英气十足,但温柔可就难说了,我看了朋友圈,她发的只显示三天,且什么内容都没有。头像是一束花,无签名。

鬼使神差,我又到百度上搜索了"罗依阳",除一名医生外,再无其他信息。我又搜索"女飞行员罗依阳",仍无只字片言。

这个开战斗机的女孩可能没名气,或者只是个刚学会飞行的学生,或者是个小骗子。她不留电话,也不视频,只语音或短信。

第二天演戏时,上了十年舞台的我,第一次出了差错,扮莺莺的于红都走进我屋了,我还不知道说什么,好在就是一瞬间。眼尖的观众肯定发现我一时的恍惚了。气得于红晚上吃饭都没等我,她是我师妹,我们在舞台上演了十年的情侣。三年前,她忽然说,咱好一辈子行不行,台上台下。我看着那双我看了十年的大眼睛,看到了莺莺的坚定,杜丽娘的痴情,握起她递过来的手,说,好。谈了三年的恋爱,我经常分不清我们到底在舞台上,还是在现实中。她老叫我书呆子。我佩服她台上台下分得清,佩服她台下果敢、干脆,遇事有主见,可又不高兴她凡事皆替我做主。年初,在父母的催促下,我们决定十一结婚。单位有同事笑着说，对联我已帮你们拟好了：上联是：小姐小姐多丰采，下联是：君瑞君瑞济川才。横幅是：一双才貌世无赛。

女飞行员的突如其来，把我的心生生搅乱了。

晚上临睡前，我又打开微信，她仍没有出现。

一周都没出现。

难道她跟我通话后，发现我不是她想象中的人，所以消失了？

都是我不理粉丝，竟还有粉丝不理我？这我可不答应，我给她打语音，没人接。我想给她微信留言，写了删，删了写，最终，还是没有发。本想把她拉黑，可不知怎么的，我保留了她。一周后，就在我要淡忘了她时，她的语音又来了，说，因为外场不让带手机。她生怕我不相信，又说，部队，就是这样的，如你是我的朋友，当理解。"朋友"一词，让我心腾的就热了，却淡然地说，算不上，咱们本来就只通过一次电话而已。她半天才说，你知道我为什么想跟你交朋友吗？因为你不是在演戏，你是演你自己。

哎呀呀，这句话让我的怨气立马消散，我邀请道，周末我要在皇家粮仓演《牡丹亭》，你若有时间，可来瞧一眼。

她说很想去的，可是军人么，身不由己。

我说理解。谁让你们是最可爱的人呢。

她扑哧一笑，不好意思，熄灯军号响了，最可爱的人要休息了。你听。

我猜测她把手机对着窗外，因为我听到了清晰的军号声：嘀嘀嗒，嘀嘀嗒。悠长而舒缓。军号是真实的，她不会骗我。我心里又是一热，说，睡吧，明天告诉我上天的感觉。

她说有时间联系。

放了电话，我打了自己的嘴巴，"明天"暴露了我急切想跟她联系的心境。难道我真想张生一样，疯癫中魔了。

这时于红闯进门，避头就问：你跟谁联系呢，我打电话，发短信也不回，敲门也不理。

我说，粉，一个铁粉。

八成女的。她斜着眼，朝我当胸打了一拳。

我心虚地嘿嘿笑着，你的粉，九成是男的。粉不是花，更非果子，就是铁粉也吃不成，对吧。

走，散步去。她说，春天的晚上，公园里花更香，杏花都开了。她说着，诡秘一笑。

都熄灯了，还出去？

熄灯？熄的什么灯？

我忙说，我意思天晚了，明天还要排练，改天吧。走吧，走吧，啰嗦个啥？于红像往常一样拽着我的耳朵，这次，我坚决地丢开她的手，气恼地说，我累了。

于红像不认识似的盯着我看了半天，丢下一句，撞鬼了！拂袖而去。不，那是戏台上的叫法。在现实中，叫摔门而出。

我在网上搜索了熄灯号，放了两遍，感觉这号声好神奇，好像吹开了一扇窗，我瞧见了一个陌生而有激情的世界，这世界对我充满了诱惑。嗒嗒嘀嗒滴，嗒嗒嘀嗒滴。是让人听到就想去战斗。我又在网上查，原来号有十几种，什么起床号、出操号、上课号、开饭号、午睡号、休息号等等。

躺在床上了，关了手机，我又想，我关心这号声干什么，它又不是笛子、箫，我们在舞台上离不得的。

可笛子和军号的号谱是不是也有联系呀？这么一想，我又睡不着了，起身又打开了手机搜索。

2

相对来说，女飞行员周末时间多些，说话也活泛了许多，说我叫你柳生好不好？

柳生，你唱的戏怎么那么好呢？一出戏，我看十遍，还想看。

这话我爱听。我笑着说。

我吃透了主人公的内心活动呗。你穿着那白袍摇帽翅的样子好好看哟。我刚又看了一遍你唱的《西楼记·楼台会》，你穿紫色长袍的样子帅呆了，领上白色的兰花，乌黑的帽子，帽翅的小翅膀，流畅又大方，好美。小时，我就喜欢看戏，秦腔虽然唱腔没昆曲美，可秀才帽正中明镜，一对小翅膀似的帽翅，都是一样的。小时看《西厢记》的连环画，我还在上面用白纸描张生的画呢。只要十里八乡有秦腔戏，我说什么也要去看，什么《火焰驹》《三滴血》《豆腐状元》《女驸马》《牡丹亭》，直看得泪水涟涟，仍流连忘返。最爱看戏中秀才那清雅俊逸的玉树临风样。特别那一袭素袍，满腹文章，让我欲罢不能。我不喜欢武将的战袍，在战袍上闻到的是一股血腥之气，动不动就一刀劈死了人，而秀才那帽额方镜是读书人的象征，那如飘带的帽翅轻摇，那折扇上墨宝诗画交相辉映，让我感到一种说不出的好感涌上心头。秀才们琴棋诗画几乎样样精通，正因此，惹得千金小姐为其不惜与父母分裂、女扮男装千里寻夫。他们的爱情信物是诗是剑是扇，约会的地点不是在亭台楼阁就在花间月下，这些好东西好地方深深地吸引住了我。我爱看戏，到县城新华书店买了不少戏剧画，一张张贴在家墙上。现在我知道那大多是演出剧照。左邻右舍家家都贴着这一类画，什么《杨家将》《拜月记》《碧玉簪》等。画里的才子佳人要么在花园相会，一轮圆月挂天下，亭台楼阁在身后，几丛花草在眼前，小姐半扇遮俊脸，婀娜身材微微倾。秀才双手撩袍，双眼含情脉脉。要么是金榜题名，秀才与佳人在洞房花烛下穿红衣，相偎共坐倾心谈。秀才这时已戴上了亮闪闪的乌纱帽，小姐也戴上了满头球翠的凤冠。

她说完这一长串话，停顿了一下，说，你听着吧。

我趁机说，用视频就知道我是否听着了。

她轻声一笑，没有回答我的问题，继续说，上了大学，我又迷上了昆曲。如果说秦腔是大山大河，昆曲就是小桥流水。昆曲不看字幕，我都听不懂，但就是喜欢，总感觉它美在一丝一缕，美在一招一式。美在情深执着，美在给人有一种梦幻感。特别是在视频上我看到你跟于红演的《玉簪记》真是太美了，笛子是昆剧的旖旎之色，这一剧里古琴竟比笛子还美。"秋江"一折，背景上的狂草书法"秋江"，水袖的舞动好似水的流动。古琴声，通透，圆润，古朴，甜美。还有灯光、音乐、舞蹈，一个美字怎能言尽。当然最美的是词，什么落叶惊残梦，闲步芳尘数落红，什么平地风波拆锦鸳，羞将泪眼向人看。袅晴丝吹来闲庭院，摇漾春如线。就拿这春如线来说，说的好像是柳条，但又不尽然。它让我开始留意生活中的一棵草，一枝花，甚至一只狗。我经常边看边记，我不愿意从网上下载，就喜欢一句一句地记。昆剧词，我记了好大几本呢。观剧就像紧张训练结束后的读书，或者像吃水果，不，像我听的一曲轻音乐，真太享受了。

我笑着问，那你为什么又开飞机了？

我五音不全，只能望戏兴叹了。但飞行，命中注定，与我一生相伴。我姑妈穿着毛领皮夹克飞行服，头戴五角星的绿色军帽站在飞机前的照片挂在我家镜框里，标志着她部队番号的信、汇款单，一次次地涌进我家里。还有我奶奶，整天你姑姑长，你姑姑短。只要听到天上飞机响，奶奶马上就跑出屋，有时手上还沾着面粉，有时衣服的扣子还没扣，就光着脚跑了出去。我记得那时我大概六七岁，我问奶奶，飞机有啥好看的？咱又上不去。奶奶一只手搭在额前，仰着头说，怎么上不去，看，你姑姑不是正在天上开飞机嘛，她指定想家了，飞机又不敢在空中停，只能让咱看一眼，就走了。我也学着奶奶的样子仰头看，跟小鸟差不多的飞机早没影了。从那时起，我就想长大要当飞行员，像姑姑那样，把照片挂在家堂屋最显眼的位置。小学三年级时，我在作文里写道，我要像姑姑一样，保卫祖国的蓝天。高中毕业，我参加飞行员招考，我们几百人，只招了十五个。女飞行学员选拔标准特高，身高一米六五以上不行，不能偏食，不能不吃猪、牛、羊肉。因为飞行消耗体力大，吃不好，根本就飞不下来，所以我们空勤灶，比陆军饭好吃多了。我高考成绩六百五十分，又通过对政治、体格、心理、文化素质严格考核，幸运地通过了。单查体就近一百多项，实行单项淘汰制。为了模拟飞行状态下的应变能力，有个转椅考试，我当时好紧张。一般人旋转几圈后就会前后倾斜、头晕目眩。还需要根据声响摆动头托，难度更大。只有平衡能力出色的人，才能通过这一考验。转椅三十分钟后停下，又让闻四个分别装着水、醋、酒精和汽油的瓶子，分辨里面装的是什么。好多人刚从转椅上下来，就吐得不行，根本无法再闻东西，就被刷掉了。我到空军飞行学院学习的四年里，可以说每天的神经都绷得紧紧的，文化课、航空理论不在话下，咱基础在那放着，最难的是飞行技术训练，近20门航理课程，数不清的数据，记不完的原理，哪一项不过关，就不能转入飞行训练，甚至被停飞。我经常做梦都在背数据。

全部合格后，才放单飞。

我开的是战斗机，它操作难度大，俯冲跃升、快速急转、减速盘旋最大载荷常人难以想象。一般上午飞将近三个小时的特技加起落，下午上体育课练体能，否则根本不可能开上飞机。可再累，我们没有一个人放弃。为啥？院史馆里胸戴大红花和军功章的飞行员一张张高级特技飞行动作组合轨迹图诱惑着我，那些上升横滚、下降横滚、跃升盘旋、水平八字盘旋、双上升转弯、连续横滚、慢滚等特技，看得我激情飞扬。人生，总得给自己设置一些难题吧，想想在空中跳芭蕾，多刺激，再说你还爱它。

对，给自己设难题，跟我们唱戏一样。

我最难忘的是第一次飞上天空的感觉，那是由教员操纵示范，学员看着体会飞行。

教八教练机可漂亮了！你有机会，到我们部队来亲眼瞧瞧，就知道它有多拉风！在我眼中它既妩媚又英武，好像男女共同体。停机坪上，一字摆开，那红白相间的喷涂、尖状的机头、水滴状拱起的座舱和鱼形的机身，就是我心目中的战斗机样子！我第一次坐进它的座舱，心跳得都按捺不住。

启动飞机，我们不叫开机，叫开车。发动机启动后，带我的教员通过机内无线电请示塔台，得到许可后，方开车。

座舱是密封的，舱内特别安静，噪声小，也没有螺旋桨转动带来的扑扑拉拉的震动感，很舒适。

教员在队长指令下滑上了跑道，很是平稳，跟我坐普通客机一样。

起飞后，我先是紧张，慢慢地被一种喜悦代替。宽敞的风挡框，视野开阔。楼房，庄稼，一座座小山，皆在我脚下，让我不由得想起了那首脍炙人口的歌曲：

> 我爱祖国的蓝天
>
> 晴空万里阳光灿烂
>
> 白云为我铺大道
>
> 东风送我飞向前
>
> 金色的朝霞在我身边飞舞
>
> 脚下是一片锦绣河山
>
> ……

一曲歌还没唱完，忽然一片乌云撞来，我瞬间恶心起来，忙伸手到连体飞行服的口袋里掏出塑料袋，捂住嘴。

别担心，这是气流引起的，教员在后面说，如果你感觉不行，我们返航。

我说不用，我能坚持得住。

不一会儿，就感觉好多了。

飞机平稳了，我又不甘心，便对教员说，教官，能不能给我变个花样？

教员说，好的，05，我先给你做一个右盘旋。接着，我就看到前风挡框开始迅速向右倾斜，当飞机坡度几乎倾斜成70度时，风挡框便在天地线上飞快地向右旋转起来。我感觉我好像要掉下去了，又想吐了，不，还晕，心脏好像瞬间也停止跳动了，教员马上抬起机头，我又平稳地飘在了云层中。哎呀，给你怎么说呢，她一会儿俯冲，一会儿跃升，飞机在她手里就像一个变形金刚，任她随意变幻。

还有一次，那时我已分到部队，有天机长带着我飞行。飞机飞到五百米高度时，忽然撞上了一只鸽子，教员急忙请示塔台后让飞机转入了下滑，防止飞机因为失去动力而失速。

我看了一眼发动机参数，转速已经基本归零，煤油压力、发动机温度、滑油压力都在下降。

飞行最让人担心的空中停车可怕地出现了，机长命令我跳伞。我怎么能丢下她呢，她的孩子才一岁，可她向塔台报告让我跳伞，塔台首长立刻同意了她的意见。

好在，机长凭着丰富的经验，安全着陆。

从那以后，我就知道什么是战友，战友，就是愿把生留给你，自己去死的那个人。她说着，哽咽了。

说实话，初听这些，我以为我在听故事，或者在看美国大片，可当她好听的声音再次出现时，我才感觉我的眼角湿了。

然后除了飞机，就是看戏，一个接一个地看。唱戏的演员我太崇拜了，他们演什么像什么，比如你扮的那个张生好痴情，而扮的那个许仙，又让人既爱又恨。演谁像谁，真的，我喜欢一遍遍地看你的戏。

我笑了，说，天长日久，功到自然成。就像你们开飞机，时间久了，肯定从会开，到开出花样来。天安门国庆献礼时那些飞行员，真是太牛了，每架飞机离得那么近，吓死人了。还完成各种高难度动作，什么集合、开花、俯冲、跃升、盘旋、滚转......看得我心都要跳出来了。

她笑着说，但是你不知道他们付出的艰辛。我们女飞行员和男飞行员一样，若进入飞行训练，凌晨4点半，就得起来驾驶飞机开始繁忙的训练。每个飞行日大约占场飞行7个小时，每人近20个起落。飞行结束要进行总结讲评，还有每天雷打不动的一个半小时的体能训练，做吊环、双杠臂屈伸、单杠引体向上，跑五千米，滚轮、悬梯高强度训练，有时累得真不想当飞行员了，可看到漂亮的飞机，漂亮的飞行服，又不甘心退出。给你说，我第一次戴上漂亮的头盔，护目镜，往镜子一照，都不认识自己了。合体的绿色飞行服，是专门为我们女飞设计的，因为战斗机座舱较小，连体式飞行服整体紧身型没有飘、摆部分，飞行员进出座舱比较灵活，不会误碰剐座舱内开关。飞行服上有八个用拉链开合的口袋，装飞行中和跳伞后必备的生活用品。

终于我放单飞了，那天天空蓝得像海洋一样，云层像多彩的壮锦，刚开始我有些紧张，不一会儿，我就放松了，严格按照机长讲的，顺利地飞了两个小时。白天是云彩与我同行，夜晚是星星与我做伴，柳生，你不知道夜航有多么美，看着脚下的万家灯火，置身于群星之上，我感觉我就是保卫这美丽景色的英雄，感觉自己好伟大。

我说，我坐飞机时，透过身旁小小的舷窗，都能感觉到棉花般的云层好美，你们坐在宽敞明亮的大玻璃窗前，一定超爽。

她笑着说，那叫风挡。有次飞行时，我看到了彩虹，一轮完整的彩虹，而我就是从彩虹门里飞进去的，有一种进入童话的感觉。哎呀呀，我怎么给你说呢，那种感受我告诉我爸妈，他们不理解，可我姑姑理解，她刚退休。我刚才说的飞行时，鸟撞挡风玻璃，姑姑也遇到过，她还遇到冰霜，遇到发动机出故障，都安全地返回了大地……我说这么多，影响了你的休息吧，夜深了。

没有，没有，请你多给我讲讲，讲讲你的飞行，你的部队生活，越具体越好。

我们营区特别大，部队院子你知道，都是整齐划一，从大门进来，一条笔直的大道，两边种着法国梧桐。机场离我们营区不远，十分钟就到了。我们飞行员吃得好，比陆军伙食标准高，两人一间宿舍，有洗衣机，冰箱，电脑。营区的宣传栏里，贴着一个个优秀的女飞行员，从女将军刘晓莲、岳喜翠、程晓健到余旭、陶佳莉等第八代飞行员，每当我从她们面前走过，就感觉自己跟她们一样，特荣耀。

是不是那个上春晚的余旭？

忽然手机里传来吹哨声，她说，集合了，再见。

我一看表，晚上十一点了，不知她又去执行什么任务了。从那以后，我到网上最爱看的就是关于女飞行员的一切资料，那些从黑白照片到一张张彩色照片，从朴实的脸到妩媚的脸，飞行服从简单到现在漂亮科学，简直太棒了。我想象着她是其中的哪一个。

真想问她长得漂亮不，真想给她要照片，可我终没好意思开口。

认识罗依阳后，我把她当成了我最知心的人，亲密的人，啥话都告诉她。特别是我不再像过去一样，只关心戏剧。有天，她说她刚读完一本书叫《说吧，记忆》，那本书，让她恨不能紧紧抓住生命中每一天。

我说，快告诉我，作者是谁，哪国的，我要下单。

我问她部队在哪儿，她说离我所在的城市不远，五个小时。我托朋友打听，果然自驾车五个小时的地方有空军的一支飞行部队，而且有女飞。我立即给她微信留言，我一定要找机会到你部队去演出。

她说好呀，可当我说八一去时，她说近期你不要来，来了你也见不到我，我还有飞行任务呢。

我发了一个必胜的表情，让她明白我的决心。

3

生活好像还跟过去一样，唱戏，排练，聚会，可不一样的是，除了排练和演出，我不愿跟于红在一起了。于红拉着我逛公园，逛夜店。她爱游湖，躺在船上，仰着脸，闭着眼，说什么都可以不想。也到我屋里来，给我做饭。临近春节，我们演出频繁，忽然新冠肺炎疫情蔓延，演出排练基本停了，也不能到外面去吃饭，于红就到我屋里来做饭，她也不会做饭，手机放在厨房里，边做边看。她边抹汗边说，谁能想到相府千金小姐崔莺莺还要自己动手做饭呢。我心里特难受，暗骂自己瞒她很无耻，可又张不了口，怕她流泪。因为疫情出不去，她就在屋里一会儿帮我收拾柜子，一会儿打扫卫生。她越这样，我心里越烦她。越不敢想象一辈子怎么过下去。

有一天，吃着她做的鸡爪子，我试探地说，于红，咱们，咱们……我试了无数遍，"分手"两字就是说不出口。

唱戏的人，当然敏感。不知是已察觉，还是心有他想，于红瞟了我一眼，没有像过去一样，遇到这种情况，就追问个不停，而是埋头吃着饭，一声不吭。

我说，现在很危险，你不要跑了，我可以煮方便面吃。

她仍在吃，没说话。

厨房收拾完，她说我出去下。

干吗？

拿个东西。我想她拿快递，便说，不要到网上买东西，跟快递员接触也不安全。

她说，到对面超市。

我把口罩递给她，帮她戴上手套，还把一支圆珠笔给她说，摁电梯时，用笔尖按，然后按回笔尖，安全得很。

她一出门，我又追了出去，说，我陪你去。

锅里还炖着排骨呢，你盯着点。

她刚出去，电话响了。

这是罗依阳主动给我打的第一个电话，忽然叫了一声秀才，声音里好像夹杂着哭腔。

我心怦然一跳，我说，哎。

你忙吗？

不忙。

你说给我唱一折吧。

你想听什么？《西楼记·楼会》，《玉簪记·琴挑》，还是《牡丹亭·叫画》？

她好像很疲惫地说，你随便。

我想了一下，本想唱《牡丹亭》中的《惊梦》中柳梦梅中的"则为你如花美眷"，怕内容造次，改成了《叫画》：

她青梅在手诗细哦，逗春心一点蹉跎。小生待画饼充饥，姐姐似望梅止渴。小姐，小姐，她未曾开半点么荷，咦！她含笑处朱唇淡抹。看这美人，这双俊俏的眼睛，是只管顾盼着小生。待小生走到这边——啊呀，她又看着小生，待我来走到那边——啊呀，她又看着小生。啊，美人，小娘子，姐姐！我那嫡嫡亲亲的姐姐呀！姐姐，想小生虽则典雅，怎及得这小娘子！哦，蓦地相逢，不免步韵一首。"丹青妙处却天然，不是天仙即地仙，地仙、地仙……竟竟，竟是地仙喏。哈哈……欲傍蟾宫人近远，恰如春在柳梅边。"小娘子，小生孤单在此，少不得么要将小娘子的画像做个伴侣，早晚么，玩之、叫之、拜之，赞之。小娘

子，这里有风，请到里边去坐。哎，小娘子是客，自
然小娘子先请，小生随后同行，哈哈哈！

我唱完，她半天才说，真好听，听得我心里好受一些了。

怎么了？

刚才有些难过，现在没事了，秀才，我训练去了。

罗依阳有时用语音，有时用短信，但从不用视频。我认
为她是对自己的容貌不自信，但这个想法马上被我否定了，因
为我想当然地认为万分之一的女飞行员一定漂亮，一定独特，
身体定健康，智商定非常人，我的儿子或闺女的妈妈一定是
这万分之一的人。有了这个清晰的念头，我又心生对于红的愧
疚。再说，长得美丑，现在对我来说，已不重要了，关键是我
喜欢听她说话。

放下电话，我发现客厅桌上放着一张纸条，于红写的：
我走了。厨房给你买了面条、馒头和面包，方便面，够你对付
一阵了。还有，把排骨冻到冰箱，吃多少拿多少。

她啥时进来的？听到我们的对话吗？我不得而知。若听
见也好，否则我真开不了口。

4

天越来越热了，于红催着我去拍结婚照，我却产生了去
看罗依阳的念头。刚好我认识一个戏迷，是空军机关的，他一

听说我想到部队去体验生活，说，这有何难，我打个电话，让部队接待一下，不过，你最好让你们团去几个人给官兵唱几折戏，他们肯定欢迎。

团长是我的老师，一听说到部队去演出，他很支持。于红得知要坐五个小时的车，说，她嗓子哑了，不去了。因为路途原因，再加上部队训练紧，我们只带了五折戏，我挑了自己最喜欢的《西厢记·密约》和《西楼记·错梦》。

接待我的是一个空军少校，他说叫他刘干事。一接到我们就不停地说，我可喜欢看昆曲了，最喜欢看《牡丹亭》，最喜欢于红演的那个杜丽娘。

那是我搭档，不过她病了没来成。

哎呀，太遗憾了，欢迎你们到我们部队来演出，丰富官兵的文化生活。

我无法详述在部队的演出，可谓盛况。一个能容千人的在礼堂，座无虚席。我们在后台化妆时，就听到官兵们在唱歌，什么《打靶归来》《我爱祖国的蓝天》《强军战歌》之类的，让我想到战鼓声声催人上马的场景。

一般我演出半小时，都不会再说话。这时，我看了下手机，没有罗依阳的任何信息，便说，我马上就要上台了，希望你能看到我最好的演出。

一直到我上台，她也没回。

虽然我不知道她看没看演出，可我仍然以为自己发挥了最佳的水平。因为我感觉台下穿着灰蓝军装的所有的女兵都是罗依阳。

演出完，与首长合影，与一个个军人合影。刘干事也在旁连连夸赞，终于瞅着一个机会，我说我有个远房表妹叫罗依阳，听说是你们单位开战斗机的，我想见见她。刘干事很快说，没有叫罗依阳的女飞行员。

你再想想，也可能她是刚毕业的新飞行员，她姑姑也是开飞机的。我心里一下子空了，可仍然不死心。

刘干事肯定地说，我到团里五年了，如果是飞行员，肯定没有，我们宣传股熟悉每一个女飞行员，况且是开战斗机的，她们别说在我们团，就是在空军，在全解放军，全国，都是大熊猫。不过，有一个女飞行员叫罗小翼，她想见你，因为她今天值班，没看到你的演出，专门打电话让我安排她值班结束后见你一面。这个罗小翼，分到团里一年了，理论和飞行技行是同批学员里最优秀的，人呢，也长得漂亮，三点钟她过来，我让她陪你参观我们团，我安排了史馆、训练场观看飞行，参观我们飞行员宿舍，如果你有兴趣，可以跟我们一起吃飞行灶，我们飞行员的伙食是全军最棒的。你是名演员，有空可以唱唱我们飞行员，我敢说一定火。

昆曲很少有反映当代部队生活的，更别说飞行员了。

没有才要有，才更有必要排了。我记得好像有个越剧《女飞行员》。刘干事呵呵地笑着。你看过《我和我的祖国》了吧，最后一个就是写我们开战斗机姑娘的。

罗小翼进门前，打了一声报告，然后敬礼，典型的军人形象。她可以说用目光飞了我一眼，像小兔子受到惊吓一样，马上瞅着刘干事。刘干事又把我介绍了一番，说他还有材料要赶，让罗小翼好好陪我。然后又给我说，小罗刚分来一年多，飞行技术很棒，你可以跟她好好聊聊，就了解我们飞行员的生活了。

罗小翼话不多，穿一身蓝灰色的空军职服，扎着领带，里面浅蓝色的衬衣，肩上一杠两星，走得端正，步速快，我稍加快了步子，她红着脸说，我习惯这样走了。这是我第一次到部队，一走进两边长着法国梧桐的宽大营区，整齐划一的布置，听着嘹亮的歌声，望着一个个穿着蓝色军服的年轻身影，看到机场的塔台和草坪上停的一架架飞机，我一下子就感觉是那么的亲，那么的熟悉，好像我整天见。可同时我又有些恨罗依阳，她到底是个什么样的人，为什么把我骗到这里，自己却藏起来了。

我转过宿舍楼，如杜丽娘寻梦一样，这一答可是她的宿舍？那一答，可是她的球场？到了飞机场，那一架架飞机，可是我那漂亮的妹妹的战机？

虽无雕栏芍药芽儿浅，更无一丝丝垂杨线，可丝丝缕缕情丝将我牵。

你飞行害怕不？

刚开始有点，飞得多了，就习惯了。

我们的部队跟你想象中一样吗？

跟我女朋友讲的一模一样，对了，你们部队有没有一个叫罗依阳的女飞行员？

她看了我一眼，摇摇头，却又说，也许那是她的另外一个名字，反正罗依阳是没有的。

我看了她一眼，她红了脸，又低下头，说，我喜欢看你的戏，你扮的小生很帅，且每个人都不一样。可惜今天我值班，没有到现场看。

我笑了，说，我女朋友也是飞行员，她就爱看我戏。这么说，我们昆曲在女飞行员心中很有市场呀。

因为昆曲美在单纯，现在社会太浮躁。

这话怎么熟悉？对了，我女朋友罗依阳也说过。我抬眼瞧她。

她笑着说，可能我们当兵的都直接，生活比较单调吧。很遗憾，刚在我值班，没看到你唱的戏。

说得有理。有机会到我们团来看演出，我们每周都有，我给你留票。

会的。

那是悬梯吧。我看着一个吊杆上挂着的上下晃动的梯子高兴地喊道。

她说是，没问我为什么知道，指着悬梯说旋梯训练是为了提高飞行员空间定向能力而特有的一种训练手段。说着，走上前去，一只脚蹬住旋梯最下面的横栏，另一只脚蹬地，使旋梯向前摆上去后蹬地脚快速勾住旋梯，悬梯如秋千般飞了起来，它不是上下飞，而是飞了个一个整圆。她足足转了有七八十个，看得我都晕了，我说快下来，危险。

她朝下一坐，悬梯就停了下来，面不改色，脸不红，又指着一棵樱桃树下的蓝色器材说，那是固定滚轮。主要是训练飞行员平衡性能的。她站在轮里，手扶头顶滚轮上圈把手，脚蹬下圈脚环，转了五六十个圆圈，然后心定气闲地说，这和悬梯都是抗眩晕的。你敢到里面，我到外圈转吗？她说着，调皮地朝我一笑，好动人，我忙说不敢不敢，看着心都停止跳动了。

她说这都是飞行员体能训练的神器，可以增强飞行员的力量、胆量和模拟飞行加速度，能锻炼飞行员的抗眩晕能力。

她还说还有飞行舱模拟器，跟开真开飞机一样，可惜飞行员在训练，不能看。我说以后有机会，我女朋友会带我去的。

还有三千米跑，五千米长跑，你肯定知道，我就不啰嗦了，蛇形跑你不懂吧，蛇形它最主要的精髓就是绕杆，只要你比别人快，那么你的成绩一般不会比别人低。这里的诀窍就是腿的频率不要变，但是步子要放小，身子要尽量侧着，有一种开车时急转弯的感觉。绕过杆之后腿频率不变，迈大步子，奔向下一根杆。呶，就是那种，他们正在训练呢。我循着她的指头望去，一个穿着灰色短袖的男飞行员正在穿过一个个如蛇形的白蓝相间的木杆。

柳老师，你，你很爱你那个飞行员女朋友？

当然，看着你们，我就像看到了她一样，一样的蓝军装，一样的英气，一样的阳光。

柳老师，你这么一说，我更高兴了，我能跟你合张影吗？

当然可以。

她朝后望了一眼，叫住了一个正在跑步的女飞行员帮我们照相，那飞行员跟她一样，也是中尉。穿淡蓝色的军服，胸前的机翼很漂亮。

男朋友？好帅呀。女飞行员打趣道。

别胡说，柳老师刚给咱们演出完。

你没看？真太美了。你不是一直喜欢看昆曲嘛，这下真佛就在面前，好好请教吧。对了，柳老师，小翼跟我住同一间宿舍，整天没事干时就在电脑上看昆曲，听得我感觉她好像来自古代。她还特崇拜你，说你唱得好，扮相俊朗。小翼，我没说错吧。女飞行员说着，给罗小翼来了一个飞眼。

这么多的粉，还是漂亮女兵。我虚荣心大增。说实话，在我心目中，好像她们都一样，阳光，直接，还有那么一股英气。

那么罗依阳是个什么样的女孩子呢？听她的声音蛮好听，有点像我身边的这个罗小翼。一腔陕西普通话，四声分不清，比如她把吕说成绿，把何说成贺。她怯怯地靠近我，身上是一股茉莉的清香味。我们是站在一架银灰色的飞机模型前照的相。那飞机在我眼里很大，很远地方就能瞧见，特别是那镶着黄边的鲜红的八一军徽，和银灰色飞机相映，在蓝天白云下，特别协调。

帮我们拍完照，高个女飞行员朝罗小翼挤了下眼睛，又开始向前跑去，头也不回地朝我们伸了伸手。

她穿的这衣服叫什么？

柳老师这么关注我们的飞行员生活。她穿的是体能服。

爱屋及乌，因为女朋友是飞行员，我就恨不能多了解一些你们女飞行员的生活。对了，罗老师，你家是哪的？

小翼，罗小翼，一个穿着迷彩服的中校远远地叫罗小翼，罗小翼飞跑了过去，敬礼，说话，我朝前走了几步，凝视罗依阳笔下的训练场，训练场有一批女飞行员跟着一个男飞行员走。准确地说，是在飞，他们每人手中都拿着一只小飞机，一会儿东，一会儿西地在做着飞行动作。像孩子似的，特好玩。

对不起，队长叫我了。

好，你去忙吧。

本来还想带你去看飞机的，以后有机会吧。六点开饭，到时我在飞机大雕像前接你。

好。

代替她来接我的是刘干事，刘干事说，罗小翼去飞行了。

她曾拿着手机给我看照片，我说照得不错。她说回头发给你。一直到我们分手，她也没加我的微信，更无从给我照片。我心里有些愠怒，不过这样的事太多了。再说，她肯定没想到我们再不能见面了。我心里略略有些遗憾，说实话，这个罗小翼长得漂亮，性格明快，如果是罗依阳，就更好了。

第二天，罗依阳在微信里出现了，说，说你好吧。

我真想说，我到你部队去了，部队根本就没有你这么个人，你是个骗子，此心何意。本来我想发火，可一想，资料说，飞行员情绪很重要，千万不能让她带着情绪上天，便说，你们部队纪律我不懂，可是你总能告诉我你真实的名字吧，我们通信已经半年了，我连你真实的名字都不知道。

她半天只回了一句，我有我的理由，你不是军人，你不懂。

我嘴上说，理解，心里却想道，我们演员大部分都愿意找志同道合的，那么罗依阳为什么不找同样一个开飞机的男朋友。也许人家有，只是跟我聊聊天，解解闷，所以不留真名。

我们演出《西厢记·长亭》时，于红的崔莺莺少唱了一句"去后我何适"，团长狠狠地批评了她几句，我想安慰她，说，咱们周末去拍结婚照，听说要预约好多天呢。

她淡淡地说，你真的想跟我结婚吗？我发现你不在状态，怕有别心了呀。后面这一句，她用了戏中的念白，不等我回答，扭头而去。

现在，我们只在排练厅跟舞台见，其他时间她也不理我了。

团长找我谈话，说，一个演员最好的就是他的品德，戏最好，品德不好，就没人看他的戏了。他又说，柳如飞，你是张生、柳梦梅呀，当了陈世美，失去了观众不说，怕也会失去舞台，三思呀，年轻人。

爸妈也打电话骂我，我说于红是最好的莺莺，可我找的是妻子，一个能激发我激情的那一半呀。

5

罗依阳当天晚上就打语音电话了，跟我聊得很是愉快。

我趁机说，你到北京来吧，我还没见过你，可你却熟悉我的每个动作。

她说，我也很想去的，可最近训练任务比较紧。

我左思右想，看着房间的《玉簪记》《孟丽君》《西厢记》，忽然一个想法涌了上来，我忙给罗依阳打电话，手机关机，肯定又去飞行了。我在微信上给她留言：我病了，速来。留了我的地址。

发时，我又想命令一个开战斗机的姑娘，这样的口气显然不书生。不能让她着急，万一影响她开飞机如何是好？便又把留言改道：病了才感觉好孤单，盼来。

语气弱了，又显得自己太可怜。万一她意识不到问题的严重，不来呢？可再也想不到更好的词句，我发了出去。发完刚喝了一口水，马上撤回刚才发的，重新写道：我要住院了，能来一下吗？

她来，证明心里有我。如果我都住院了，她都不来，我还留恋她什么。哎呀，张生、潘必正真聪明，他们教会了我如何赢得佳人的芳心。

对，我确信我爱上了那个神秘的飞行员。

这招真灵，她马上说你怎么了，得啥病了？女朋友怎么没照顾你。

我没女朋友。我沉思片刻，把这条短信发了过去。

别急，我马上请假。我会给你意外的惊喜的。然后第一次给我发了一长行拥抱的表情符。

我一下子忘乎所以了，忘记自己现在扮演的是病人，马上回道：你怎么来？我去接你。发了才知道自己真的被胜利冲昏了头脑，可已撤不回来了，只好又发了一条：即便我起不来，也要去接你。

她马上回道：昆剧院我梦里去过好多次，地址电话都知道，再说小生柳生谁不知道。

我还是把我的住址都一一发在她的手机上，还怕不清楚，又发了定位。

她说两天后的周末来。她说她只能待两天。

我马上计划安排她的行程，怎样让她在很短的时间里，充分地了解我，了解她钟爱的昆曲，我设计了一个又一个方案。

她爱昆曲，我要给她演出一折。若与于红合作，不但不会增色，搞不好还会坏事。我要当面给她唱我的代表作《拾画》《叫画》，还要给她唱我得了梅花奖的折子戏《西楼记·玩笺错梦》，要当面向她表白我的爱情。

场地在哪？剧院显然不合适，偌大的剧场，空荡荡的我们两个人，不行。宿舍，没那种氛围。

我把我们经常演出过的场地进行了一一比较，眼前一亮，听韵园，对在听韵园演。那是北方难得的南方园林，小桥流水，亭台楼阁，月亮门，太湖石，简直就是江南的翻版，可以似假乱真。好，场地解决了。

她坐长途车，也快到晚上了，我要带她到状元府第吃饭。那地方，确是清朝一状元住过，里面古朴典雅，意境深远。

然后安排她住到附近一家四星级的酒店，推窗即能望到北海的红墙白塔，离我住处也就二百米。

第二天上午看我演出，下午陪她逛街，我们城市最美的蓝色港湾，有世界名牌商场，有各国美味佳肴。我们坐在水边，喝着红酒，赏着月亮，如杨贵妃和李隆基在后花园小宴。

晚上，陪她到汽车影院看老电影《女飞行员》，她一定没去过。

第三天上午她走时，我要亲自开车送她到部队，路上放着钢琴曲《献给爱艾丽丝》，表白。

同时，我觉得不能再骗于红了。怕见面尴尬，我在电话里艰难地跟她说，于红，我们俩不合适，我对不起你……我喜欢上了一个女孩儿，她近期要来……我以为于红会哭会闹，于红却淡淡地问，她啥时来，我可以见见她吗？

我踌躇了一下，心想做人要坦荡，她见了也好死心，便说，周六。

一切就绪，所有环节我反复核定，感觉无一处破绽，我美美地睡着了。

<h1 style="text-align:center">6</h1>

周六，我起床把三室一厅的房间收拾干净，又想，她下午到，我先出去迎她时，要像生病的样子，要不要像张生他们一样头上系着布条，想了想，千万不能东施效颦，但又不能穿睡衣见一个中国人民解放军空军中尉，可是穿得太正经，又不像病人。思前想后，最后我穿了一身在家练功的运动服，这样既随意又舒服。

不愧是军人，下午四点，门响了，我立即从床上跳起来，急急地跑去开门。

短发，微笑，怎么这么熟悉，难道梦中曾相见？

不认识了？你到我部队我陪着你。对不起。她如做了恶作剧般，微微低下头，红了脸。

快进来，请坐。我脑子好像一时短了电，半天才回过神来。刚才我还真以为就像戏上唱的，我跟她有缘，好像前世见过。都是戏剧误导了我，不，也许服装有神奇的魅力，穿军装的她让我好奇又紧张，而眼前的她，又跟我在大街上见到的女孩一样，穿着浅蓝色运动外套，运动服侧面三条白色线条，既简约大方，又起了一定的修饰。内搭黑色圆领汗衫，颇有精气神。下着直筒牛仔裤，显得双腿笔直纤细。她好像一位刚进校门的大学生，没有化妆，在阳光下脸上纤细的茸毛清晰可见，可能我在演艺圈看多了脂粉女孩，她让我耳目一新。

她可能看出我的疑惑，解释道，我真名叫罗小翼，是一名战斗员飞行员，已飞三百个小时，虽然飞行时间短，但我会一直飞下去的。我是陕西人，我姑姑确实是第三代飞行员，她跟著名飞行员将军刘晓莲是战友，只是不出名罢了。我陪你参观我们团时，看到你长得好像著名昆生小生演员俞玖林，不，像施夏明，不，你比他们还帅。我真想告诉你我就是罗依阳。可我很普通，怕你失望。我只是一个刚放了单飞不久的飞行员，所以就用了假名，虽不敢承认，可我暗示了你，我爱听昆曲。还说搞不好是另外一个名字。

你好鬼，还活学活用，向祝英台学的吧，可惜梁山伯好笨。我要知道，当时一定要好好看你穿军装的样子，跟你多说说情话。

那你装病学的是张生，还是潘必正？

我们哈哈大笑。我没想到她这么机灵，有趣。

我说你不是一直想知道我如何唱戏的吗？明天上午我带你到一个花园去，我给你一个人专场唱《西楼记·玩笺错梦》。讲的是书生于叔夜爱上歌妓才女穆素徽，父亲不同意，差点死去，在病中想念素徽，模拟他们相会的情景，后又做梦。一会儿梦见他到素徽家，素妈妈不认识他，把他赶了出来。一会儿梦见女仆说小姐从来不认识于叔夜。一会儿又梦见穆素徽给一老者当了小妾，老者把他赶了出来。最后梦见他总也到不了西楼，因为全是大水醒来了。

罗小翼说好呀，好呀，我为什么喜欢昆曲，就因为它是深情之美，讲尽了天下至情之人。

你很漂亮，清纯又大方。只是有些遗憾，没穿军装。那天你穿军装，好像跟现在不像。穿军装更威武，说实话，那天我都没敢细看你，我怎么会仔细打量一个陌生女孩子呢？我非登徒子，是秀才呀。好后悔呀，我比梁山伯还笨，竟然没听出你的暗示。

她捂着嘴笑道，出外不能穿军装，这是条令规定的。一说条令，我先是惊了一下，说，理解，理解。可我不甘心，又说，难道你就不送我一张你穿军装的照片吗？再说，你还没有给我们的合影呢？她歪着头说，听我命令，闭上眼睛。我乖乖地闭上眼睛。睁开！她像杨贵妃拿纸扇一样，先是闭着眼，右手拿一幅画盖住了整个面部，手指特秀气。画是一幅素描，画的是我的《西厢记》演出剧照。我戴着有双翅的秀才帽，著上面开了几枝兰花的白袍。有意思的是帽翅，左边粗，右边细，显然改了好几遍。可那细长的眼神像我。长袍上的花蕾，她画得特别仔细，还像小学生一样，上了色。帽子上的方镜，也画得很圆，像用圆规画的。这幅像小孩子的画，可她却大老远地给我带来，还镶嵌上了白金镜框。

别笑话我画得不好，人家已经画了十五幅，这是挑得最好的一幅。她笑得特好看，先微微低下头，闭着嘴，眯着眼。

画得好，以后有人写我的传记，第一张放的就是它。

下面还有一个镜框，里面放着我和她在她部队大飞机模型下的那张合影：哎呀，我离她比较近，她脸有些紧张，但笑着。

这个是订婚照，要放在我床头柜上。不，我还要放大，挂在电视机上面，每次盯着看。

我……她正要开口，门响了，是开锁的声音。我脸色大变，这就是我不喜欢于红的地方，她总是这样，做我不喜欢的事。但在客人面前，特别是在我喜欢的罗小翼面前，我不能失态，我是翩翩文气秀才郎呀。

于红好像还是我女朋友一样，提着大包小包的菜，朝罗小翼看了一眼，说，知道你来客，采购了一大堆吃的，现在饭馆也不卫生。说着，径自进了厨房。

罗小翼仍然微笑着说，真不好意思，给你们添麻烦了。但我明显看到了她的笑是装出来的，神态一下子紧张了许多。

一听"你们"，我气得快步走进厨房，语气虽弱，但面带愠怒，你怎么来了？谁让你买这些东西的。于红不理我的问话，走进客厅，坐到沙发上，一会儿给客人递茶，一会儿递水果。

我只好向罗小翼介绍，这是我……我话还没说完，于红抢过话题说，我是他搭档，我的名字太多了，崔莺莺、祝英台、穆素徽、杨玉环、白素贞等等。

罗小翼马上伸出手说，我叫罗小翼，军人，看过你的很多戏，你叫于红对不对？

女军官？你们怎么认识的？柳云飞，没想到你不但能唱戏，还能做地下工作了，我们搭档多年，你有女朋友了，一点口风都不露。不够朋友。

你误会了，我只是他的一个粉丝，不，是你们共同的粉丝。罗小翼说着，再也不看我，一直不停地问于红这，于红那，好像我不存在拟的，生生把我晾到了一边。如果说，于红来时，我们是情侣，现在罗小翼已经坚定地走在了于红的阵营里，是她看出了我跟于红曾经的关系，误解了我，还是害羞？我不得而知。更让我诧异的是，她送我的两个镜框刚才还在茶几下，忽然不见了。

晚上无论我说什么罗小翼也不到外面去吃饭，说于红既然买了菜，咱们就在家里包饺子。

于红说，包饺子太麻烦。

罗小翼说不麻烦的，我来和面和馅，我在家里经常做。接着，就和起面来。她和面后，盆好干净，包的饺子更好看，放在白色的纸上，好像一架架飞机。她说我们周末经常到炊事班帮厨。

我就一直眼不停地看着她，也不顾于红的脸色有多难看。

下饺子时，罗小翼脸红着说，我没下过。

我还以为你什么都能干。于红不满地说着，坐到沙发上看电视去了。罗小翼悄悄问我会下饺子不？我说不会。她说，没事儿，不会咱学呗。然后又大声说，于红姐，五分钟饺子能熟不？于红说，你不是飞机都能开吗？

罗小翼吐吐舌头，想了想，说，没事的，我记着我妈下饺子时，好像水开了，烧一会儿，再加次水，烧开，就差不多了。不过，为了保险，水烧开三次，咱们再关火。

她一会儿揭开锅盖，一会儿揭盖，结果，饺子烂了不少。她专挑烂饺子吃，边吃还笑着说，她最爱吃饺子皮了。让我看得有些心疼，便把好饺子夹到她碗里，说，没事的，小翼，你不用紧张，这饺子是我吃过的最好吃的饺子。

晚上，我说宾馆已登记好了，罗小翼却说，我想跟于红姐住一起，想听她讲昆曲，这个机会好难得，于红姐这个大名人，不是你想见就能见到的。于红白了我一眼，笑着说，这可不怪我。

第二天上午，我计划带罗小翼到商场逛的，我想她一直穿军装，要给她买身好衣服，便早早起床，到食堂打了饭，又怕她们睡懒觉，给于红打电话，于红说罗小翼去跑步了，她在做饭。罗小翼想参观剧院，要她带着去。连问我一声都没有，更是我气恼，好像罗小翼是她的亲妹妹来看她的，左一句小翼，右一句小翼，语态稔熟得出乎我的意料。

我说：于红，我很珍惜我们之间的友谊，希望你能理解。

于红说，你这话太小人了吧，我刚才说她让我带她去，可我没说我答应了。你的朋友，住我这，吃我这，我对你够意思吧。八点前，立即将她带走！

我一进于红宿舍，又是一惊。罗小翼穿了一件小碎花紫色裙子，系着一条白色细项链，背一个桃红色的小包，显得很有女人味。更让我想不到的是，她涂了口红，且施了脂粉，但我不得不说，化妆恰到好处。

怎么样，漂亮吧，于红双手抱臂。

原来是你的杰作。我没有说好，也没说不好，隐隐心里有点不舒服，我说，小翼，咱们走。

罗小翼说什么也让于红去，说否则她就不去了。于红看了我一眼，说，我上午要背剧本，你的柳哥哥带你去，一定玩得很有意思。参观剧场，下午我带你去。

罗小翼人虽然跟我一起逛，可再也没了刚来时的调皮、快乐，跟我走路都保持着适当的距离，话题除了戏，就是飞行。到了商场，她好像又变活泼了，瞧着漂亮衣服，悄悄问：我能不能试，我说当然可以，只要你喜欢，尽管买。她身材好，哪件都好看。有个白衣无袖连衣裙，她穿上像个仙女。可她左看右看，反复问我漂亮不漂亮，是不是露得多了一点，她可是军人呀。她说军人时，几乎是贴着我耳边说的。我说没有任何问题，我喜欢。可最后她除了买了一身男式运动服外，什么都没买。她说，是给她弟弟买的。

中午饭我想带她到蓝色港湾去，坐在水边，吃西餐，她说就近吧，越简单越好。

只好带她进了麻辣风情，一听吃火锅，她高兴地说她最爱吃了。我让她点菜，她说她什么都能吃，让她点就是。给我们送毛巾的服务员十六七岁，满口四川话，说得快了，我就听不清，罗小翼问道，小妹妹，你是四川人？小妹妹说，对，我是四川崇州人。

罗小翼怔了一下，半天不说话了，吃得也少了。我问怎么了？

她的眼泪忽然出来了，又把小姑娘叫来问，你知道余旭吗？空军女飞行员。小姑娘摇了摇头。

别难过，我就知道余旭，我不但知道余旭，我还知道咱们中国有三百多名女飞行员，民国时期有一名女飞行员，还是电影明星呢，一直活到八十多岁。一次安全带断了，硬是跳伞到海里，被人救了。

李霞卿？你怎么知道的？

因为你，我几乎查遍了网上所有女飞行员的资料。女飞行员基本都长寿，我还知道一个写书的女飞行员，都八十三岁了，却还开了四十分钟的飞机。

她终于破涕而笑，说，我一直想给她爸妈在县城买房，爸妈再三说，弟弟还小，他们老两口还要种地呢。可我必须先买。她说着，哽咽了，但仍然把话说完，我怕我跟余旭……

你不会的，你绝对不会的。我说着，上前把她紧紧抱住了。

她在我怀抱里静静地偎依着，像只受伤的小猫。外面阳光灿烂，饭店人人欢笑。我不知道有多少人知道我怀中这个女飞行员心中的哀伤。又有多少人知道四川那个叫崇州的地方一对逝去女儿的中年夫妇的哀伤。这么思忖着，我的眼泪也悄悄流了下来。自从跟这个女飞行员接触以后，我忽然变得容易流泪。唱戏时，流泪。看书时，流泪。望天时，流泪。特别是雨天，电闪雷鸣，我就祈祷，她跟她的战友，别飞。

不知是我的眼泪打湿了她的脸，还是她想起什么，她忽然松开我的胳膊说，你坐回去，我失态了。对不起。

吃饭出来，她说北京真好呀，她做梦都想在这样的城市生活。我说，以后这样的日子多着呢。她说好想去北大，好想去三联书店，我说这有何难，去就是了。

到三联书店，她抱了一大堆书，说，这下可有的读了。最上面的是一套上下集的《奥吉·马奇历险记》。交款时，我抢上前去，用微信付的款。服务员提醒我，每本书都是两种，我说，对，我跟我女朋友一人一套。旁边交款的一个学生模样的小伙不停地打量着我跟罗小翼，我笑笑，当我提着两捆书走出书店后时，罗小翼说，你喜欢看吗？全买？

凡是你喜欢的，必定是最好的。

下午我带她到听韵园，这种南方式的园林，在北方算是难得。小戏台搭在一棵有八百年龄的银杏树边，不远处即是月亮门、竹林、小湖，声音在水声映衬下，清亮飘逸。有些遗憾，若能在我们南方的香樟树下唱就更好了。

罗小翼说，她们在部队，除了每年假期，周末都是按比例外出，清晨七点前离开营区，晚上六点前必须归队。她到北京来过几次，从来没来过这个清静又别致的地方。

我握着她的手，说，那你嫁给我，以后至少每周都可以回家。

她一下子变严肃了，说，娶一个飞行员妻子，多一半时间都得守空房。

我说，嫁一个唱戏的也多半是。

我只叫了一个吹箫的朋友给我伴奏。刚换上戏服，只见于红跟着琴师和鼓师一伙人来了，他们还抬着几个大箱子，说，要演，咱们得合作完整的一出呀，这样才让解放军妹妹看得过瘾。

你怎么知道我们在这？

于红不回答我的问题，只瞧着罗小翼笑着说，我们配合了十年，堪称完美，如果不一起给你演出，岂不遗憾。

就是，没了穆素徽，这《西楼会》还有啥看头？罗小翼说着，忙帮着把衣服抬到更衣室云。

我很恼火，但好无奈。

罗小翼安静地坐在椅子上看着，看得好仔细，还不时地拭泪。我们唱完了，她好像还在梦幻中，摸着于红的戏装说：真漂亮，我在戏上看了无数次，今天才第一次见到。

你那么爱这戏装，一会儿穿上试试，我给你化妆，你拍照片如何？

不过，我爱穿男装，我给你说过，我最喜欢秀才服了。不过，这个面包状的秀才帽没有带帽翅的那种好看。

面包帽？有意思，第一次听这么叫，一会儿带你到我们衣箱穿个遍，各种各样的粉丝我都见。过，唯独没见过你这么痴迷的。

我们既没到蓝色港湾逛，也没到汽车影院看成电影。于红一直跟我们在一起，一直在跟罗小翼讲戏，说演员生活，我根本插不上嘴。

我就像潘必正病了，陈妙常跟他姑姑去看他时，他当着姑姑的面不时地暗示陈妙常。我的暗示于红都知道了，朝我白眼，罗小翼却熟视无睹。是当兵的姑娘单纯，还是她故意装傻，看出了于红对我的情意？我不太高兴，可又怕在罗小翼面前失态，便暗示她，可罗小翼好像很喜欢于红，每每于红要走时，她都拉住，还不停地说，于姐姐，你给我讲讲你唱莺莺的感受，讲讲演白蛇舞刀的想法。让我吃惊的是她特好学，还不时掏出手机记，还不停地问这个字怎么写，那个动作是什么样子。

7

从听韵园出来，我对罗小翼说带她去南锣鼓巷转转，这是北京年轻人最多的地方。

罗小翼却拉着于红的手说，于红姐要带我去看你们的剧场，对吧。我想看看剧场，看看你们的排练场，还想看看那一件件漂亮的戏服、道具。特别是戏服上的绣花好漂亮，我想摸摸。对了，于姐姐。演员身段是指身材吧？

于红白了我一眼，露出胜利者的微笑，对罗小翼像背书似的道：身段即身架，叫做现身法。特定情景下，外形表演它。走圆不走直，站丁不站八。前脚步后踮，后脚步前跨。视上先顾下，欲左先右斜。效果多婀娜，眼神须会抓。旦角觑三排，生角可增加。净角望最后，丑角不限他。手眼身法步，肩肘腕一家。身段前后随，步字即是法……

我们到了剧院服装库，罗小翼指着一顶秀才巾说，我就喜欢这样的帽子。

它叫文生巾，也就是秀才帽。帽两侧有翅膀，巾背有两条飘带，凡是比较潇洒、清秀的书生和一般扮演儒雅公子，都这样打扮。他们为什么拿扇子呢？因为扇子可以辅助演员做出许多舞蹈动作，来表现他的风流潇洒、文质彬彬。于红不停地解释着，还不时得意地白我一眼，看着罗小翼又说，你看，秀才巾也有好几种，你喜欢的那种，帽子脑后加长条翅膀的，是已取得功名的文人所戴，所以也叫解元巾。

罗小翼拿手机不停地拍着说，对，《西厢记》最初就是那个唐解元元稹写的。

我们走进衣箱房，于红又详细地指给罗小翼说，这是我们的行头，分衣、盔、杂、把四箱。其中衣箱，又分大衣箱和布衣箱，比如秀才穿的袍子就是大衣箱，我们叫它花褶，它纹样不多，多选取梅花、竹子以寓其高洁，色彩简洁鲜明，布局均衡，多为浅湖色、白色。素雅明快，给人以清秀洒脱之感，衬托出人物文静风流的性格和气质。还有这个，看着像文小生，你看，它有啥区别？

于红，这不是教室。我不耐烦地打断了。

你要有事，忙去吧。罗小翼说着，拿着一顶文士巾说，帽子的质地样式都一样，这个帽子顶上怎么多了一个小红球？

于红朝我双手一摊，说，这可不怪我，有问必答，这是为师的基本道德。然后面向罗小翼说，这是武小生戴的，《游龟山》中的田玉川就戴这样的帽子，这象征他文武双全。盔箱包括各种髯口、鞋靴、面具、乐器以及部分砌末。把箱包括刀枪把子、銮仪器仗。

哎呀呀，原来戏里有这么多学问。啊，这箱子好漂亮，我得拍一下，你看柜子上的花纹，多细密。

好了，我们的领地全转完了，现在呢，由我打扮你，你喜欢哪种戏服，尽情地穿，管衣服的阿姨跟我最要好，给我开后门了。于红说着，拉着罗小翼进了更衣室。

说实话，一个女飞行员穿戏装，我不敢苟同，可没想到罗小翼穿上一身湖绿色的长袍，戴着乌黑的翅状秀才帽，妩媚中又英气逼人。连于红也不停地说，太帅了，真是帅呆了。如果你会唱昆曲，我都愿意跟你搭档了。给罗小翼照完后，于红说，你们合一张影吧。

当然可以。我说。

哎呀，这不好，我跟于红姐照一张。罗小翼话还没说完，就被于红推到了我跟前。

在于红拍照时，鬼使神差，我搂住了罗小翼。她猛地一哆嗦，向后缩了一下，我感觉她是第一次与异性这样亲密地在一起，我便离她稍远些，跟她合照了一张同志式的照片。

柳云飞，你教小翼妹妹，不，教罗秀才走两步吧。我说免了，免了，心里巴不得她赶紧走，我跟罗小翼在一起，光阴如金，她出来一趟不容易呀。

罗小翼却拉着于红的手，说，于红姐，你教我。

好，姐也反串过小生，还是能拿得出手的。等我扮上。

别扮了，示范几下就可以了。我不耐烦地说。

这可由不得你，对吧，飞行员妹妹。于红说着，进屋换装去了，我刚走到罗小翼跟前，罗小翼就急步转身往更衣室走，边走边说，我去看于红姐如何化妆。

我在外面站了一会儿，此时，天已渐热，树木葱绿，街上一对对青年伴侣勾肩而过，我却如此狼狈，只好无奈地走进排练场。

小生上台走丁字步，你看这样，是不是就表现出了他的气宇轩昂。对，很聪明，能开飞机，学这，简直就是小菜一碟。这，是小生的基本身段，向右甩袖亮相，向左甩袖亮相，双手甩袖，整冠，整衣襟，转身走向椅子边，再转身拎袍坐下，拎袍跷腿，哎呀，飞行员妹妹，学得好像。我都有点爱上你这个俊书生了。唉，为啥我们喜爱书生，是书生现在绝迹了，现在的男人呀，有几个能靠得住。昨天还海誓山盟，今天就郎心似铁了。

我听着，看着，心里一直不是滋味，于红如此用心，是想感动罗小翼，还是故意拆散我们，或是要特意表现她？我不得而知，只知道她硬生生地插进了我跟罗小翼之间，让我们这天下午到晚上，都没单独说话的机会。

第三天罗小翼走时，我要开车去送她，她坚决不同意，说，坐大巴很舒服，视野开阔，也是她了解更多人的机会，整天在军营，机会难得，让我成全她。谢天谢地，于红终于没再跟我们去。本来罗小翼还让她去的，她这次没找借口，而是双手搂着小翼的肩说，你们好好说说话呀，我可不想当电灯泡，惹人嫌。

只留我们两人了，罗小翼话很少，我问一句，她答一句，甚是局促。

她说，你女朋友对你真好。

她告诉你她是我女朋友了？

我感觉到的。

我们已经分手了。

她爱了你十年。昨天晚上，她没有说她爱你，但给我讲了你们之间许多有趣的故事。说你真心喜欢我，说你爱吃面食，爱喝红酒，除了唱戏，啥都不懂，让我多帮你。我半夜不知怎么的胃痛，她给我到外面二十四小时药店买药，还让我做她的妹妹。

遇到你以前，我一直以为爱情就是那样的，可现在我知道那是对小妹妹的爱，现在我跟她吃一顿饭都不想。我爱的是你。我极力表白。

她摇摇头道，我们并不了解。

张生了解崔莺莺吗？潘必正了解陈妙常吗？于许叔夜了解穆素徽吗？

那是戏上，是古代，现在什么时代了，一见钟情怎么靠得住？

这些你不是看得也感动得流泪了吗？他们也不是一见钟情。崔莺莺是听了张生做的诗，张生救了她，听了张生的琴，才爱上他的。潘必正也是先听陈妙常的琴，再看她的诗，才动情的。素徽也是读了叔夜的诗，然后俩人相会，合曲之后才爱上的。我们说了那么多的话，而且我还到你部队，看了你那么棒的表演，听了你同屋、刘干事等人对你的介绍，怎么不了解？

于红姐……不知为什么，罗小翼没有再往下说。

你通过这几天接触，感觉她人怎么样？

罗小翼看着远方一树紫薇说，于红姐呀，我很喜欢她，她唱戏好坏，你最有发言权。为人嘛，真诚，会关心。做事，能干细致。最关键的一条是，真心对你好。

我点点头说，你说得没借，她很优秀。对我一片真心，可她特固执，从来不考虑我的感受。我给她说了多次，不要不经我商量，就决定事，比如我房子里这些家具，是她在我出差时，订了让搬家公司送来的，而把我原来最喜欢的不经我同意，全当废品卖了。我说了她后，她再三说，改，可没多久我出差回来，又发现厨房里的橱柜没经我同意，买了回来。你知道这种血色的颜色，让我好恐惧。疫情防控期间，她在我屋子里时间待得久些，说实话，我特烦，她一直嘴不停，说我这衣服不好，那东西放得不到位，说我这人不实际，要多跟领导多来往，我忽然有一种恐惧涌上心头，难道我跟这样的人生活一辈子吗？我跟她在一想，没有跟你在一起的那种激情，那种我想保护你的冲动。我起初以为跟你在一起是一种新鲜感，可一看你眼睛，你单纯的样子，心里就想保护你，就想，这女孩我一定会爱她一辈子的。

娶一个女飞行员，你会失去很多。

我说：自从你给我留的那个言开始，我就已经准备做一个飞行员的丈夫了，不，就像你们部队说的军人家属。

她摇摇头，然后又皱着眉头说，飞行员的生活并不像你以为的那样充满了浪漫，很是单调，记得那天我哭着给你打电话不？

我晚上查看女飞行员日志时，才知道一名女飞行员飞行时受伤了，你一定因此事哭的。

她点点头，说，她受伤后，我不敢去医院看她，不敢到她的宿舍看她受伤的腿。不敢给妈妈打电话，又怕她担心，每天飞行后，我都要给她打电话报平安的。你没有当过飞行员，你体会不到那种面对死神的恐惧。过去我跟你讲的，无枝可依，真的是我真切的感受。得知我的这位战友再也站不起来后，我们不少女飞行员好长时间都提不起劲来，团里开会，给我们做思想工作，查找原因，还请老飞行员来给我们现身说法。那些女飞行员，不少都六七十岁了，可是一看到她们望着飞机那热切的目光，你就心动了。有一个八十岁了，坐在飞机里不肯下来说，如果祖国需要，我还要开飞机。真是比佘太君还牛。我们才慢慢地提起了精神。

可能也看了新闻，出事当晚，我姑姑当天晚上就给我打来电话，说，翼，不要怕，听姑的话，我飞了多半辈子，一直到五十五岁，要不是组织不让我飞，我还要飞呢。飞机出事是意外。从新中国成立到现在，怕有十批女飞行员，几百人了，大家都很健康，出了三个女飞行员将军。只要你严格按照一切规定执行，平常多练，遇到紧急情况，听从塔台命令，一点事儿都没有。再说干哪件事没有危险？你好好的在大路上走着，还有人撞你呢。翼，你记着，国家培养一个飞行员，不容易。能当战斗机飞行员，你是遇上了好时代。现在飞机性能更好，各种设备更先进了，就说飞行服，我们那时是皮夹克，你们的飞行服，又合体，又漂亮，关键是性能多样，多先进呀，你文化又高，怕什么，缺少的也就是实践，多飞几次，自然熟能生巧。天空说大也大，说小也小，不就是遇上鸟、雨暴嘛，可天上多漂亮呀，云彩都没有，如果你幸运，会遇到好多次彩虹，多少人想上天还上不去呢。你知道你为啥叫小翼不，是姑给你起的。你的表哥，眼睛近视，开不了飞机。你爸给我打电话说生了一个女儿后，我高兴地说，就叫小翼，长大后我教她开飞机。你很争气，真就考上了飞行学院。

然后又给我说，这事别给你妈说，你妈心眼小，昨天你妈还给我说你没有打电话，急得哭，让我说了一顿，说她不像一个飞行员的妈妈，你奶奶那时心可大了，我当了飞行员，她马上说，我闺女厉害，能摘到星星呢。我只要哭鼻子，她马上说，你胆连小鸟都不如，怎么是我刘桂英的女儿。你奶奶你知道，走路一阵风，干活一把好手，样样不落人后。我考上飞行员后，你爷爷不让我去，把我关在窑里，是你奶奶放出了我。后来记者到家里采访，你爷爷坚决否认，让你奶奶讥笑了他好一阵子。

当飞行员不容易，我走到这一步更不容易，我要超过我姑姑的飞行纪录，她飞了 4040 个小时，光荣退休，我也要像她一样，飞到脱军装的那一天。我这次进城，就是因为飞行得了第一名，教员奖励的。

当然。可惜时间太短，没有带你好好玩。

这几天我已经看见了许多我从未见过的东西，比如舞台，比如戏剧演员的生活，知足了，谢谢你跟于红姐。你没穿过军装，你不明白，你没上过飞机，你不知道，在蓝天飞翔的那种自豪感。只要能永远地飞下去，让我干什么都行。

她说着，流下了眼泪。我帮她擦时，想保护她的愿望特别强烈，但还是说，你们有没有从那以后不想飞了的。

没有，虽然大家心情低落了一阵，但我们仍然安全完成了飞行任务。不过你不用担心，我们现在抓得很严，除了有各种特情书，我还有特情笔记，搜集了飞行员遇到的各种问题。没事时，我会围着老飞行员跟他们聊天，如遇到黑视、撞鸟、雷电、发动机停车、与其他飞机相碰等飞行中遇到的各类问题，我的技术是最好的。她说着，灿烂无邪。那笑让我想起了五六十年代人脸上露出的那种朴实的笑。

她这天没有化妆，但是肤色白净，眼神清亮。值得我信任。更让我难受的是，我没想到还有一帮女孩子跟我认识的女孩子过着不一样的生活。她们每天跑五千米，转滚圈，腾云驾雾，甚至冒着生命危险，让我顿生怜惜之心。

她坐到大巴车上了，我忽想起一件事，说，对了，把你送我的礼物还给我。

她答非所问，张生、梁山伯要是移情别恋了，你说观众还爱看他们的戏吗？

她直视我的眼神，让我有些紧张，我忙说，这，不一样。那是戏。人要忠实于自己的内心。

戏如人生，古今同理。

不坐车的，快下车，我们要开车了。满脸不耐烦地中年司机不停地催促着。

我仍站着不动。你不给我东西，我就不下车。

你这姑娘，送了人的东西赶紧给人家呀，要不，天黑了都到不了云阳。司机快开车。旁边一位大妈不耐烦地说。

你只能拿我画你的那张。她说着，打开身上的小包，在她取那张画我的画时，我把我们的合影也抢过来，立即跑下车，她要追，门已关上了。我跑呀，跑呀，像她跑五千米一样快。跑了约一千米，没听到后面有脚步声，便回头一瞧，大巴早没影了，我又开始追起大巴来。约跑了四五千米，也没看到大巴的影子，我却体会到第一次长跑的感觉。那感受，一个字，累。一个感觉，爽。

我回到宿舍，从包里拿出两个相框，把罗小翼画我的那幅放在沙发边的电话桌上，又把我们的合影挂在电视机上面的墙上。

　　然后躺在沙发上读起《奥吉·马奇历险记》。这时，门开了，于红进来了。

　　她皱着眉头说，屋子这么乱，说着就拿起拖把打扫起卫生来。

　　我说你放下吧，我来。

　　于红一句话也不说，仍在拖地。

　　终于，她坐到了我对面，拿着放在几前圆桌上那幅秀才画看了半天，放回去。又看挂在墙上的画，说，画歪了。左边好像高了些，我抬头凝视了片刻，果然，便站到椅子上，重新调正。

　　好了，现在很好。于红说着，坐到我旁边。

　　我向外挪了娜，心里感觉很对不起她，希望她骂我，她却削了一只芒果，递给我说，这两天我跟罗小翼接触，没有别的目的，只是怕你吃亏，想替你把关。你不要瞪我，如果你认为我想搅乱你的好事，那你太以你之心度我了。我的粉丝比你多，追求我的人不下两位数，我并不是非要在你这一棵树上吊死。我可以明确地告诉你，今天我跟你分手，明天就有人求婚。我一直纳闷，她是什么人，让你把一个跟你好了十年的女友放弃。你想一想，你到她部队，她陪着你，却不说明，那是她在暗中观察你：好就进。赖就消失。她能来，证明你在她面前表现不赖，她一来，感觉咱俩有恋情，马上步步不离我，说明什么？你动动脑子好好想想。这说明她自我保护意识特强，或者说自我约束力极强。一方面可能是对你不信任，一方面可能部队管理严，她怕影响她的前程。你们到听韵园去，你猜我是怎么知道的？你根本想不到是她发微信告诉我的。别说你，就是我，自认为能看透人，却看不透她。她给我说，飞机都敢开的人，还有什么能难住？一听这话，我不是敬佩，而是恐惧。她没给你说过她爱你，要嫁给你吧？这就是她鬼精的地方。她这叫放长线钓大鱼，她的部队在小县城，她肯定想进北京，再说，她又不可能开一辈子飞机。飞行员听起来响亮，可这不能当饭吃，隔行如隔山，你根本就不解她。她生活能力低能，连个饺子都不会煮。在我那，我一直细细地替你考察她。说老实话，她人长得不错，比你有脑子。飞行员，待遇高。可她亲口给我说，飞行员的生活一点都不浪漫，有生命危险不说，根本顾不上家，她给我说，她们女飞行员，即便结了婚的，除了周末回家，平时都要住到单位的集体宿舍。你想想，你们是两个世界的人，怎么能生活在一起？她还小，二十四岁，可你快三十岁了，不要做梦了，好不好，我是真的为你好。

我本想说，如果不是你从中阻拦，我可能更了解她，但我不忍心。说真的，于红是个好姑娘，我不忍伤她。伤她，就是抹掉我们在一起的十年好时光。这么想着，我说，谢谢，即便她不跟我结婚，咱俩也不成了。于红，对不起，咱们做亲人吧，你永远是我姐。我不想我以后的生活都像电脑程序一样让人设置好了，结婚，生子，永远也走不出这个昆剧团，二十年，三十年的生活都是这样子。我不想过一种由别人安排的生活。以后，我要自行其是。

于红看着我半天，好像不认识似的，半天才说，好吧，该说的我也说完了，但愿你不是图新鲜，玩刺激。看我没说话，她抹了一下眼睛，说，这半年你的魂真被她勾走了，不，你可能是被自己想象的爱情冲昏了头脑，忽略了她真实的情况。我本来不想说，但我知道这些她肯定没告诉你。你知道她家在陕西，有个姑姑当空军，你却不知道她家是陕西农村的吧，离西安四个小时，家里还有一个失明的弟弟。她当然不会笨到主动给我说，是我套出来的。她昨晚在阳台上给她家打电话，说给弟弟买药的事，后来她问我认识不认识同仁医院的专家，她弟弟失明了，她要接他到北京的大医院来住。人家遇到麻烦都尽力躲，罗小翼的麻烦是双目失明的弟弟，是随时可能出现的生命危险，而你面对的将是无尽的麻烦，想着过去的日子，我们单纯地唱戏，快乐地生活，可你却生生地把自己撞进一个陌生的世界，搞不好，你会痛苦一辈子的。

我说：于红你不要说了，你是个好姑娘，我对不起你，可我确实对咱们的未来没有信心了。我没有说，正因为我们太熟悉了，在舞台上，我根本都不用去想，就知道她下一步要干什么。在日常生活中，更是，可能太熟悉了，就没了激情。

她的家庭，她个人情况，你连四分之一都不了解，却轻意地爱上她，真是荒唐。

我低着头，没有说话。

于红默默走了。她走时，把厨房的一袋垃圾放到门前，又进来把我宿舍的钥匙从她的钥匙链摘下来，放到饭桌上，看了我一眼，轻轻地带上了门。

我确实并不了解罗小翼，可我就是喜欢她。可我喜欢她什么，哪一个是真正的她？那个在训练场由然自如的，还是在我厨房怯生生的她，或是在公园里那个见啥都拍的是她，或者是那个穿着男装英气逼人的她？

可这有什么要紧呢？喜欢就是喜欢。真爱没有理由。

第二天于红就不再跟我配戏，也不再理我。团里人知道我们分手后，都骂我，我的父母好一阵都不理我，她爸爸还找我谈过好几次，可是我就是爱不起来。要过一辈子呀，我不能到结婚了再后悔。

半年之后，于红又来找我，问我罗小翼还跟我联系不？

我摇头，于红说，不愧是军人，说到做到。

你是不是给她说什么了，或者威胁她了？她本来是爱我的，从她第一次见我，我就明显感受到了，你一定……我话还没说完，于红忽然抓起一把水果刀横在我脖子上。

你杀了我吧。

于红双眼圆睁，好像大破天门阵的穆桂英，而我就是她的仇敌金兀术，她恶狠狠地说，柳云飞，你可以不爱我，但是你不能侮辱我。为你这句以小人之心度君子之腹的话，我就该把你剁成肉酱，就该永世不再理你。说着，一松手，刀子扎在了一只苹果上，抱着新买的婚纱挥泪而去。

一月后，于红结婚了。婚礼那天下着雨，雨很大，可我想，即便那天有天大困难，我都得去。我去了，她没有跟我打招呼。她跟她丈夫给所有的同事都敬了酒，却绕过了我。我没有生气。将心比心，是我对不起她。我真心地祝福她。虽然很内疚，可我要忠于自己的内心，与其以后痛苦，还不如就此两别。再说，我看她并不难过，高高兴兴地。我们分手后，她脸上反倒有了光泽，神态更好。婚后不久，她就调到了家乡上海的昆剧团。丈夫是她一个多年的粉，听说有钱，还是个小官。我心里酸酸的，但不后悔。

我没想到在浮躁的社会上，昆剧还有这么多人喜欢，特别是年轻戏迷的痴爱，决心好好唱戏。奇怪的是，再演出时，我发现我更能体会主人公的内心了。指导我的老师说，你现在终于走进人物内心了。比如，他说我的手势、眼神，脚步等，一些小细节拿捏得出神入化了。但老师又说，于红那是一个好姑娘，比你成熟。我承认，她在团里，在朋友间，在同事间，都如鱼得水。她是什么时候恋爱的，又怎么办调动的，我竟一概不知。一起合作了十年，我都不了解，看来了解一个人，不能只看时间。

在这期间，罗小翼仍没跟我联系，微信把我也拉黑了。是于红跟她说了什么，还是她对我并不像我对她那么有情，或者她认为我是一个薄情之人，我没有把握。

天越来越热，我以为我会慢慢地忘记她，可是只要看电视，我总调到军事频道。上网，必看女飞行员的新闻。我在军事网上看到一条短消息，说的是能在复杂天气下飞行的女飞行员，罗小翼的名字，就在其中。不久，我在《解放军报》的副刊上，又读到她写的一首关于飞行的小诗，它在报纸右下角一个很不显眼的位置。

天之梦

小时，蜻蜓的双翼迷住了我的双眼
从此，
我光着脚牙子在田野与西北风赛跑
现在，我驾着战机在天空中散步
妈妈，你说我与彩虹，哪个更美
……

我不懂诗，但我确信这首诗让我更迷恋她了，更迷恋她和她所处的那个陌生的世界了。

我知道了中国第一批女飞行员是一九五二年第一次在天安门广场亮相的，知道了中国空军已有十批女飞行员，甚至我到军事博物馆专门去看了退役的战斗机，到上面的驾驶室体会了飞行的感觉，还看了余旭生前的飞行。

我一个人在那身飞行服前站了好久，眼前全是罗小翼。我不知道她心里有没有我，可我无时不在想着她。夜里梦着她，白天想着她。端起锅时，就想起了她下饺子的情景，想起了她做鸡翅的情景。那天晚上于红说鸡翅得半小时，她不但在手机上记着，还像小学生一样，不停地看表。于红说差不多了，她说，不行，还差两秒钟。一个对小事都这么认真的人，难道她不能当好一个好妻子，一个好妈妈？

我现在才真正体会到我在舞台上说的"海上有方医杂症，人间无药治相思"的确切感受。很想给刘干事打电话询问，又怕给罗小翼造成不好的影响。第二天，我决定到她部队去找她。我没有给她打电话，怕她躲着我，我拿着于红的结婚照，让她相信，于红生活得很幸福，她没有必要为别人牺牲自己的爱情，我相信她爱我，她给我总共打了多次电话时长达三天，发了一百一十一条短信，我都保存着。

现在我喜欢看云，半年来的日记上写满了我看到的各种云：金色的云，红色的云，青色的云，黑色的云，灰色的云。而今天，天上没有云彩，没有阳光，从昨天下雨，一直下到今天，我查看了罗小翼驻地天气预备——云阳，也在下雨。暴雨。昨夜我焦急得睡不着，天快亮时，睡着了，先是梦见了罗小翼，她开着飞机，我坐在她旁边。后来，不知怎么又是我开着飞机，穿着飞行服，脸上扣着氧气罩，她却穿着崔莺莺的衣服。又不知怎的，听说她在空中因为下雨，不能返航。我吓醒了，起床，瓢泼大雨仍啪啪啪地砸在玻璃窗上，在地上汇成了一片片水潭。

雨天，她说她们也飞行。复杂天候，才能练精兵。对，这是她部队训练场上横幅上写的话。

我什么也干不下去了，我得到云阳去，去那个草坪上停满了飞机，机身上写着"八一"的部队，去向我心爱的姑娘表白。

我现正开车行驶在去罗小翼单位的路上。我不时抬头望望灰蒙蒙的天空，望着来来往往的人流车流，路边的月季。看着车窗前那本被风吹得哗哗的《说吧，记忆》，好想告诉天空，告诉来来往往的行人，告诉世间万物，我爱上了一个叫罗小翼的女孩，空军二级飞行员，身高一米六五，大眼睛，短头发，笑起来露出一只虎牙，又白又亮，口头禅是咱飞机都能开，还有什么干不了？对了，她还爱画画，不过，把我画得好难看，眼睛一只大，一只小，但我爱她，就像张生爱莺莺。

上　艇

1

终于要登上潜艇了，我一宿都没睡踏实。一方面怕核酸检测出问题，当然这不可能。另一方面因为兴奋，几次点开他的微信，那只大象仍在凝望着远处的大海，特想告诉他我已到他部队。犹豫再三，想还是先忙工作。昨晚吃过饭，部队医护人员就给我们所有来采访的记者做了核检。如果没有问题，今天就可上艇。

南方的天亮得好早，四点，窗外的几竿竹影已映在了米白色的窗帘上。小鸟叽叽喳喳的，好像在开讨论会。一想起就要采访很少接触的潜艇官兵，我又把要问的内容过了一遍。一看表，还不到五点，在屋里也待不住，索性换上短袖短裤体能服，下了楼。

走遍大江南北的军队大院小区，你就会爱上部队的营院，它的宽敞，它的整洁，还有它散发出的那种神秘与庄严，但若不是军人，实难体会到那种别样的滋味。南北方的营院的布局皆大同小异，建筑规正厚实，不同的是陌生的树木和花草。此处营区依山而建，远处是层层茶田和密不透风的森林。粗大的香樟树，我对上了号。而我最想看到的凤凰木、蓝花樱我寻遍营区的角角落落，也没找到，突然一声蝉的叫声提醒了我，我一拍脑门笑了，那些花当开在春天呀。高高的白色大楼上，镶嵌着我熟悉的海军军徽，它以"八一"军徽为主体，藏蓝色底衬银灰色的铁锚。太阳从楼顶露出头，穿过大大小小的树枝，因角度的不同，一缕缕金光形态各异地洒在草坪上，明晃晃的，好像一幅幅色彩饱满的油画，特招人的眼。此时院子一片寂静，好像这世界就我和太阳、鸟儿醒来了。远处的操场，让我纳闷的是篮球架倒放着，这与讲究整洁、美观的部队很不协调。一片树叶都要扫的营区，不应该有这等事。我带着疑问走进操场，才发现两边的篮球架都朝一个方向倒放着，红色的网子头朝上，浅蓝色支架稳稳地靠在地上，还用绳紧紧系着，根本不像大风吹倒的。我忽想起了刚从这个城市离去的台风。

空气中闻着有股海腥味，可望了望营区四周，除了远处绿油油的梯田状茶山，就是一栋栋白色的高楼。那么我们要上的潜艇，离这儿当不远。

营区大道两边张贴着各种名言警句及各个时代的海军英模照片，其中有一幅最大，画面底部是官兵们跨立在潜艇上列队站立的照片，最上面是八一军旗，中间一段话最为引人注目：建设强大的现代化海军是建设世界一流军队的重要标志，是建设海洋强国的战略支撑，是实现中华民族伟大复兴中国梦的重要组成部分。我情不自禁地举起手机刚拍了一张，大门口的哨兵就跑了过来，他穿着海军蓝迷彩服，头戴白钢盔，看着威严，脸却是稚气的，肩扛着一道黑色的折杠列兵军衔，唇间有层淡淡的绒毛，估计十八九岁，往我面前一站就啪的来了个举手礼，右手一伸，却把钢盔碰得挡住了左眼，我禁不住笑了，他却不笑，放下手后，用陕西普通话说：请把你拍的照片删掉。他说第一个"请"字时，发音是"清"，可能怕我听不清，又发出第二个请，发的音是"晴"。说完，他怕我听不明白，又指指我的手机。我说我是军人，来采访，当兵三十五年了，部队规定明镜似的，我保证拍的内容绝对不涉密，也绝不会发朋友圈。说着，把军官证连同手机一并交给他，让他检查。他那双小眼睛警觉地扫了我一眼，也不接手机，只把军官证打开，一会儿看证，一会儿又上下细细打量我，我心想，臭小子，难道我的墨绿色圆领衫和蓝色体能短裤、迷彩鞋是假的不成？他看完后把钢盔扶正了，严肃地说，首长，您站这别动。估计他请示班长去了。

看着宽大的迷彩服在那瘦小的身材上来回晃动着，本想扭头就走的我，瞬间决定服从他的命令。蓝白色块的海洋迷彩在阳光中，在绿树下，特别显眼，我瞧着它一团团渐渐消失在高高的门岗里。

不一会儿，他就气喘吁吁地跑了回来，双手递给我军官证，然后告诉我可以走了。

我转身要走，他忽然又叫了一声，首长！我转过身，他啪地立正，然后，又给我敬了一个礼，这次手指没碰到钢盔，五指并拢，手指眉心，符合条令。我还了礼，他笑着跑回去了。

我边走边想，这次采访说一波三折，还真不是虚话。

年初新春军事记者走基层通知一到社里，我就主动报名到滨海的某海军潜艇部队采访。第二天接到通知到机关开预备会，这是历次采访没有过的。想必因疫情吧。我打车到机关，来自陆海军还有一些文职人员已齐整整全到了，我坐到第三排唯一的空位上。报选题，提要求，谈注意事项。领导如此重视，看来此次采访非同寻常。

三天后，通知凡去采访的人都要做核酸检测，那时我还没做过核酸，以为很痛，好紧张。可一想到要登上梦想的潜艇，我还是咬着牙到了医院。天冷得浸骨，站到寒风中排着队等待，心里很不得劲。

出发前一周，又接通知，凡去采访的人必须打疫苗，我给爱人打电话，他在地方工作，说，千万别打，现在疫苗还没普及，再等等。思前想后，我还是瞒着他偷偷到了医院，才发现，我们这次参加采访任务的人员都站在大厅里等待打疫苗。

出发前三天，通知又来了：这次采访不能上艇，只能在地面进行。我思考了一夜，决定还是去。即便不上艇，站在岸边看看潜艇总可以吧，当兵三十五年了，连潜艇兵都没采访过，如此退休怎么心甘。立即按以往下部队惯例，迷彩服、陆战靴、夏常服、皮鞋，体能服迷彩鞋一应全带上，还把中药买好，走时，熬好装瓶带上。还买了几个暖宝宝也预备着。近几年肠胃不好，得调养着。

出发前夜，手机响了，我一看到那个熟悉的电话，心想肯定又有意外了，果然，因为全国新冠肺炎疫情形势越来越严峻，此次采访取消。心里虽然落寞，可一想，要采访的新型潜艇是国家的利器，首长如此重视，理解。

一晃多半年就过去了，在办报之余，练体能、做军事共同课目理论题，一晃就到了炎炎夏日，上级又通知到滨海某海军潜艇部队采访，通知我的干事在电话中通知完后，我犹豫了片刻说，去，我去！

心情是迫切的，行李却没急着收拾，因为电视、微信上四处都有滨海市台风到来的消息和视频，那浪高过二三层楼，怪吓人的，名字却好听，叫烟花。我苦笑着心里思忖，可真是烟花呀，让我滨海之行，就像放了一次次的烟花。一直到走的前一晚，看行程没变，原来暴雨已过，烟花也离开了滨海，我这才又按要求把行装收拾好。这次真跟往常不一样，要求所有记者全部着迷彩服。拿出很少穿的丛林迷彩服，我有种出征的感觉。

谁料到机场半小时后，接到通知，飞机晚点三个小时。我后悔坐飞机了，心想当坐高铁。好在三小时后飞机终于起飞了，到了部队，才得知坐高铁的记者团，在山东境内，也停车一小时。原来飞机晚点，火车停驶，都是北上的烟花惹的祸。

2

用过早餐，通知全天集体采访，上艇的事，只字没提。

难道我们中有人核酸检测出了问题？可我们大家都是从低风险区来的，经过机场、火车站、营区层层检查，而且吃早饭时，我们二十四个记者全在。心里有疑问，我也没敢问，换上迷彩服，在招待所房间穿衣镜前，从军帽、领章、胸牌、直到臂章，全部检查完着装，这才换上陆军靴，昂首出了门。

七八个海军官兵坐在白色的长条桌对面，好像层层白色的浪花，在挂着蓝色窗帘的会议室里，让我感觉像置身在大海之中。人员是陌生的，花名册上写着他们的姓名、籍贯、出生年月，现任职务。艇务、声呐、舵信、轮机、航海、观通、鱼水雷……这些陌生的字眼我一一与一张张脸对应着。他们穿着统一的海洋迷彩服，戴部队统一配发的天蓝色口罩，军帽一律放在桌前左上角，帽徽朝前，都留着小平头。他们是儿子，是丈夫，是男朋友，他们身后的女性会是什么样子？他们有着人生何样的际遇？我开始联想起来。

有微笑的，有腼腆的，也有一脸凝重的。稚气的不用说是新兵，讲话严谨的是军官，而我最感兴趣的是一位老士官，看肩章，是一级军士长，兵龄当跟我差不多。能当到一级军士长，那绝对是兵王，他们在部队能干到退休。他的位置安排在采访中军衔最高的中校旁边，他头皮发亮，两耳上方却有一圈灰白色的头发。他坐姿是半歪着的，架着二郎腿。我再瞧他的名字，忽想起昨晚看的相关资料，他曾在紧急时刻安全处理了一颗没有发出去的鱼雷，使全艇零事故，荣立一等功。和平时代立一等功，可是难上加难。我微笑着向他致意，他朝我轻轻点头。有兵给他倒水，左右两旁的人跟他不停地交谈着，他呢，只摆手，或点头，架势堪比艇长。

记者中一个陆军女文职频频提问，引起了我的注意。坐我旁边的女海军少校咬着我耳朵说，真是，问的都是幼儿园问题，哪个单位，怎么派出这么一个新手？

文职女记者提问的也是我想知道的，我悄悄回海军女少校，问细好，你们在舰艇整天跑，习以为常，可我们陆军记者，怕没几个真正熟悉潜艇的。

班长，在所有兵种中，据我所知，潜艇兵要求最高，你认为要当一个优秀的潜艇兵具备哪些条件？陆军女文职又提问了。

一级军士长双手摊在桌上，双手抱着矿泉水瓶说，我当潜艇兵前，在潜艇学院进行了长达八个月的入伍训练和专业学习。要成为潜艇兵首先要过"四关"：体格复查、文化测试、心理测试和氧过敏测试。身高、耳朵、鼻子、牙齿都有严格的要求。除了执行海军统一制定的入伍教育训练与考核大纲以外，我们还要学习完成水下脱险、训练损害管制等考核项目。有的项目如损害管制，可能一辈子用不上，但却是潜艇的保命工程，不能有一个人不会。潜艇新兵在培训期间还会每人分配一个对应潜艇型号的专业。专业之间的知识融合度很小，所学专业决定了学兵将来在潜艇上的工作岗位和战斗序列，这是不可替代或变更的。另外在水下密闭空间生活，高温高湿的环境有些人适应不了，想要克服这种心理影响，适应水下生活，坚强的性格是必须的。

你们出航后，如何吃住洗澡，下潜时，心里会不会紧张？文职女记者扶了扶眼镜又问道。

军士长看大家都看他，哈哈笑道，这么多人，不能老让我说呀，还是让我们小帅哥回答吧。说着，把话筒推到旁边一个下士面前。下士正歪着头瞧一个男记者桌前放着的微型采访机，一听这话，紧张道，这，这，班长，我说什么呢？

微笑着的军士长表情瞬间严肃了，想啥呢？就答你怎么在艇上吃住。说着话，帮下士打开了话筒开关。

下士把椅子往桌前拉了拉说，潜艇舱室空间非常狭小：我们睡的是可以拆卸式的吊铺，睡时装上，起床拆下。帆布床是上下用吊链相连的，有三层、四层不等，层与层之间只能侧仰而入，人要翻个身都不容易。我跟班长共睡一张床，也就是说他值班时我睡。还有喝水也有定量，每天就喝一杯水，这样上厕所就少。上厕所也是有讲究的，搞不上，可能造成艇翻人……

他右边的中尉忙打断他的话说，现在艇上条件好多了，我们能吃上热饭，洗上热水澡。为了走向深海，确保万无一失，我们平时的训练就设想到各种可能，坚决按大纲要求，科学施训。

航海长，恕我冒昧，你女朋友或你妻子理解你吗？女文职马上反问。

中尉像背书般说，两情若是久长时，又岂在朝朝暮暮，不理解军人，天仙般的姑娘我也不会娶的。我的女朋友当然全力支持我。这时有的记者在小声说话，有的起身外出，海军女中校咳了两声，女文职说，对不起，我再问最后一个问题：何班长，鱼雷发射时，你害怕吗？

秃头的军士长正要打开面前的话筒开关，海军女中校不耐烦地说，行了行了，别问班长这么可笑的问题了，哪个军人会怕死？何班长，我想问你咱们现在的潜艇性能，特别是鱼雷弹发射水平与世界先进国家相比，能排第几？

一级军士长愣了一下，把口罩往鼻孔下拉了拉，嘴张了半天，才发出声音，少校同志，你这问题我一个当兵的真没资格回答，要知晓，怕得问将军同志吧。哈哈哈。我还是回答前面这位同志的问题吧，说真的，第一次见鱼雷，我是害怕的，站在它旁边，总怕它会忽然爆炸。后来，朝夕相处，感觉她成了我离不开的老婆。鱼雷发射出去后，等待那几秒时间里，好难熬，怕击不中目标，还成了别人的老婆。他这么一风趣，大家都笑了。

文职女记者这才抱歉一笑，说，对不起大家，我提问完了。因为戴着口罩，我只看到她有一双细而小的眼睛，远远看去，好像一条线。

采访比预定时间延迟了半小时，我仍感觉意犹未尽，问一句答一句，不鲜活，大同小异。便说，你们能具体给我讲讲平时训练或生活中的事吗？比如说那天的天气，战友的神态，得有细节，有声音，有天气，有气息。他们相互看看，摇了摇头。

那个在军港边跟跳跳鱼的山东兵在哪？那个凭一张蓝花樱照片就赢得了一个漂亮女孩子心的大个子兵是哪一个？还有，那个出航时睡不着的兵写的日记又在哪？难道没有一个人在他们之中，可分明滨海就这么一支潜艇部队呀。

3

带着满腹疑问，我刚回宿舍，还没来得及换衣服，有人敲门，声音小小的，我打开门，一眼就发现是那个提问题的文职记者，那双小眼睛还有那些提问让我在众记者里一下子记住了她。取了口罩的她，看起来很年轻，最多也就是二十四五的样子，皮肤光滑细致，干干净净的，一头短发，人也清清爽爽的。先是递给我一塑料袋芒果，我很纳闷，因为我们并不认识。她说，首长好，我来看看你。

我笑着说，我跟你一样，只是记者，叫我名字就可。

她说我知道，可你戴二杠四星，军衔代表着你的资历与能力，也代表着你在部队的实力，差一步就成了将军。这可是多少女人梦想的荣耀。一听这话，我心里美滋滋的，明知道这话里水分太大，可心里就是很受用，让她坐下说话。

她扫视了一下我的屋子。幸亏我养成了好习惯，只要下部队，被子一定要叠得跟官兵一样，有棱有角的豆腐块。她不时地边点头边说，我就说嘛，大校不是谁都能当的。

虽然好话听着舒服，可我还是不太习惯别人当面夸我，再说一想到她可能有求于你，心里还是不太习惯，便淡淡笑笑。

她也笑着说，我以为从小事上就能看出一个人的为人处事，换言之一个人干多大的事，取得多大的成绩，都可从这些小事中反映出来。一个不在军营还能把被子叠得这么好的人，她肯定是位优秀的军人，又戴着离将军一步之遥的大校肩章。我敢说你军事体能肯定也是很棒的，对了，首长，你肯定三千米能跑过吧。

我笑着说，也就是七八十分吧。还是叫我名字比较好。

我看得没错吧。我从小就想当兵，结果，因为眼睛不合格，只好放弃了。听说部队从大学毕业应届生里招收文职人员，我立马报名考试。虽然穿的是孔雀蓝，可毕竟属于军队工作人员，我还是挺自豪的。

看她没有急着要走的意思，我只好指指茶几旁的椅子，说：坐吧。她不坐，看来还懂礼貌，我只好先坐下来，她局促着坐下，取掉头上的迷彩帽，放在膝盖上。坐姿在我这个老军人看来，还算合格。我不确定她要说什么，自己也不知该给她说什么，便盯着她肩章看。原来她黑色的肩章是个像五角星的"文"字。五角星看习惯了，猛看到这样的肩章我还是稍稍惊奇了一下。一想起他们这些文职人员跟我们共同服务于军营，我心里充满了好奇。

她给我杯子里加了水，轻轻地放下，说：首长，你能否给这个部队的领导提个建议，让咱们上次潜艇。你别急，我是说让打了防疫针且核算检验合格的记者上艇，绝对保证咱们的潜艇安全。我虽刚到部队不久，可我在军校培训了两个月，部队条令条例全学了，所有的道理纪律都懂。

潜艇是咱们国家的重器，是整个舰队中令人胆寒的国之重器，在疫情期，当然要慎之又慎，确保安全。

我也想上艇，可咱们到了部队就必须执行命令，你不是军人，身为部队工作人员，也应当明白服从命令听从指挥是军人的天职。我语气严厉了些，没想到她竟然给我出了这么一个难题。

她不停地抚摸着帽徽，也不说话，我责怪她的同时，不禁又问，你为什么这么急着要上艇，你们家有人在潜艇部队？爸爸？男朋友，还是哥哥弟弟？我脑海里闪现出那个大象的头像，不禁对她有了好感。一个女孩子如此热爱潜艇，身为军人的我，对她便有了一种亲切感，便给她泡了杯茶。

她接过杯子，没有喝茶，小心地放到桌上，说，首长麻烦你了，你给部队领导说说，好不好？写潜艇官兵，都没上过艇，怎么能写出好文章呢？著名军旅评论家周政保说过，报告文学采访的意义，不仅在于获得大量的素材，更重要的是获得相应的体验，并由体验而感悟，而饱满作家的感情。我连体验都没有，笔下怎么能有感情？

周政保不写评论有二十多年了，还有人记着他，我感到这个小姑娘越发不容小瞧，便发自真心地说，我也没上过潜艇，很想去，可是最近其他城市不是零星还有新冠肺炎病例嘛，这支潜艇部队的装备可是咱们国家最新型的，里面环境又狭小，控制进入是必须的。不怕一万，就怕万一。

采访了一天官兵，他们讲得什么声呐海图，我听得云里雾里的。老士官拿着桌上的矿泉水瓶子不停地打比方，我仍听得不得要领。

对付固执的家伙，我只有不再开口。她还算有眼力，略坐片刻，站了起来。走时，他又说，首长你的被子叠得真好。

叫我的名字！我有些不高兴了。

那我叫你姐姐。

真是鬼精的孩子，明知道我跟她妈妈年纪差不多，还如此称呼，我笑笑，说不妥吧。

她说：那我还是叫首长，你本来就是首长嘛。

我心想，再夸我十遍，我也不会帮你这个忙的，年轻人。吃着她拿的芒果，我心里又有一阵不安。可孰大孰小，我是拎得清的，我脱掉迷彩服，把它挂在衣架上，第一次发现二杠四星和军帽上的五角星放在一起，是那么协调。

　　第二天中午刚吃过饭，忽然通知我们去看潜艇启航的过程。我们顾不得天热，穿着长袖迷彩服，兴冲冲到了码头。原来军港就在我们住的营区对面，穿过马路就是。

　　没有首长送行，没有家长告别，没有穿着一身漂亮的白军装跨立的队伍，这跟我在影视剧里看到的那热闹的场景实在两样，只有几个穿着迷彩服的官兵在潜艇上忙碌着。在他们喊着我们听不清的口令声中，那个庞大的钢铁巨鲸在艇长的命令中，解开缆绳，随着拖船，犁开波浪，慢慢驶离我们的视线。天很热，晒得戴着口罩穿着长袖迷彩的我们大汗淋漓，可我们一行人，没有一个人躲到阴凉处，都在没有一棵树的光秃秃的码头上眺望着海面。

　　这时，有人忽然说，你们看，潜艇像什么？我从回想中回过神来，潜艇由鲸鱼变成了一支宝剑。真的，随着它越来越下潜，真的好像一把宝剑，划开层层波浪，急行而去。要不，怎么，怎么叫深海利剑呢。

　　不，我感觉现在它像一颗子弹，你们看，在阳光下，它就是一颗闪闪发光的出膛子弹。

　　要是能随着远航就好了。文职女孩走到我跟前，左手遮着阳光，眺望着远处。

我说：会有机会的。

望着码头上、潜艇上一个个穿蓝色迷彩服的官兵，我极力寻找着他的影子，可每一个都不是。我点开手机微信号，写道：告诉你一个好消息，我终于到你们部队来采访了。然后是三个咧嘴大笑的表情符。

然后我就不停地看手机，可手机一直没有动静，只有我发的那一行字孤单地落在屏幕上。距我们最近的一次联系，也有半年多了。那是我第一次接到去滨海采访的通知，给他发的短信。几分钟，他电话就打来了，说，老师，快来吧，我陪你采访，我确信在我的帮助下，你能写出一部关于潜艇兵的长篇小说。我知道，老师喜欢什么。还有，我知道，怎么才能打开那些不善言辞的官兵的秘密武器。

最后我告诉他来不了时，他说：没关系，老师，好事多磨，越磨如酿酒，香飘十里，不，百里，哈哈。

他一般都是十分钟之内就回复的，可这次，却迟迟没有动静。我想正课时间可能忙，结果休息时，他也没回。我有些生气了，这坏家伙。他在我们单位学习了一年，我们有了很深的情谊。每天上班他不在，我心里都空落落的。我们一起组织会议，一起去考体能训练。那天考体能，要不是他在旁边跑着给我加油，我肯定过不了。体能有一项过不了，那我的五级就调不成。我原来一直想调他到我们单位的，但因诸多原因，没办成。我老感觉对不住他。

论年纪，我可做他妈妈了，可是不知为什么，我感觉还有一种比亲情更复杂的东西冲溢在我心坎里。是老兵对新兵的欣赏？是女性对男性的欣赏，或者是一个过惯了庸常日子对新鲜远方的向往？我说不清。每次交代给他的事，他凡事必有回音，且时常报告落实进度，而且最后完成得很好。他回部队前，到我办公室，忽然关住门，说，老师，能拥抱一下你吗？我先是愣了一下，马上说好呀。他走过来，双手抱住我，我也轻轻抱住他，人虽瘦，但身体上还是蛮结实的。我经常看他吃饭少，老劝他多吃些。

一米八五的小伙子，脸瞬间红了。我拍拍他的肩，走吧。他都出门了，我又叫住他说道，我知道了你的微信名为什么叫大象了。

他笑着说，为何？

因为在所有动物里面，大象最聪明。亚里士多德曾经形容大象是一种在智慧和思想上超越所有动物的动物。现代动物行为学家也普遍认为，大象是聪明的动物之一。你看电视上整天报道那一群大象到了什么地方，它们去找的肯定是最适合自己生存的地方。记住，大象有超强的自我意识和解决问题的能力，无论在哪，它们都生活得很好。

他右手掩嘴一笑，说，老师，我明白你的意思了，再见。说完，他轻轻地关上了门。我什么也干不下去，跑出办公室，追下楼。他已提着行李到了门岗前。我追上去，帮他提着行李，说，你这孩子，怎么不叫编辑部的人送送你？

送啥呢，大家都那么忙。

你怎么走？

我坐地铁到火车站，很方便的。老师。

你这孩子，提着两个大包，又背着行李，现疫情防控期间，怎么能坐公交呢。我说着，从手机嘀嘀软件上叫了车。他都坐上后，我说，快戴上口罩，还有，别忘了消毒液。

我一直目送着他离开，就像母亲不放心地看着年幼的孩子穿过马路。

他走了好几天，我都很不习惯，经常"小"字一出，才醒悟他已不在了。我走进仓库，所有摆放整齐的东西是他摆的。看着放在书架上我们编辑部合影，也是那天我们参观香山，他提议大家拍的。我要喝茶时，才发现他给我的菊花茶比别的茶都好喝。有天。我收拾抽斗，发现了一张他给我画的潜艇，我想了想，把这张素描贴在了身后的墙上。

回部队后，他时不时地给我发些消息，比如说，最近他又采访了什么，写了什么样的稿子，我说写好就发来。

这么一想，我就不怪他了，他一定有急事。回家了？或者执行任务，不让带手机？

下午我们正与官兵个别交谈时，忽然通知打过疫苗的请报名，文职女孩高兴地跑来说，我估计让我们上艇了，要不通知这干吗。

我说有可能。

她说谢谢老师，真是太麻烦你了。

其实我真没给部队说。我是军人，是老兵，怎么可能给组织出难题呢。可我看着她感激的眼神，便把此话留在了嘴边。

果然是上艇。但我们二十四名记者，只能上艇十一人，也就是说，各新闻媒体只派代表去。我们报社只有我一个，我可以去。文职女孩所在的网络部有三个人，两个人都被比她资格老，轮不上她。她又找我来了。

我真的特想看看潜艇。她可怜巴巴地说着，眼睛似有泪水。

为什么？

我怕以后没机会了，我妈妈想让我回到家乡报社工作，我是独生女。

这勉强算是一个理由，我凭直觉感觉她没说实话，但答应帮她说说。也就是加一两个人的事，我想部队会给我这个老兵的面子，毕竟这不是原则问题。我找到一直负责给我们联系的来自海军总部的上尉干事。为了让我的提议得到他的同意，我在参观时，专门走到他跟前，询问了不少采访事项，然后说这次记者采访都很扎实。

他说：与你这个带队团长以身作则分不开。

我马上说：网络部有个女孩子特别想上艇看看。年轻人，是文职，对部队特有感情。我说着，注意看了下他的眼神，感觉他没有反对，接着又强调，你放心，她的核检结果没问题，还有疫苗也打了。上尉犹豫片刻，说，好吧。不过，别人要问，就说，那个女孩要拍官兵训练的视频，拍潜艇兵不上潜艇，就像采访你们作家却不提他写作，这样的报道没有说服力，对不对，首长。

你理解得很对，上尉。

4

终于我们上到了梦想的潜艇，陆战靴踩在黑色的大鲸鱼背上，头望着舰桥顶端的五星红旗，置身在湛蓝的大海之上，望着朵朵白云，我本想抒情一番，后面的人却催着快走呀，快走呀，这么热，把人都晒化了。

我回头一瞧，是海军女少校，便没好气地说：你不是上艇多次了吗？

每天的太阳都不一样，每次感觉怎么能一样？

到了升降梯口，看着黑乎乎的洞口，我腿肚子有些发软，借口鞋带松了，蹲到艇上的一角，把从陆战靴里冒出的迷彩裤腿扎紧，让海军少校下。我站起来时，一股浪花忽然冲上艇邦，我眼一黑，旁边带我们采访的中尉忙扶住我。我故作镇静，把迷彩外套袖子上的扣子解开，扣到最里面的扣子上，这样胳膊显得利索些。中尉笑着说，首长，你不用紧张，一点儿事都没有。我嘴上说老兵怎么会紧张呢，可看着潮起潮涌的大海，还有离我只有几步之遥的深不可测的鲸鱼肚子，腿肚子又开始打晃了。文职女孩第四个下，她刚下到半腰，就大叫了一声，我急忙紧紧抓住旁边的人的手，把头稍稍探到深不见底的升降口问怎么了？她说好像没有脚踩的地方了。我旁边的中尉说，朝右边瞧，悬梯换了一个方向，一只脚踩实了，再挪右脚，千万不要踩空。

一声"千万"让我更紧张，心想我血压怕要增到一百三了，决定最后一个下。我想中尉一个人保护我，保险。

一下艇，四周全是机器，小心！我提醒着前面的文职女孩，一直腰，没想到头上立马撞了一个包，钻心得痛。

中尉说，小心，各位老师前后左右都要看。我正朝头顶看时，文职女孩一把拉住我，我朝脚下一瞧，出了一身冷汗，原来前面有个大洞，一个中士正从梯子上爬了上来。真是处处惊心。

机器管道阀门在我们两边，手不能随便摸，上面皆是油。

我们一行人，只有中尉带着我们走，通道只容一人走，中尉的讲解在轰隆隆的机器声中，我们在后面的根本听不清。其他官兵都在忙碌着，也不敢问。我跟文职女孩走到后面，我凭着自己知道的，边给她说，这是航海室，专门画海图的。那个小房子是声呐室，它是潜艇的耳朵，声呐兵就是在这儿，戴着耳机，听声波是舰船、还是鱼雷爆炸、鱼类、渔船动机高速转动的声音。这个是电机舱，那是轮机舱。艇长站的地方当然是指挥舱了，那里有潜望镜，在海底就是凭着它观察一切情况的。

首长，你没上艇，怎么知道得这么细？

一个到我们单位来学习的潜艇兵告诉我的。我自豪地说。

我们穿过密密麻麻的管道、阀门，到了鱼雷发射区，文职女孩看着那好几个关闭着的上面是红色五角星的鱼雷发射通道说我怎么也想象不出怎么给鱼雷除锈？我也无法想象鱼雷进管到发射出管的场景。

这个问题我也回答不了。

她转身走到放鱼雷的两排长长的架子前，悄悄问我能看看鱼雷吗？

我望着盖得严实的篷布，说估计得请示班长。正说着，一个上士走了过来，说，可以看呀，尽管看，不过，现在没有鱼雷。说着，揭开篷布，原来里面是空的。我感觉我们紧张的心才舒缓下来。

我发现她站在鱼雷发射管道口，不停地揉着腰。

你怎么了？

可能是刚下来时腰扭了。没事儿。

通过采访，我知道了鱼雷发射管道不但发射鱼雷，还是潜艇兵水下脱险的唯一通道，非常危险，整个过程必须进行得天衣无缝。你要是耐不住水压，或者有其他的一点失手，都可能毁于一旦。听说技术重要，体质重要，心理素质更重要。

文职女孩一直死死地盯着圆形的鱼雷发射管，喃喃自语，我真不敢相信如果发生意外，我能否从这儿爬出去。

如果只有这条生路，别无选择。我说话时，感觉声音都哆嗦起来。

她眼泪出来了，却坚强地咽了回去，说，我想起采访时何班长告诉我说每次出海前，官兵们都会留下家书，小到电话号码、银行卡密码，大到房产证，事无巨细，眼泪就想流。

我点点头，官兵们不容易。

走吧，再到其他舱里看看。她摆摆手，坐到了鱼雷发射架前的一个小箱子上，说，让我一个人静静。

我想起她可能腰痛，便离开了。

半小时后，我回到鱼雷舱，她还在原地呆呆地坐着，眼角似有泪水。

走吧，集合时间到了。

她站起来，又看了一眼鱼雷发射管，然后一瘸一拐地跟在我身后。

她扶着腰，又频频回头，腰又被阀门撞了一下，我说小心小心。一上艇，她就急着要上厕所。

我说艇上有厕所呀。

她说采访时何班长不是说潜艇在水下，艇员上厕所大便前后要分别打开和关闭一系列的阀门，先后顺序绝对不能有一点差错，以保证压缩空气把粪便从马桶安全地打出艇外。德国在二战中，曾经发生过一个艇长因为在上厕所时，操作失误，导致海水倒喷，最后潜艇沉没！

傻孩子，咱们潜艇不是停泊在水面上吗？又没有启航。

我生怕自己一个小小的失误给官兵造成很多麻烦。再说我也想试试官兵们受的每一份苦。

吃饭时，我发现她坐到椅子上，脸上表情很痛苦，我估计她扭伤不轻，让她到医院，她说应当没事儿。到第二天，我发现她走路都直不起腰，便陪她到医院。

足足有半小时，在我记忆里，用不了这么长时间。难道CT跟核磁不是一回事？或者她受伤挺严重，我越想越担心。问下一个要做核磁的上校，他不屑地说，当然是两回事，做核磁必须是半个小时，没事儿的，让我放心。

门开了，我发现那个文职女孩坐在检查床上，好像下不来，我急着要进去，又怕口袋里有手机和钥匙，门口通知规定，凡是身上有金属之物都不能带进去。护士扶着她出来。我让她到屏风后穿上进去时脱掉的胸衣。她木呆呆地看着我，半天没有说话。

我拉着她进到屏风，从包里取出胸罩让她换上，她一把抓住我的手说，啊，是不是那个破机器把我耳朵震聋了，你说的话我怎么听不清楚？我正要帮着她换衣服，才发现她全身都湿了。

把棉球去掉，真的。医生在外面叫道。

做这么个检查，竟然就把你都搞傻了。

她这才笑了，说，我以为耳朵聋了。

坐到了车上，她才说，我躺在那个深洞里，就感觉好像躺在潜艇里，机器一直吼个没完，先是哒哒哒的声音，一会儿又是嗡嗡嗡，哗哗哗，沙沙沙，快到最后更可怕，是嘶啦嘶啦的声音，听得我头皮发麻，呼吸急促。我闭眼一会儿，睁眼的一刹那，心里突然生出恐怖的感觉：这一片封闭、狭小的空间，这种让人有点儿透不过气的燥热，似乎就是我未来的生活之路，我真有些崩溃了……

不至于吧，你前面一个七八十岁的老人还做了呢，我看人家还正常。

你没有进去过，你体会不到那种感觉。我进去时，医生给我说，不让动。我左手小拇指侧放着，很想放平，也不敢。戴着口罩，感觉特别难受，很想咳，又怕出意外。真怕撑不住了。我原来也做过 CT，抱着头，就是一会儿工夫。没想到这次这么难受，时间这么长。我只待了半小时，感觉好像进去了半年，我老怕那个高个医生忘记我还在这个密不透风的深洞里，不过一想，你在外面，我就踏实了。再想想我们的潜艇兵，一出航就一两个月，他们要多难受呀。她说着，眼泪哗哗流个不停。

没想到你对潜艇兵这么有感情，从咱们采访的官兵中选一个潜艇兵嫁给他吧。我笑着说。但真不是打趣。我如果有女儿，愿意她嫁给潜艇兵吗？我想我是同意的。

她笑笑，又摸摸腰说，你看我真不争气，才下了一次潜艇，就伤成这样，可他们呢？长年这样，有谁能理解他们？说着，抹了下眼睛。

我拉起她的手，说，别难过，一切都会好起来的。

5

夏日的傍晚，落日照耀在军港里，给静卧码头的钢铁巨鲨好似撒上了一层金色，海面也是灿灿如金。

我们走在宽阔的码头大道上，吹着凉爽的海风，望着一排排战艇，仰望着海鸥飞过，很是惬意。这是体能训练时间，一群群穿着海魂衫的官兵在红绿橡胶跑道上跑步，也有几名老战士在转滚轮。与我们同行的中尉指着海边一个名叫《胜战》的雕像说，这是官兵最爱照相的地方。我仔细看了半天，原来是两艘乘风破浪的潜艇正发射着两枚弹道。后面就是美丽的大海，天上还有几只海鸥飞，文职女孩正要拍，他马上摆手说，不能拍。我说这是雕像。他朝身后一指，原来是一艘潜艇驶过，我忙把手机收了起来。他又指着远处山脚下的白楼说，他们宿舍在大道的尽头，离码头有两三千米，他们上艇时，喜欢走路来，或者跑步，因为海边风景特美，天润蓝，云彩瞬息变幻的样子美得像画。对了，你快看，沙滩上那是跳跳鱼，它不但在水里跑，在岸地里也爬得很快。

这位九五年出生的小伙子，当战士时，就是潜艇兵。军校毕业后，又回到了潜艇。他的背影好像一个人，特别是那高高的个子，还有对潜艇的钟爱。是他一直带着我们采访。

我问你认识刘海涛不？

他想了半天说不认识。

我说他就是你们支队的，去年到我们杂志来学习了一年。

我刚毕业分到这儿，还不熟。

大象还是没有动静，他从来不会这样的，难道……我不敢想。

我之所以迷上潜艇，之所以执意要到滨海来采访，就是因为他——到我们报社来实习的海军中尉，他是潜艇兵，叫刘海涛，他的微信头像是一头大象。

他每天都爱说，潜艇这，潜艇那，我们每天闲聊，最后他都会跟潜艇联系起来。

有次我问，小刘，听说海军里潜艇兵最危险，你为什么要当潜艇兵？

他说，因为我喜欢当英雄，还有他的工作常人难以了解。潜艇兵，满足了我的向往。他爱看反映二战的经典电影《从海底出击》，爱读卡尔·邓尼茨传记作品《十年与二十天》。我问他为什么当潜艇兵？他说，因为当潜艇兵过瘾。他的理想就是当一名响当当的潜艇军官。他告诉我，他刚来潜艇时，连续呕吐了五六天，随身携带呕吐袋，什么都吃不下。

他看我对此话题很感兴趣，便认真地给我画起潜艇来。

我们可喜欢站到舰桥上面观看大海了。舰桥里有指挥室，还有水上厕所和升降设备护罩，有空气筒，潜望镜，雷达天线，无线电天线等……

有时我听得云里雾里，他就轻叹一声，说，给你们陆军说潜艇，还得动脑子。对了，你知道阿基米德定律吧。我点点头，他想了想了，说，估计你还是不明白潜艇与它的相通性。他说着，朝我办公室看了看，把一个空罐头盒放在脸盆里。当他往空罐头盒里加入一些水时，罐头盒半浮半沉在水中；当罐头盒加满了水时，罐头盒整个沉入水中。

他说潜艇原理跟这类似。看我还不明白，又进我办公室瞧瞧，我给了他一张纸，他拿起笔边画边说，我只能给你画个潜艇样子，可艇的精魂画不出，那就是上面的人。我们的班长、我们艇长，还有那个在离海最近，不足半平方米战位的舱段兵小王的故事，我没给你讲，他那部门排布着密密麻麻的仪器和管路，是控制潜艇沉浮的重要一环。还有头戴耳机，通过耳边传来的声波、确认潜艇的螺旋桨是否正常转动的山东兵，我们都叫他神耳。还有，热爱摄影的大个子兵拍了营区的一组蓝花樱照片，他要投稿，起名时，征求官兵意见，有战友说叫《蓝色之海》，咱们是海军嘛。也有人说紫色的花语是勿忘我，叫《心语》。他拿着手机给我念了半天，说俗，太俗，秀才，你是咱们艇员队的笔杆子，帮我给照片起个好名吧。我想了想，说，你请我吃一碗我家乡的米粉吧。照片发表后，他不但请我吃了一大碗香喷喷的湖南米粉，还送我了一本书，老师，你猜猜他送了我一套什么书？我补充一下，大个子是轮机兵，不爱看书，爱打牌，不知有天怎么回事，出航回来，我们洗完澡，大家相约出去玩，他忽然说要去买个相机。我们说，大个子，你笨呀，现在手机拍的多清晰呀。他也不理我，你猜怎么着，他竟然花了两万多块，买了个佳能单反相机，还说要买广角镜头。老师，我之所以给你说这些，就是告诉你大个子这个家伙不按常规出牌。那么你猜猜，不按常规出牌的大个子送了我一套什么书呢？

这可难倒我了。

他送了我一套《芬尼根守灵夜》，妈呀，老师，我看了一年，还是没看明白，但我喜欢。

你没问他为什么送你这么一本书？说实话，我也没看完。

他说，因为我听说很多人看不懂。大家都看不懂，你看懂了，你不就成大作家了。这就是我们大个子的逻辑。

那你给大个子的照片起了什么名字呢？

我想了一周，给他说，起名叫《花为媒》吧。他愣了一下，说，《花为媒》意思是好的，可是好像与照片内容不相符。我说你难道不想找一个漂亮姑娘吗？这叫借花投石问路。古代不是有红叶传情么，咱们要举一反三。然后我还让他在作品下面注明海军中士。他又问为何？我说大个子你真笨呀，这不就是最含蓄的个人简介吗？海军，多吸引人眼球。列兵太嫩，上士太老，中士不正合适吗？照片在报纸发出后，有个漂亮的杭州女孩真给他写信，然后他们就在我们营区的蓝花樱大道上举行了婚礼。这不就真是花为媒了。对了，你啥时到我们部队去采访？我让你见见我的这些战友，他们每个人的故事，足够你写一本书了。只要接触了他们，我敢说你这辈子再也忘记不了他们了。

他比我儿子还小三岁，但他浑身充满了兵味。他干一行爱一行，在部队是个好兵，到编辑部编的稿子比我们编辑还专业。听说这次学习回去，就要当航海长了，我真替他高兴。

南方的海，可不像北方的海是蓝色的，在远航时，它绿如翡翠，比九寨沟里的水还像童话，我站在波涛滚滚的舰桥之上，唱了一曲又一曲：我爱这蓝色的海洋，祖国的海疆壮丽宽广。老师，军旅作家，要是不上一次潜艇，那你是不合格的。

只要有机会，我一定要去你的部队，见见你那些战友。

老师，一言为定，届时我给你当向导，管保让你满意。

他特别爱干净，办公室、宿舍都收拾得干净整洁。也爱花，矿泉水瓶子里总插着野花。在我们单位清一色的绿军装队伍里，他的白军装特别醒目，干净得让我老想藏我的黑皮鞋。

有天我擦净我的黑皮鞋，收拾好办公室后，才坦然地把他叫进来，笑着问，你怎么样样都做得那么好？是妈妈从小教你的吧。他坐在沙发上，边整着茶几上有些零乱的书，边说，老师，你到了我们部队就知道了。我们潜艇兵，个个都这样。教官常说，一百减一等于零，什么意思呢，任何人都不能出错，一个人出错，就会给全艇带来灭顶之灾。在狭小的潜艇上东西不能乱放。天长日久，这不，习惯就成自然了。

我放下手中的笔，说说你们的潜艇。

他坐直说，"老师，你们陆军是每人一支枪，我们潜艇兵，则是百人同操一杆枪。"

我问，"一百人用一支枪，怎么打仗？"

"潜艇在水下，打仗就靠鱼雷这杆枪，一条雷能炸沉一艘船。"

"在水下，人怎么呼吸？"

"有制氧机。"

"怎么分辨方向？"

"罗经。"

"罗经？看风水用的？"

"相当于陆地的指北针。"

在他不停地讲解中，我也兴致顿增，说，给我仔细讲讲潜艇，最近我一直想写一部反映潜艇的小说。

"潜艇上有一个说法，'下潜即战斗，出航即出征'，这话的意思老师你懂吗？"

我看着他认真的样子，笑着说，不懂，请你讲。

"前半句是说，潜艇在水下时刻保持战斗姿态，不能有半点松懈。后半句意味着潜艇一离开母港就进入了战场，随时面临挑战。话说二〇一四年春节，正在执行远航任务的我海军一潜艇航行到陌生海域时突然遭遇海水断崖，潜艇急速下沉。官兵们清楚地听到一声声闷响，老师你猜怎么了？

我也紧张，怎么了？

这是海水将艇壳压缩产生的恐怖声音。如果不及时控制掉深，潜艇就会跌入三千多米深的海底，后果不敢设想。面对危急情况，官兵们紧急启动了增加航速等一系列应急措施。但潜艇还是加速下坠。此时更加危险的情况发生了，在巨大的压力下，潜艇主机舱一根管路突然破裂，大量海水瞬间涌进舱室。在此生死存亡之际，电工技师陈祖军封闭了舱门，把生的希望留给了别人。面对生死考验，官兵展现了极高的专业素质，一分钟内上百个阀门关上，两分钟后潜艇所有舱室封舱完毕，一百八十秒后潜艇终于停止掉深开始上浮。此时，离潜艇极限深度只有几米。为此，中央军委给他们立了集体一等功。那可是一等功呀，老师，多少军人一辈子的梦想。

这事可以写小说。

当然，我刚当潜艇兵受训时，老师说要成为一个合格的潜艇兵，得过头三关，最重要的是高压氧过敏测试，看你能不能在高压环境下和纯氧相安无事。然后是闸套脱险和鱼雷发射管脱险，都在深度十米的水下，看你能不能心平气和地浮上来。极少数人在高压环境下对氧气过敏，他们是不能当潜艇兵的，因为万一潜艇失事沉到海底，潜艇兵就得在高压环境下弃艇逃生，过敏的人连呼吸都困难，根本没办法逃生。这个高压舱，就是要把氧过敏的人筛选出来淘汰掉。两种脱险，是从海底逃生时的方法。他边说边给我画图，这叫闸套脱险塔，是专门训练我们潜艇兵的逃生技能，潜艇兵需要弃艇逃生时，可通过潜艇指挥舱的闸套装置或者鱼雷发射管离开潜艇进入海水，然后上浮到海面得救。闸套和鱼雷发射管是潜艇兵的两条生命通道。我是我们班第一个顺利过了这三个关卡的！

我伸出大拇指，说，真是又聪明又勇敢的孩子，爸妈不定多荣耀呢。

他站起来，给我杯里加了水，坐到桌前的椅子上说，其实我也很害怕，我刚上潜艇时，问老师潜艇到底安全不安全？阿根廷有艘圣胡安号就出事了。老师说，那是场责任事故，是装备维修不到位造成的。等你们将来学专业就知道，所有的潜艇事故都是可以避免的，只要把专业学精了，把装备搞熟悉了，连我教你们的脱险逃生方法，压根儿就派不上用场。

虽然不害怕了，可是闸套脱险实际操作，我还是很紧张。那天，教官一声令下，开始着装，我们马上穿上橘黄色的专用防水服，戴上气瓶，进了舱。舱门关闭后，教员命令道：潜艇失事，大家开始逃生。一听这话，我紧张极了，只听水哗哗地流到了舱里。一听加压，我马上按教官说的捏鼻子。加压到十五米时，我马上戴上面罩，打开气瓶，做了三次换气后，进入圆柱体，打开上盖，抓住一条绳子，上浮，终于发现了那个圆圆的舱口，极力上浮。

按照操作规程，上浮脱险时每上升一段距离就要停下来休息片刻，让体内的压力和水的压力重新找回平衡，我数着从手中滑过的绳索上标记距离的结，小心地控制着上浮的速度和节奏。每到一处停下时，我一边使劲夹住双腿，一边在心里默数，听见自己的心跳，终于上来了。

老师，你没见过闸套管吧，它是脱险模拟训练场，我给你画一下，约有十米深。好几天，我做梦都梦到这场景，比进管还紧张。

这事别告诉你妈妈。

他朝我诡秘一笑，当然。

冬末的一天，我穿着羽绒服在雪后的花园散步，他穿着蓝色的冬常服，手里拿着白色的军帽，气喘吁吁跑来，上气不接下气地说，老师，老师！

怎么了？我吓了一跳。

他手摸着胸前，我，我，嘴咧着，喘着气，头顶松树上的雪球啪地砸在了他的头上⋯⋯

慢慢说，孩子。我一把扶住差点要滑倒的他，注视着他修剪得整齐的粗密头发以及冻得发红的脸，然后问道，你这孩子，也不穿件大衣，有啥事这么急？

老师，我，我提正连了。刚领导给我打电话说命令到了，我就想着第一个先跑来告诉你。

真是好孩子，不到三年，就提了职，我儿子五年才提的正连，妈妈知道不定多高兴呢，快给你妈妈打个电话。我说着，把他把胸标往正地戴了戴，说，你看，这银色的铁锚、五角星和蓝色的海浪，多美呀，好好干，小子。

是。他敬了个礼跑了。

慢点，慢点，这孩子⋯⋯

开饭号嘀嘀嗒嗒响了，我再次打开手机，大象还是没有消息。整整四天了。难不成他也像西双版纳的大象离家出走了。难道他把我屏蔽了，我可记着他给我说的每件事。

6

要走了，离去车站还有些时间，我再次留恋地走到营区主干道上，望着远处的茶山和高楼，望着成片的花园，这时一阵歌声响起，一听那熟悉的旋律，我就知道那是《人民海军向前进》。接着就是一列列穿着白军装的官兵迈着整齐的队伍从前面走来。一定是开会，他们才如此隆重地穿上了白军装，在宽阔的绿荫大道上，像一簇簇雪白的浪花由远及近穿过。队伍经过我面前时，我发现一个穿水兵服的小伙子朝我笑着点点头，帽后的飘带在风中轻轻地飘着，特好看。我一时想不出在哪见过，但还是朝着他微笑着点点头。他们走过好远了，我才想起就是他，是那个不让我拍照的小列兵。

我们上车时，负责这次采访接待工作的中尉要求给我们提供的所有材料不能带走，放到房间，有人统一回收。材料非常翔实，可看到上面盖着一个个方框章，上面写着，何时谁收，再说领每份文件时我们都签了名的。起初发时就告诉我们了，我以为也就是随口一说，再次听到这话，我就知道材料必定要回收，忙把一些要紧的资料拿笔记下来。

送站的路上，我问送我们的中校主任，他是否认识刘海涛干事时，他说，认识呀，我们舰队的笔杆子。

他没在潜艇工作？我打他电话，电话也没人接。

皮肤黝黑的中校告诉我，刘海涛在基地当秘书，写材料很棒，一次海也没出过，最多也就是到潜艇上去看过。潜艇太复杂，艇上有些老士官都很难独自操作好一个战位，更别说一个新兵了。刘海涛喜欢写东西，他写了不少反映我们潜艇兵的小说。我敢说他是目前年轻作家里写我们潜艇兵写得最真实的。因为只要见老兵，他就缠着采访，大家都怕他。整天拿着个本子一会儿问这是什么，那是什么。所以他写的东西官兵爱看。当然老一代作家李忠效的潜艇小说也是很棒的，他的《从海底出击》还是刘海涛的岳父亲推荐给我的。刘海涛岳父也是潜艇兵，创建了"老虎尾精神"的老一代潜艇兵，老人只要说起我们出海的经历，那个激动呀，我真没法给你说出。

老虎尾？

那是创建第一次潜艇部队总结出的老虎尾精神，海军老作家黄传会老师总结了出了十六个字：不畏艰难、不怕牺牲、敢为人先、勇往直前。

他就梦想着当潜艇兵，因为身体原因，只好在岸上工作，整天缠着领导要出海，领导不同意，让他干好本职工作。你不知道这小子又多鬼精。有天拿着一本书到了我办公室，说，科长，我来向你请教了。我说有啥心事赶紧说。他把书翻开指着一句话说："一个人命中的最大幸运，莫过于他的人生中途，即在年富力强的时候发现了自己生活的使命"，这我想不通。

这话很好理解呀。

那你帮我实现我的使命吧。他说着，拉住我的手。

我说服领导让他去执行这次任务，好好写写我们的兵。

走时，他好紧张，问了老艇员许多注意事项，还给我了一封信，说如果他回不来了，让我寄给他妈妈。我送他走的。我们出海，家里人或其他人，都不能告诉的。

我明白了，正像他们在歌中唱的："不要问我去哪里，问了我也不告诉你。"他们一出海，就再也联系不上了。主任，他们大约啥时回来？话已出口，我就后悔了，忙说，你看我这脑子，这问题真不该问。

主任笑着说，别担心，只是一次出航常规训练。

在火车上，我跟文职女孩座位不在一起，她跟别人换了座，与我坐到了一起。当我们真坐到了一起，也不想我想象的那样，她话不多，拿了一包零食给我吃，我摇摇头，她边吃边在手机上不知写些什么。手机屏幕一闪一闪的，我瞄了一眼，发现她手机屏保是一位穿水兵服的海军坐在水库边的背影。本想问，但又咽了回去，拿着《史记》读起来。

一个页面半天没有翻过，终于她抬起头来，忽然问我，首长，这次采访你感想如何？

我望了她一眼，合上书，跟我想象的很不一样。

我心里很乱，我以为采访完后会很平静，没想到更沉重了。

新鲜，第一次听说采访还有沉重之说。我想也许是新记者，压力大，便说，第一次采访都这样，时间长了就好了。

她摇摇头，我跟男友闹别扭已经一年多了。

一听爱情故事，我想起了她屏保上的海军，颇感兴趣，把《史记》插进前面座椅的袋里，注视着她。

可我想再给自己了解他的理由，便考了部队的文职人员，穿上了孔雀蓝，成了军事媒体的一分子。说实话，我一点都不能适应部队的这种管理，又是跑三千米，又是电脑、手机的保密检查，我没来时可没想到有这么多的规定要遵守。

所以才是部队，我揭开口罩喝了一口水。

他骗了我。

谁？我眼睛睁大了说。

我男友呀。我们高中在一个班。后来我考上了大学新闻系，他当了海军。他家是农村的，厕所我很不习惯，就是在外面搭个棚子，上面盖着高粱秆之类的。里面挖个深坑，下面脏得我马上恶心地跑了出来。他马上说，稍等，就两秒钟。说着，跑进屋里，拿了一把锹。我再进去时，不用说，里面是干净了，可我对他们那个家，就没好印象了。不是因为穷，现在农村也不会穷到哪里去，脏预示着懒，这我可受不了。

我专注地听着。

你看我，越说越乱，我还是从头说吧。只要一说起他，我心里就乱得不行。文职女孩说着，把遮着眼睛的一缕头发用手指理到了上面。

我们起初并不熟。两年前的暑假，我到他们村看我表姐，忽然遇上了他。我先是被他的白军装吸引住了，我们家在西北的一个小县城，白军装，海魂衫，很少能见到。我骑着电动车经过时，就多看了他一眼。他正在家门口的菜地浇水，也看了我一眼，就大声叫出了我的名字。我才认出了他竟然是我同学，就停下车跟他说了一会儿话。起初说的什么我都忘记了，只记得他帽后的黑色飘带和蓝披肩，风一吹，特别勾人魂魄，我忽然对他就有了一种别样的感觉，好像他不是在尘土飞扬的辣椒地里，而是在绿色的大海里。我一直在想，如果那天他没有穿那身漂亮的水兵服，我会不会喜欢上他。回答是肯定的，俗话说人是衣服马是鞍，真的，爱情就是个奇妙的东西。你爱上一个人，绝对先看上的不是他的内心，那么深，B超、核磁共振这些现代化高科技都测不到，一双凡人肉眼怎能看透。真的，我的初恋就是衣帽取人的。

我们说了大约有两小时，我说我的新闻系，说普利策奖，说我渴望当法拉奇那样的女记者，说《朝日新闻》，说《每日电讯报》；他呢，也不示弱，从部队的队列、会操，到训练，还给我背了一大段《战争与和平》。我上的是新闻系，其实喜欢的是文学，他陌生的讲述煽起了我的好奇，那是一个我陌生的世界。我把电动车停在路边，靠着车把，跟他谈起了我喜欢的书。文学的、历史的，地理的，只要我能想起来的，我都乱聊。我不知道我那时为什么要那么急于表现自己。真的，就是想把我想说的都告诉他。表姐打电话问我到哪了，我一看表，我们竟然聊了两个小时了，才要告辞，想上厕所，他就把我带进了他们那个让我胆战心惊的卫生间，农村人叫茅房。

回家后，我眼前老飞舞着那两条随风飘扬的黑飘带，想着他讲的一本本我还没来得及看的书，就想给他打电话。可一想到那个厕所，想着大门里那个猪哼羊叫的家，怕也不干净，便犹豫了。七月七日下午，也就是距我们邂逅三天后，他忽然给我打电话说，他明天就要回部队了，问我能不能跟他待一会儿。如果同意，他马上骑自行车来接我。我犹豫了片刻说，别的日子可以，今天就算了吧。他说，从那天见面后，我就一直想告诉你，我读过好多历史书地理书军事书还没有跟你谈体会呢。还有我有一句最重要的话要跟你说呢。就半小时，好不好。过节的日子，一个人待着，学校又没收假，我怕继母认为我没魅力男孩子不喜欢，便大着声音说，我出去了，晚上不在家吃饭了。继母果然笑了，她恨不得赶紧打发我出嫁。父亲正在院子里给牡丹花浇花，在我出门时，说，路上注意安全。毕竟是亲生的，到底不一样。

他还穿着白军装，身后仍飞舞着那条勾魂的飘带，坐在水库边。远处是连绵的树木与村庄，脚下是一半碧绿一半金光的水面。不知怎的，我就感觉这是一幅画。我悄悄用手机拍了一张照片，呶，就是屏保的这张，然后我坐到他旁边。他的水兵帽上的飘带不停地掠过我的头发梢，我忽然间就感觉我再也离不开他了。他说的话我更爱听。他说他家其实挺干净的，那天可能是邻居家孩子拉肚子。这种旱厕必须每次用后都要用土盖上，他爸每天晚上睡前都要把坑淘干净。他说他津贴还是可以的，穿衣吃饭又不要钱，他一直在存钱，要在县城买套房子，而且保证家跟他的军装一样干净。他把一张存折放到我手里，说这是他当兵存的所有钱，让我先存着。说着，让我看他的白皮鞋，说，你看，农村天天尘土飞扬，你猜为什么我的白皮鞋这么干净。我说当然是见我前收拾的吧。

笨，他说，我是用爱你的心收拾的，不但家是干净的，我的心也跟我的军装一样，洁白无瑕。他跟我大学的同学不一样，反正跟他在一起，我就想笑，就想跟他说话。我走后，问他要告诉我什么重要的话，我问时心里特紧张，我以为我猜出了他想说啥。他拉住我的手，半天才说，我想让你嫁给我，可我怕给你带不来你要的那种幸福。我说假话，为什么吻了人家，才说这话？他说，我怕真失去你了，他说着，眼角流下了两串眼泪。我一把抱住他，说，这一辈子我就嫁定你了。

大学毕业我报考了文职人员，走进了部队，虽然没成为军人，可总算离他近了些。这一年多，他经常失联，我只知道他是鱼雷兵，每次问他执行什么任务，到哪？苦不苦？可他都说我一切都好，你放心。他也不是啥都不说，他的信很长，都避重就轻，说飞鱼、说落日，就不说具体的工作。我以为这是他对我的敷衍。就赌气，原本打算我毕业后就结婚，现在都工作了，我还是没准备好。当然，以他啥事都不告诉我为由想分手，这当然只是借口，我还害怕孤独。我妈去世后，爸找了继母，好端端的家充满了我陌生的东西。我又没弟弟妹妹，我不能再找个丈夫，常年不在跟前。还有，我老怕他出意外，一会儿这个国家的潜艇失踪了，那个国家潜艇因操作不当，沉到水底了。潜艇出航我担心，下沉我担心，即便进港，也不可小视。我经常留意这方面的资料，有资料说的哪个国家我忘记了，潜艇经过进水、电机失灵、潜艇重创，好不容易回到军港时，却因一个士官的失误，潜艇失事。我越看越担心。你看我头发掉了不少，要不然，不少都白了，我才二十三岁呀。上大学时，我还因为夜夜失眠，休学一学期。我不敢跟他讲，只说因我爸病了，我要照顾他。首长，我问你一个不该问的问题，假若你有女儿，你会同意她找一个潜艇兵当爱人吗？

我望着窗外的蓝天，喃喃道：失眠了不要起床，也不要焦躁，坚持着慢慢就睡着了。

首长你也失眠？

我爱人是飞行员，他现在还在飞。听不到飞机响，我紧张。听到飞机轰鸣，我更紧张。从二十三岁跟他结婚，到现在，最开心的事是收到他的短信：已安全着陆。

她咬着嘴唇没有说话。

你会跟他结婚不？我收回目光问。

她望着窗外一晃而光的田野，喃喃自语，我不知道。

这时儿子电话打来了，告诉我，他拍的微电影获奖了。

我说不错，但作为军人，干好本职工作才是前提。电话，又如过去一样，忽然就挂断了。

你儿子也是军人？我一放下电话，文职女孩就问。

他是特警，让我头痛的是他不是我期望的那样，人在警队，却总想拍电影呀写剧本呀什么的，我也无可奈何。语词是埋怨，可不知怎么的，我感觉我一说到儿子，脸上神色是忧郁的，语态里仍掩饰不住自豪。

在家门口当兵真好。

他平时训练很紧张，两三个月回来是常事。只要他几天不打电话，我就彻夜不眠。虽如此，可我还是希望他成为一名优秀的军人。

要改变一个人很难。我们这代人，最怕父母说你应当这样，你应当那样，我们首先是人。

说的是呀。我叹了一声，可是身为军人，我就是想让他当一名优秀的军官，看着人家孩子在部队干得那么优秀，我就不停地要求他，结果我们母子关系特紧张，这不，他又挂了我的电话。

她头扭向车窗外，我也累了，闭上了眼睛。睡了一会儿，醒来发现她好像还在沉思，问她想什么呢？

她粲然一笑，说，我在想潜艇兵有意思，竟把值班叫值更。想着艇里的二十小时的钟，还有那密密麻麻的管道。

海军守卫着咱们 1.8 万千米大陆海岸线，473 万平方千米的海域面积。

她马上拿起手机边写边念 473 万平方千米，好想一一走遍呀。

这时列车广播说快到宁波站了，下车的旅客请做好准备，话刚一说完，她忽然说我要提前下车。说着，站起来就从行李架上取箱子。

我先是愣了一下，马上反应过来，去吧，祝你，不，祝你们幸福。我说着，帮她把座位上的书和杯子递给她，她说，首长，谢谢你。

把屏保上的照片删掉，严守保密纪律！

是，谢谢首长提醒。她跑到门口，朝我做了一个胜利的手势，拉起箱子，飞般地跑了。我呆呆地坐了一会儿，打开手机，拨儿子手机号码，占线。想了想，给他发了条我从来没有发过的一条短信：儿子，妈妈爱你。然后打开百度，查看起海况天气预报来。

（刊发于《福建文学》2022 年 1 期头题）